品味集

凌平湖 ◎ 著

南腔北调　人间百态　人物萍踪　品味岁月　闲情逸趣　乡土风情

光明日报出版社

图书在版编目（CIP）数据

品味集 / 凌平湖著 .﹣﹣北京：光明日报出版社，
2019.3

ISBN 978-7-5194-5115-8

Ⅰ.①品⋯ Ⅱ.①凌⋯ Ⅲ.①散文集—中国—当代
Ⅳ.① I267

中国版本图书馆 CIP 数据核字（2019）第 040726 号

品味集
PINWEI JI

著　　者：凌平湖

责任编辑：杨　茹　　　　　　　责任校对：李　荣
封面设计：中联学林　　　　　　责任印制：曹　净

出版发行：光明日报出版社
地　　址：北京市西城区永安路 106 号，100050
电　　话：010-63139890（咨询），010-63131930（邮购）
传　　真：010-63131930
网　　址：http://book.gmw.cn
E﹣mail：yangru@gmw.cn
法律顾问：北京德恒律师事务所龚柳方律师

印　　刷：三河市华东印刷有限公司
装　　订：三河市华东印刷有限公司
本书如有破损、缺页、装订错误，请与本社联系调换，电话：010-63131930

开　　本：170mm×240mm
字　　数：230 千字　　　　　　印　　张：17.5
版　　次：2020 年 6 月第 1 版　　印　　次：2020 年 6 月第 1 次印刷
书　　号：ISBN 978-7-5194-5115-8

定　　价：68.00 元

作者一家

序

凌平湖于1963年考入广西民族学院(今广西民族大学),就读于中文系63(一)班。当时,我任该班的班主任,并负责写作课的教学工作。在我印象中,他性格开朗,爱好广泛,读书勤奋,酷爱写作。他随身带个小本子,遇到古今中外的名段佳句,就摘抄下来,为他的写作打下了坚实的基础。

记得在他大学二年级的时候,就在《广西日报》发表了议论性散文《寄回政治》,说的是大学生给家里写信,不要光谈生活琐事,更要谈政治,谈国家大事,以提高家人的视野与觉悟。当时我在报上看到了这篇文章,认真地阅读一遍,感到他思想敏锐,善抓焦点,颇有点写作的才华。

大学毕业时,他与班上六七位根红苗正的同学,被作为无产阶级革命事业接班人的好苗子来培养,分配到部队军垦农场去劳动锻炼,在湘桂边界群山连绵起伏的都庞岭下种了一年半的花生,也笔耕不辍,报道军垦生活,担任连队通讯报道组组长。后来他又回到地方,当过演员、创作员、中学教师,最后于1981年在右江日报社从事新闻工作。这丰富的人生经历,为他的写作才华插上了翅膀,在广泛的写作空间遨游飞翔。

《品味集》收录了他20多年记者生涯中发表的部分散文,写的都是他亲身采访或经历的熟悉的人和事,贴近社会,贴近基层,特点鲜明,语言平易而又生动,散发着浓郁的生活气息。作为体育记者,他笔下的体坛健儿栩栩如生,如《爱唱国歌的小伙子》中的杨斌、《射

1

鼠上瘾的男孩》中的梁强的母亲梁金凤等。作为文艺记者，他形象地展示了刘璐、蒋大为等知名人士的风貌与精神世界。作为壮家的儿子，他充分描述了百色这个壮族人民聚居地浓郁的乡土气息。散文《香太阳》构思精巧，寓意深远，获全国报纸副刊三等奖是当之无愧的。在《家乡的红薯窑》中，只用几笔白描，就勾勒出壮家"勒惹"与"肖依"的活泼可爱与精灵聪慧，还使你仿佛闻到了烤红薯芬芳的焦香。作为人民记者，他紧紧把握住时代的主旋律，讴歌活跃于社会各阶层的英雄与先进人物。《再见！地雷》，描述了靖西某团排雷队长黄岳飞英勇无畏在边境排雷的英雄业绩。作者在民族地区长大，对本民族的方言最感兴趣，写下了风趣诙谐的《用歌谱对话》《壮族"今娄当今甲"习俗》《南北万里遥，"黑话"竟雷同》《壮语在世界语言大家庭中》等风习文章。

此外，平湖还广泛涉猎企业家、文艺家、书法家、解放军、医生等人物形象，人物跃然纸上，平实可爱。他着力表现当代企业家朱江洪勇于探索企业发展的新路子，不断攀登新高峰敬业精神，以及不忘扶助革命老区发展教育事业的崇高境界。作者在书中开辟的"闲情逸趣"是特意为老年人特别是钓鱼爱好者开辟的一片自留地。众多服务社会、服务人民，又富有人情味的素描，既给读者以亲切感，又有震撼力。平湖从百色给我打来电话，说要请我为他即将出版的集子作序。我想推托。我说，给你的散文集作序，应该找具有诗人、作家头衔的王一桃老师那样的文坛巨擘才合适。我一向在教育界，与文艺界似乎不沾边。但当他把沉甸甸的约有两寸高的稿子摆到我面前时，我终于接受了他的请求。能够为青出于蓝而又胜于蓝的学生的作品集作序，倒也是个幸事。于是写了上述文字，聊以为序。

林士良

（林士良，原广西师范学院院长，作者的大学班主任）

香港文艺家协会会长、著名诗人、散文家、文艺评论家、恩师王一桃先生题字

目　录
CONTENTS

第一章

01

| 乡土风情 |

香太阳

　　"太阳是香的。"小时候，外婆对我这么讲。那时候，每到冬天，外婆就带着我到木楼外的阳台上晒太阳，把我紧紧搂在她怀里。我依偎着外婆，品味着太阳的香味。我认定，从外婆身上散发出来的带有暖气的老人的气味就是太阳的香味。那种香味，带着庇护弱小生灵的神圣。

　　我小时家境贫寒，我们兄弟上学读书从小学到中学，从没有棉衣过冬。在冬天，每次放学回家，父母亲就叫我们换衣服，那时换衣服不是讲究卫生，而是把身上冰冷的衣服脱掉，穿上父母亲在冬天的太阳下晒过，经过"热处理"的暖衣服。那时，我认定，那略带暖气的、散发着土布气味的衣服香味就是太阳的香味。那种香味，带有父爱和母爱的崇高。

　　长大后，我读完中学，读完大学，有了文化，觉得在汉语言文学里，很少有香太阳的描述，只知道"万物生长靠太阳""阳光、空气、水是生命三大要素""阳光产生叶绿素"之类的常识，而在本地的壮民族语言中，关于香太阳的描述是很丰富的，如"香暖""香熟""香亮""香绿"（"香青"）等。

　　"香暖"是女性的赞歌。每到冬天有太阳的清晨，千家万户的女人们，从家里搬出一件件棉衣、一张张棉被，在迎阳处晾晒，那棉衣、棉被经过吸热、膨胀、贮热，散发出阵阵暖气和棉絮的香味，那"香暖"

就是太阳香。女人的伟大和崇高，就在于她们的心细、贤惠，在于她们的家庭责任感和无私的奉献。她们时时想到的是如何把爱和温暖分给每个家庭成员，分给子女、丈夫、家公家婆，让大家分享太阳的"香暖"，同时，也体现了她们对温馨的家庭生活执着的追求。

"香熟"则是一曲丰收的交响乐。每当田野稻穗金黄、田园瓜果飘香，阳光下飘出的万物成熟的香味，就是太阳香。那香，是综合型的，丰富多彩，令人陶醉；那香，是劳动的总结，是对勤劳人民的赞美。

"香亮"是光明的颂歌。在长夜度过的人们，迎来了黎明的曙光，扑面而来的是一种渴求已久的馨香，那种天新、地新、山新、水新的清新的感觉，是太阳带来的香味，是人类对光明与自由的追求，是对新生活的渴望。

"香绿"是生命的颂歌。绿色代表生命，绿色孕育希望。当春光把绿意撒遍山野时，那萌动着勃勃生机的绿溢出沁人肺腑的清香，那就是太阳的光合作用散发出来的香味。那香，是最诱人的，在播种与收获之间，绿挑起承前启后的历史重任，由它完成向成熟的跨越，由它去实现质的飞跃。人们因为太偏爱"香绿"，便将扼杀生命的行为斥之为"臭青"，当问及早摘的瓜果味道如何时，人们众口一词："臭青。"谁伤害了绿，谁就是历史的罪人。

父母是太阳，女人是太阳，万物是太阳。

太阳是香的，冬天的太阳更香！

故乡的云

我最喜欢在荞麦开花的时节回家探亲，因为只有在那个季节里，我才能看到日夜魂牵梦绕的故乡的云。站在山路边远远望去，那一片片洁白洁白的云朵，缭绕在故乡的青山脚下，就像一朵朵洁白的棉花轻飘飘地舞动着，壮观极了。走近一看，哦，那不是一片片白云，那是故乡一片片开了花的荞麦地。那荞麦开得如此洁白，如此鲜艳，如此醉人。

在壮语里，云朵和棉花同音，都叫"哈法"。壮语节目中的天气预报多云译为"哈法赖"。在外国语里，特征相近的事物也同音的事例不少。外国语的倒装句式，在壮语里也有，壮语叫荞麦为"麦花"，意为"开花的麦子"。壮语中"爸我""妈我"即是"我爸""我妈"，壮语"边河"等于汉语的"河边"。荞麦叫"麦花"，又叫"麦三角"，就是三角麦。

三角麦，五谷杂粮中的一种杂粮。这种杂粮的缺点是产量低，减降土质的肥力快，不宜大面积种植，因而种的人，种的面积越来越少；它的优点是耐寒、耐涝、耐贫瘠，抗逆境能力强，地边山脚它都能顽强生长。而近年的科学研究表明，荞麦有很高的药用价值，是降压、降脂、减肥的理想食品。用晒好的荞麦壳做药枕，能医好失眠症。唯其如此，多年来荞麦没有被淘汰，顽强地生长下来，在农村广阔天地里占有一席之地。

一位曾在靖西边防当兵转业后到北方某城市工作的朋友最近来信，

要我寄一小袋靖西"麦花"给他，说他很久没有得吃故乡（把百姓当父母，视驻地为故乡是当代军人的高尚情怀）的"麦花"粥了。无独有偶，几乎在同一时间，一位在外地当教师的朋友也来信，他不是要"麦花"，而是要"麦花"糠，说是近年失眠症越来越严重，听人介绍说用"麦花"糠做枕头能医失眠。

可以说，我是吃玉米和"麦花"长大的，家乡的那片黄土地，因为缺水，只长玉米、高粱和"麦花"，不长稻谷，而那"麦花"，只长在山脚坳口畲地，从不与五谷争夺肥土沃地。每到"麦花"扬花季节，山脚坳口，到处是白茫茫的一片片，就像是从山间飘来一朵朵洁白的云——这就是故乡的云，美极了！"麦花"不但连片看很美，单株看也很美，紫红的杆、嫩绿的叶、雪白的花，叶子可做菜，味清甜，口感滑腻，经充足的光合作用，含丰富的维生素。那红红的麦秸，一般用来垫牛栏猪圈，也可以烧成灰做肥。小时候，孩童喜欢用"麦花"的红秸编织成花轿，唱起动听的童谣：做花轿，抬新娘，抬新娘，去拜堂……

在所有的粮食作物加工中，"麦花"的加工算是最难的，其原因是"麦花"的谷壳薄而脆，磨成粉后，粉中带糠，糠中有粉，粉和糠很难彻底分离，煮成"麦花"粥后，本来粘中带滑的粥，夹着"沙沙"的磨牙声，实在叫人败兴。当然，现代人是不会败兴的，想到它的药用价值，想到它能降压、降脂、减肥，就是再难咽也要咽下去，那是有百利而无一弊的没有任何副作用的良药哩！

如果说"麦花"粥难以吞咽的话，那散发着油味的"麦花"煎饼倒是很美味可口的。无论是赶集天的熟食行，或者是小城镇的宵夜摊，"麦花"煎饼都占有它的一席之地，因它现煎现卖，趁热吃最香，因而锅边常围着一群等吃饼的人，而摊主绝妙的煎饼绝技表演，引得众多的围观者直流口水。在围观的人群中，有部分是等买"麦花"煎饼的，有部分是看煎饼飞翻大圆饼片的绝活表演的：只见摊主舀一勺"麦花"浆倒到涂了食油烧热了的铁锅里，然后两手提起锅耳荡了几圈，那浆便呈圆形均匀地粘在锅上，煎熟了一面后，整个煎片厚薄适中，又将铁锅端起，将煎饼朝天一扬，整个煎饼翻了个，又煎熟另一面，即将煎饼抖出到盛饼的竹筛待卖，香味扑鼻。那煎饼，有的买了就地吃，有的买了带路上做干粮。

在所有的粮食加工食品中，"麦花"煎饼最耐变质变味，保存得最久。它似乎在向人们揭示一个真理：越是适应力强、在恶劣的逆境中生长的、越是纯朴的东西，就越能抗腐蚀，就越不易变质。"麦花"煎饼就是如此。

由于产量低，家乡的"麦花"地越来越少了，以致我经过一番奔波，才能完成前面所说的两位友人的重托。然而，我坚信，在现代病肆虐人类的今天，在现代人注重保健意识的今天，"麦花"将再次展现它的风采。人们将寄希望于当地政府和科技主管部门，有计划地发展"麦花"种植，到那时，家乡的山脚坳口畲地，将又出现一片片白茫茫的"麦花"地，犹如深山里飘出一朵朵洁白的云。

我爱你，故乡的云。

磨乡行

清明节前夕，我回到了阔别20年的故乡——靖西县武平公社万隆大队果隆村。踏进村头，盈耳是叮叮当当的凿石声。这声音告诉我：昔日默默无闻的故乡，近年来成了名扬中国港澳和东南亚的石磨之乡。

稍息一天之后，我便开始了会亲访友活动。然而在白天，乡亲们无暇与我闲谈，因为家家户户都成了石器工艺的工场，到处是繁忙的劳动场面，我只好在一旁看热闹。

晚上，邻居周二叔请我到他家吃饭。周二叔是远近有名的石匠师傅，我从小就崇拜他那精湛的技艺，对于他的盛情我欣然接受。二叔拿出了自家特产"土茅台"，叔侄交臂畅饮。席间，我连声赞美他功夫不减当年，他却谦逊地说："不行了，锤凿丢了多年，生疏咯。"

在"大砍资本主义尾巴"的年代，二叔被迫和乡亲们一起，去啃那只长"社会主义的草"、不长"资本主义的苗"的贫土旱地去了。有一次，心肠软的二叔推辞不了亲友的请求，偷偷地做了一块石碑给亲友送去。半途被村长发现，村长叫几个村干部把石碑砸了个稀巴烂还不算，争辩了几句，人被扭送派出所拘留了两个星期。从此，故乡悦耳的叮当之声消失了。

历史总是向前发展的。党中央的富民政策是顺民意、得人心的。二叔乐呵呵地说："靠山就要吃山。别人的山长草，能养牛马致富，我们

7

的山只长石头，就要在石头上打主意！"说起我们的果隆山，是典型的喀斯特地型地貌，又高又峻峭，遍山是石灰岩。这里得天独厚，石质特别细腻坚实，色泽淡青如玉，石制品经久耐用，加上这里的石匠师傅们功夫到家，一批批的优质石磨、石臼、石花盆、石鼎、石碑、石狮、石刻、石雕、石槽，畅销国内，远销中国港澳和东南亚。这些石器工艺品，尤以石磨、石臼供求量最大。

几年来，二叔不但重操旧业，还带出了一批又一批的徒弟，使得全村一百多户人家，户户有工场，人人是石匠，就连在校的小学生，放学回来拿起锤凿，便是巧夺天工的小师傅，全村人都在默默地给国家做贡献。这里出产的石器制品，为国内方兴未艾的家庭豆腐业、食品加工业鸣锣开道，点缀着丰富多彩的家庭生活，美化着人类生息的环境，记载着中华民族悠久的历史……我可亲可爱的故乡人啊，在默默地造福于人类的同时，也在造福于自身。

如果有人要问，我们村现在缺什么？全村的人一定这样回答：缺一条通往县城的公路，如果有了这条公路，乡亲们就不用再肩挑膀扛将石器制品运往县城了。然而，既然已经起步，路程还会远么？

几度清明雨

又是细雨纷纷的清明节。

家乡的清明节充满韵味，满山遍野是踏青扫墓的人儿，爆竹声此起彼伏、东呼西应，那短暂的，甚至有些稀拉的鞭炮声从各个角落传出。放过鞭炮，照例是举族上香摆祭供奉，全族人按资排辈，先后给祖宗三拜磕头，乞求祖宗保佑。

今年的清明节更热闹了，墓地旁边的大路小路，摆满了自行车、摩托车，偶尔还有一两辆豪华轿车——假如这些轿车不是公车的话，我认为，这是社会进步的标志，给本来地处偏僻、世代受穷的家乡增添了许多光彩。

通到家乡的那段4公里长的公路是去年才修通的，靠的是国家投资一点、乡亲们集资一点、外出工作的老同乡捐点款，修出的一条幸福路。经过乡亲们多年的挖山劈岭，盘山水渠已从遥远的水库引到离村子一里路远的地方，乡亲们的"三通"梦（通车、通水、通电），算是圆了一个半。

光是通公路本身就是一个奇迹，家乡盛产的荔枝，一车车地运往大城市，那沉睡多年的大山上的石头，变成了石狮子、石碑、石磨、石臼和各种石器工艺品，运往山外，又变成了一叠一叠的人民币回到山里，再变成自行车、摩托车、汽车……这是党的改革开放富民政策给家乡带来的蓬勃生机。

看着墓地前停放着的崭新的轿车，沐浴着爽心沁肺的清明雨，我的脑海里浮现出了以前家乡清明节的一幕幕……

人类的迁徙活动造成了祖坟的天各一方，风水先生的罗盘所指，皆为"龙脉宝地"，又造成了祖坟葬地的分散杂乱无章，每年清明扫墓，走路难是千家万户遇到的共同问题。我是生在旧社会长在新社会之人，50年代新政权刚诞生不久便进入开始懂事的年龄。那时去扫墓，穿着土布鞋，拉着父母的衣尾，走不动了，就趴在父母宽大的背上。最羡慕那些骑在马背上悠哉悠哉的同族小孩，更羡慕那些有胶鞋穿，甚至是穿皮鞋的小孩。哪一家坟地旁边要是拴着马匹，马背上有华丽的马鞍、铜打的马登、五颜六色的马辔头，那一家肯定是达官贵族，很有权势的了。

家乡的村子近百户人家共一个姓，墓碑记载是从广东南海县举族迁徙到的广西，在左州（今崇左县）生活几代人，又迁至归顺州（今靖西县）。我不明白祖宗是怎么想的，选了这样一个既偏僻又贫瘠、不通大路又没有河流的鬼地方落脚谋生，造成了一代又一代的文盲和穷困。中华人民共和国成立后，村里穷人有了读书的机会，到了60年代初终于出了几个高中生，到60年代末，出了2个大学生、几个国家干部。于是，在清明扫墓的人群里，穿学生装的和中山装的，就很引人注目了。乡亲们都把穿中山装的干部称作是当官的，并且认定，想当官就得走两条路，一是读书，二是当兵，村里出人头地的，就是这两种人。

坟地旁的景观也像走马灯似的，不见了马匹，但见一辆辆在阳光下熠熠闪光的"永久""凤凰"自行车，那是60年代、70年代的烙印。除了爆竹声，还传出了收音机、录音机的歌声，而且，在祖坟前照相合影，变成了新的时髦。50年代至80年代这一漫长的时期，坟地出现了这些变迁，毕竟是时代进步的缩影，是几代人探索致富之路的印记。

改革开放大大缩短了历史的进程，90年代初短短几年里，祖坟前的自行车渐渐被摩托车、小汽车所取代。历史雄辩地证明了改革开放政策

10

的英明伟大。

人类本来是很聪明的，但有时候也很傻。清明节扫墓祭祖是很累的事。在以前，累了，找块树荫歇歇脚，喝上一两口葫芦装的清凉甜美的山泉。而现在，树木被砍光了，躲荫歇脚的地方没有了。由于山林被滥砍乱伐，山泉水没有了，只好花钱去买带有石灰涩味的矿泉水。好在现在不再骑马去扫墓，要不，连拴马的地方没有了。

人的思想观念往往落后于客观现实。社会的进步、人类生活的好转，明明是一靠政策，二靠科技进步，三靠机遇，但就是有人相信这是祖坟带来的。家乡的祖坟大多集中在村后山坡上的一片松林里，族里有几户出了大学生，出了国家干部，大家就认为是那一家的祖坟风水好，于是大家抢着迁坟到这块地来下葬，不惜毁林动土，坟地密密匝匝地挤成一堆，引出一幕幕狂抢宝地、结怨成仇、打官司的悲剧来，更重要的是破坏了人类赖以生存的环境，破坏了生态平衡……

竹子情悠悠

竹子，一个非常古老而又非常年轻的名字。

宋代大诗人苏东坡说过："宁可食无肉，不可居无竹。"那时候那位诗人对竹子的认识也许只是停留在观赏价值上，或是肯定其对美化环境的作用。而今，广西百色市田林县的群众对竹子却有更深层的认识，他们说："山上有了竹，锅里不缺肉。"

今年4月，我们随广州市扶贫考察团来到田林县六隆山10万亩八渡笋开发区。只见连绵起伏的山峰上，到处披绿吐翠，丛丛翠竹在春风的吹拂下，摇曳舞姿，煞是迷人。一条条新开的公路，一户户异地安置的移民新居，掩映在绿竹丛中，贴在各家各户门口的春联，至今鲜红依旧，最引人注目的是那副"奔向小康全靠政策指引，走出困境不忘广东帮扶"的对联。

田林县六隆10万亩八渡笋开发区是广州市人民政府对广西百色市实施对口扶贫的重点项目之一，对开发区的特困户异地移民安置工作同时进行，800多户移民户到新开发区大种竹子，种山地作物，饲养禽畜，实现当年安置、当年开发、当年脱贫。一年多的时间，广州市常务副市长陈开枝带着考察团8次来到这里，陈开枝看到这里的移民群众栏里有猪、棚里有鸡鸭鹅、缸里有米，有些移民户还购置有拖拉机、碾米机、电视机，他开心地笑了。更使广州市考察团的同志们感慨不已的是那铺天盖地的丛丛翠竹，那尖尖的破土而出的嫩笋。这里特有的八渡笋，是早就名闻天下的贡品，如今，八渡笋已被加工成酸笋罐头、干笋片、笋丝等上等食品，源源不断地销往广东，销往全国各地，销往日本，销往东南亚。

据当地群众介绍，一根竹子可以编织成一个果筐，一个果筐卖2.5元，一丛竹子少则收几十元多则收几百元。就是这平平常常的竹子，创造了神话般的奇迹，使这里成千上万的群众，圆了祖祖辈辈的脱贫梦。这是当年的苏大诗人所始料未及的。陈开枝副市长说，我们要把六隆八渡笋开发区建设成全国一流水平的经济开发区。

望着那连绵无际的丛丛翠竹，我想了许多许多，想得很远很远。

历史不止一次地告诉我，中国是竹子的故乡，古人留下了许许多多与竹子有关的词语：鞭长莫及、罄竹难书、势如破竹、青梅竹马、竹报平安、竹林七贤、寒岁三友、百尺竿头更进一步、竹篮打水一场空……中国的竹子有250多种，长在山上的统称山竹，长在河边的统称岸竹。不管地壳几经变迁，岸竹清楚地告诉人们，这里曾经有河流，而且能清楚地标明河流的走向，为历史学家、地理学家提供重要的依据。对竹子，单从其用途分，就涉及很多"业"：林业学家说，竹子属林业；建筑师说，竹子属建筑业；造纸专家说，竹子属造纸业；食品专家说，竹子属食品加工业；工艺专家说，竹子属工艺雕刻业……还有编织业、乐器加工业，数不完的这个"业"，那个"业"，正说明了竹子用途的广泛性，说明了竹子对人类贡献的彻底性，远远地超出了苏东坡所指的那种观赏价值。而且，远古的竹简、竹帛早就对祖国悠久历史的文字记载、纺织业做出了重要的贡献。古屈原挥毫作《橘颂》，现代茅盾作《白杨礼赞》、陶铸大颂《松树的风格》，比起桔、白杨、松树来，植根于石山瘠土的竹子，除了那无与伦比的广泛用途、为人类创造更大的财富之外，有着更多为人所称颂的美德，它既有松树的、白杨的刚直不阿，又有杨柳的灵活制宜，它功高而不自傲，永远是虚心求上进，十分难能可贵。

　　当然苏老先生还强调了"无肉令人瘦，无竹令人俗"。没有纸之前，祖先是用竹来记载文字、传递书信的。他鼓励大家要做有文化的人，不做俗人。有纸之前除了竹子，还有帛。魏晋陆机的《长歌行》中有："但恨功名薄，竹帛无所宣"，就说明了竹帛用以记事的功能。

席扇清凉扑面来

我的家乡有三件宝：席扇、香糯、山楂糕。

靖西的席扇是用席草编织而成，它没有绸做的、象牙雕制的宫廷扇那么高雅华贵，它以朴质无华、土色土香和浓郁的大自然韵味进入寻常百姓家。每到夏日，你在靖西县城街上走可看见人们手里拿的、腰背上插的，都是靖西席扇。外地人到靖西出差，同事们交代帮买什么——靖西席扇。而外地的"靖西通"，特指名要买县城环城街乜某某编的席扇，都说她编的席扇美观、乖巧、精细、耐用。

凉扇：取凉用的扇子，有的地方用竹子做成，有的地方用草做成。

　　其实在靖西，能编好席扇的不只是环城街的乜某某，巧夺天工者比比皆是。她们无须借助其他工具，编出的席扇竟如中秋月般的圆，那扇把扎得结实而平滑，把尾自然成穗状，那细细密密如同鱼鳞般的扇面，是一种朴实的图案，织扇用的席草晒得干而不脆，柔而不软，保留着大自然的韵味。一把席扇，就是一首无字的诗，一曲无声的歌。

　　记得有一次在北京观看中日男子篮球赛，无意之中，我坐到日本的啦啦队中间，日本朋友立刻给我递过一把有乒乓球拍大小的日本葵扇。大热天看球赛送葵扇，我感激日本朋友的友好之情。继而我发现在看球赛时葵扇还有一大用处，就是在喝彩时可用拍扇子代替鼓掌，这是日本啦啦队的独创，这样一来，就不用担心手掌被拍麻了。真有意思。但为捧场而用的日本葵扇并不耐用，看完一场球就扔感觉遗憾。靖西席扇拍不出掌声般的响声，但它却很实在，经久耐用，也经得起各种折腾。靖西席扇之所以讨人喜欢，除了它的美观耐用之外，还有大自然的特质。人类家居用的席子有多种原材料，首推席草为最优，冬暖夏凉，柔软平直不粗糙，不扎人，不磨破衣物。它长在河边、湖边的水里，不需精心护理，对环境适应性强。席草收割后晒干，经过编织艺人精心编织，成了人们喜爱的纳凉用品。因为小巧轻便，方便携带，它有多种用途，除了驱除炎热、扇凉、挡阳之外，它还可以当坐垫，生火烧水做饭时火势不大时，可用它煽火；更重要的是，它又是增进社会和谐，传递爱心的载体。一群人坐在树下纳凉，大家汗流满面，手持席扇的将扇传递给没有扇子的人，一股清爽的凉意在人们心中传递。最令人难忘的是儿时的那番情景：每晚入睡前，母亲先用扇子将蚊子赶跑，下好蚊帐，轻拍着宝宝入睡，或是半夜发现蚊帐内有蚊子，母亲又爬起来拿起扇子将蚊子赶尽杀绝，这时，扇子是伟大的母爱的象征。

　　在华夏五千年悠久文明的文化里，家乡的席扇当有一席之地。可惜，如今家乡种席草的人越来越少了，编席扇的人也越来越少了。

　　啊，令人难忘的家乡席扇！

"蚕姑娘"的回忆

上小学时，我兴致勃勃地加入了班级课外养蚕小组。组长不知从哪里弄来了一大张粘满蝇屎般小黑点（蚕卵）的白纸，一片一片撕下，放到每一个小纸盒里，分发给每个组员，说是让各人带回家，过几天小蚕即破壳而出，看谁养得好，收的蚕茧又多又大。

我将纸盒带回家后，果然没几天幼蚕便破壳而出，一条条又黑又细、比小蚂蚁还小的小生灵，颤颤巍巍地附着在刚采来的嫩桑叶上，谁见了都会动怜悯之心。

从此，我每次放学回家，顺路采些鲜桑叶，吃过饭就喂蚕，观察幼蚕生长，口里不停地默诵着语文课中《蚕姑娘》的段句："醒了醒了，脱掉了黑衣裳，变成了又青又瘦的蚕姑娘。"

期末考试就要来临了，爸爸不给我玩蚕了，要我集中精力复习功课，由他代我喂养。我虽然不太放心，但又不敢有违父命。谁知爸爸接手后没几天，那蚕儿不食不喝，一个个饿死瘦死。同学告诉我，"蚕姑娘"最娇，闻不得烟酒味，一旦受到烟酒味的刺激，便集体绝食，以死抗议。我大骂爸爸是"烟鬼""酒鬼"，又哭又闹，要爸爸赔我"蚕姑娘"。爸爸则许诺，如果我期末考试科科都及格，他将赔我比原来数量多一倍的"蚕姑娘"。

为了不成为养蚕小组的孬种，我必须把功课复习好，把期末考试考好。我暗暗下了决心。果然经过努力，我的期末考试成绩科科及格。爸爸也说话算数，从他的伙计那里给我弄到了一张贴满蚕卵的纸。这次，我谁也不放心，专人专护，幼蚕顺利地度过了脱掉黑衣的第一眠。到第二眠蚕脱掉了青衣裳，变成了又白又胖的"蚕姑娘"时，我可高兴了。过后，不知为啥，蚕儿一个个拉稀，原来，蚕儿食了带有露水或清水的桑叶，就会拉稀而死。这回，我哭不出声了，我该打自己的巴掌。

"蚕姑娘"也太难伺候了，娇滴滴的，甚至连一点自卫的能力也没有。就在我第三次试养时，好不容易过了三眠，变成了遍体透明的"蚕姑娘"，楚楚动人，这种体态说明要吐丝了。谁知一夜之间，"蚕姑娘"遭到了蚁群的袭击，堂堂之躯，被小小的蚂蚁咬得遍体出黄水，直至全军覆没。

我大骂自己是"小笨蛋"后，大哭了一场。痛定思痛，我找来几只碗，盛满水，垫在蚕架腿上，保持碗中水不干。还采取了双保险措施，买六六粉撒在架腿周围，防止狡猾的蚂蚁再来作恶。根据同学的指点，当看到"蚕姑娘"透明到可以看见其肚里的五脏六腑时，我及时找来了树枝，让"蚕姑娘"移居树枝上吐丝织茧。过了不久，树枝上挂满了一串串的"小白灯"，活像外国的圣诞树。那"小白灯"，就是我朝思暮想的蚕茧。那"作茧自缚""勇于献身"的"蚕姑娘"，度过了壮烈的一生——一部分连茧带蛹粉身碎骨被捣成浆，拉成丝，变成丝布，一部分艰难地咬断重重坚韧的网罗，冲破牢笼，涅槃成飞蛾，继续完成传宗接代的历史使命，飞蛾产卵不久即死去。粉身碎骨也好，自然"老死"也罢，都无愧于"生的伟大，死的光荣"。

这就是我童年时代所认识的"蚕姑娘"。

怀念蛙声悠扬

几场春雨，绿了田野，染了山林、溪流淙淙，苍穹清新，我竖耳聆听，祈盼那一声声久违的声音。盼呀盼，盼到的是几许惆怅、几许失意。

孩时沿着乡间小路去上学，是那种声音一路欢歌送我到校园，心中无限惬意；晚上，跟着大人，打着电筒，提着马灯到稻田里去捉卷叶虫，伴着那种声音，毫无倦意，耳中听到的仿佛是一曲优美的田园小调："我们是朋友，我们是朋友，携起手来，消灭共同的敌人！"

童稚好奇，每每听到这种声音，便情不自禁地循声寻去，去寻那倾慕已久的歌者，欲一睹"田园音乐家"的芳容。往往是，脚步声一近，那种声音嘎然而止，又从另一块稻田传来，待你又循声寻去，歌声又止，正中童稚下怀，一场持久的捉迷藏便在田野中尽情地进行着。

也有永远的田园歌声，那是雌性青蛙产卵的季节。母青蛙们"咯咯咯"地唱个不停，用歌声迎接新生命的到来，唱得如痴如醉、如醉如狂，纵然厄运降临，惨遭捕杀，它们绝不停止歌唱，勇敢地为大自然输送一批又一批的杀虫新军。而那伙凶残的杀手们，也正是利用产卵季节对它们大加杀戮，上演了一幕又一幕大自然悲剧。

山村的顽童上学经常迟到，老师问为什么迟到，回答毫不隐讳：玩蝌蚪。上学路上，山村顽童经常驻足在池塘边，与躲在荷叶下的蝌蚪做游戏，看可爱的小蝌蚪在荷叶下甩着小尾巴，看得出神，看得发呆。山村的顽童最清楚，这一群群可爱的小生灵，就是未来的杀虫大军，就是令他们仰慕不已的未来田园歌星，是他们心中的偶像。

曾几何时，那优美的田园歌声消失了，面对万籁俱寂的死气沉沉，欲歌无声，欲哭无泪，谁之罪？动物相残是一种大自然现象，而在所有的动物里，作为高级动物的人，是最残忍的，滥杀无辜，破坏生态，无所顾忌，把自己的天然朋友，做成美味佳肴，送上了餐桌。既然能人工养殖，又有谁能开不将"复制品"送上餐桌而使其能回归大自然的先河？

社会的进步、科技的发达生产了农药、化肥，谁能生产出不让青蛙卵坏死、不让小蝌蚪夭折在摇篮的农药和化肥？

空气污染、水污染也是不可等闲视之的杀手，全人类都有不容推卸的减少污染、消除污染的神圣义务，决策者们更应责无旁贷地制定一系列方针政策、采取一系列行之有效的保护措施……

救救青蛙！

吮田螺

星期天，劈完柴火，满头大汗，全身冒热气，那个睡足玩腻了的小宝贝，闹着要爸爸带着去河里游泳，正合我意。

父子蹬车来到澄碧河东坪坝下，正遇大坝关闸，河水一落三尺，但见水落石出，河底朝天。从四面八方前来游泳的人们，顿时个个脸上露出了欢快的神情。这是一个特好的信号——摸田螺的好时机来到了。

我和小宝贝将篮子里的衣服抖出，随着人流涌向江心，河里的田螺真多！不像往时在田里捡田螺，用脚指探，用手指摸，一个个地捡。这里的田螺随着河床石头形状，一窝一窝的，人们捡起来是一抓一抓的，一捧一捧的。不一会儿，我们的篮子就装满了。我们骂自己笨，为什么不像那些带锑桶的人那样有"先见之明"呢？

不管怎样，一篮子田螺总够吃它几餐的。回到家，我们如功臣似的将"战利品"分给左邻右舍，自己的那部分放到脸盆里"吐泥"两天，然后将每个田螺剪了顶，找来一抓"狗肉香"作佐料就动作了。开饭时间一到，散发出一种特别诱人香味的田螺跃上桌面。

桌面上发出阵阵令人垂涎的"朔朔"声，那是全家人吮田螺的声音。我们靖西人管吃田螺叫"吮田螺"，你要说"吃田螺"，准保会被人取笑，田螺哪能吃，连壳都吞下吗？"吮田螺"的说法是最科学的，吮者，吮其中之肉和汤也。田里的螺叫田螺，海里的螺叫海螺，我们其实是

"吮河螺"，那是澄碧河中的螺。河螺比田螺小，但其味道却比田螺还鲜美，没有田泥味，不带有永洗不净的泥沙，泡水"吐泥"的时间比田螺短得多。

吮着田螺，我突然想到城里人比我们乡下人笨得多。我到百色城的小食摊吃过田螺，城里人既不是吃田螺，也不是吮田螺，而是挑田螺。桌面上放着一块大生姜，插上几把挑针或竹签，吃者自用挑针挑田螺肉——大概是城里人懒，煮田螺不剪顶，空气不对流，纵有鲁智深大的气力，也无法将螺中肉吮出，因此，只能用针挑。且不说这笨拙之举既费时又费工，精力不集中还会被针扎舌头。有的人家用大头针或衣针挑，还担心小孩误将针也吞下，一餐饭在担惊受怕中度过，多扫兴！我们是沿用家乡的煮田螺法，每个田螺先剪了顶才放下锅煮，吃时放到嘴里一吮，随着"朔"的一声，螺肉和汤一齐送进嘴里，再吐出尾节的屎肠，留住螺肉，肉中带汤，又甜又香！还有一种功能，就是吮田螺实际就是一种扩胸运动，使尽吃奶的力气，增加肺活量呢，是健肺、扩肺的良方。吮田螺，既能增加营养，又能锻炼身体，何乐而不为！

愿百色山城来个小小的饮食改革，将挑田螺食法改为吮田螺食法吧！

馋人的壮家五色糯饭

　　每一次在广西南宁召开的东盟各国峰会，都有壮族三月三歌节与之同步，更有广西盛大的节日美食节与之相呼应，这是东盟国家政要、经济文化要员进行国际交流的大好时机。会议期间，广西富有特色、传统优良的民族美食将在这里大放异彩。美食节上，色香味俱佳的家乡五色糯米饭成了夺人眼球的奇葩，东盟国家首脑要员、东南亚各国宾客加入涌动的人流，围坐在美食餐桌上，大饱口福，最让他们赞不绝口的、流连忘返的就是家乡的五色糯米饭。

　　与北方习惯不同的是，南方美食远离油炸燥热类的食物加工品，沿袭远古以来的清凉解毒类的食品，或叫原生态、本草态。我们的祖先神农氏尝百草，积累经验，优胜劣汰，保留今天的五谷杂粮和蔬菜野菜，成为人类的立命之本。我们的五色糯米饭就是经过祖先确认的完完全全无害的野生植物染成的，而且具有很大的保健药用价值。比如，五色中的白色，是糯米的自然色；黑色是枫叶染的；黄色是黄姜染的；红色是红蓝草染的；紫色是紫蕃藤染的。没有一样是用工业色素。这些草木野生植物，都有止咳化痰、通经活络、解毒祛风、强筋健骨、通便利尿、益肠健胃、除湿美容的功效。

　　五色糯米饭的加工制作过程，我们壮家人无人不晓。白色是米的原色。黑色是先将枫叶捣碎，煮的时候放一把铁刀，煮到稍微烫手即停

23

火,水渐凉后再复煮。如此重复两三次,其间反复揉搓枫叶,使枫叶的鞣酸与铁刀的铁质发生反应,形成可以染色的浆水。开始颜色是灰色的,想不到经过一个晚上的浸泡,灰色的糯米变成了又黑又亮的糯米。黄色是直接将黄姜捣碎,用蚊帐布将捣碎的黄姜包好,然后放进适量的清水盆里,反复压挤出黄姜水,染成黄色糯米。紫色是将紫蕃藤泡煮,直至析出紫色水,水凉后取出紫色水和稻草灰一起加热,产生另一种效果:前者染出紫色,后者染出蓝色;红色糯米制作比较简单,用红蓝草一条一条地放到锅里煮,煮出红水后,取出渣渣,用纯红水浸泡糯米直至成色。

生的五色糯米备好后,取来一个洗脚盆大的木桶,桶里放进矮脚蒸架,再放一个合适的圆底簸箕,垫上干好的水瓜渣,然后将染好的糯米等量铺在水瓜渣上。盖上木桶,蒸一个钟头后,五色糯米饭就成了。

五色糯米饭的最佳吃法是洗干净手,手抓吃。根据个人爱好,可以捞蜂蜜吃,也可以加芝麻糖吃,也可以放香肠馅吃。农村的壮族家庭,一般都有石臼,可以把五色糯米舂成五色糍粑,加上芝麻糖馅或其他馅,更能吃出香甜可口的味道来。

有些地方的糯米能做成五色糯米饭,要有天时地利来保证,天时地利不同,长出来的糯米品质也不同。我的家乡广西靖西县得天独厚,是长糯米的风水宝地,靖西大糯、靖西香糯名扬四海,它以粒大、味香、品种纯正占领了全国各大市场。每年寒假学生回家过年,受同学们的重托,回校一定给同学们带靖西香粽来,那是必须的。结果是可怜的,那么多同学要扛多少粽来呀,哪位同学能尝上一小口,那是最幸福的了。

大糯和香糯是锁在深闺人未识的娇贵儿,糯米地是与世隔绝的,是在群山包围之中的独立王国,其他稻田不能靠近,以防品种变异。纯正的糯米应是粒大饱满,有一种诱人的香味,煮出来或者蒸出来的糯米晶莹剔透,富有弹性,香味扑鼻,这就是靖西五色糯米饭为什么如此大受青睐,成为美食王国的佼佼者的原因。

人类的智慧在于,大凡民间美好的习俗,都配有一个美好的传说。那香喷喷的壮家糯米饭当然也少不了，而且有好多版本。其中一个是——相传古时候有个壮族村寨有个勒卯（壮话称呼壮族青年）叫依依（壮话阿弟），自幼失去父亲，和瘫痪的母亲相依为命，家境贫寒。穷人的孩子早当家，依依早早就学会了做家务，烧火做饭，上山打柴和各种农事。他是当地出名的孝子，每次上山打柴或下地干活，都背上母亲同去，而且每一次都带上母亲最爱吃的糯米饭，让母亲饿了随时可以吃。依依母子的这一习惯，被山上的猴群看见了，猴群本能地打起了糯米的坏主意，趁依依离开的瞬间，对母亲那香喷喷的糯米饭进行了土匪一样的抢劫。一连几次都是这样，依依无计可施。有一次偶然的机会，依依抓一把枫叶到河边洗手，发现手被染黑了。他想如果枫叶也能染黑糯米就好了。第二天，他用柴刀砍了一把枫叶，拿回家捣碎，和糯米一起浸泡了一个晚上。第二天早上将它们捞起来蒸煮，顿时屋里弥漫出一阵阵清香。母亲从屋里喊他："依依，是什么那么香呀？"依依高兴地告诉母亲："乜（壮话母亲），这是枫叶染了糯米蒸煮出来的。"那天，正好是农历三月初三。那天，依依像往常一样背着母亲上山打柴，他用粽粑叶包好黑色的糯米饭，到了山上故意打开粽叶，暴露黑糯米，那古灵精怪的猴群见了，以为是后代（人是猴的后代）下了毒诱杀它们，跑开了，从此，再没有猴群来抢食了。那天，依依干活特别有劲，母亲也感到身体好多了。依依当然不会知道那是植物药力作用，但是他却永远记住了那天是农历三月三。壮家人知道这件事后，都学着依依做黑色糯米饭，渐渐地添加了有药效的植物如黄姜、红蓝草、紫蕃藤等做染料，特有的壮家五色糯米饭就这样一代一代地往下传。

糯米：因其糯粘滑，常被制成各种风味小吃，能温暖脾胃，补益中气。

回味羊瘪汤

今年4月底，趁着大水没有到来之前，我有机会随着地区的领导上了一趟隆林各族自治县的金钟山乡，再看一眼乡府所在地，因为再过两个多月，这个地方将安睡在水底——这是国家重点工程天生桥水电站的库区淹没区。

汽车沿着蜿蜒的山区公路蠕行，过了德峨乡，到猪场乡降压站附近的一座长着密密匝匝杉木林的大山半山腰时，汽车抛锚，司机下车修车，我们则在路旁欣赏壮美的高原风光，尽情地呼吸着大自然恩赐的新鲜空气。

咩！……突然，从杉木林的深处，传来一声声羊叫。举目搜寻，只见一只只可爱的小山羊——白色的、黑色的、杂色的——忽隐忽现在杉木林里，吃着林荫下的嫩草、灌木丛的嫩叶。林那边，亭亭玉立着一位身穿苗族服饰的姑娘（后来才知她已不是姑娘），手持牧鞭冲着我们几个过路人微笑。我们正闷得发慌，便迎上去和她打招呼。

"姑娘？哈哈……我已是三个孩子的母亲了！"一阵爽朗的笑声在山谷里回荡，透着山里人的奔放和热情。

"我爱人叫胡新昌，就在降压站工作，"苗家妇女遥指大山深处的降压站，"我家5口人，爱人的工资只够他自己花，三个小孩都在学校念书，拿什么供小孩上学呢，养羊呗。我一个人就养了79只羊。"她指着林中的羊群，不无自豪地说。

"听说近年羊价跌得惨，有的人都不敢养羊了？"我们问。

"买卖这东西很难说，这两年不得价，谁知道明年、后年、大后年得不得价？我们隆林山羊是出了名的，外地人都喜欢买我们隆林山羊，再不得价每只也卖它150元左右。羊一年可以出栏；你们给我算算，79只卖得多少钱？"

改革开放的春风，已经吹遍每个乡村角落，我们暗暗钦佩这苗家女的商品意识、经济头脑。

"下次到隆林出差，一定到我家做客，尝尝我们苗家的羊瘪汤。"

提到羊瘪汤我口水就流。前年春节过后，我有幸到隆林德峨乡参加跳坡节活动，被热情好客的苗族群众邀去饱尝了一回羊瘪汤。

苗家的羊瘪汤与桂林的臭豆腐可以说是有异曲同工之妙：臭豆腐闻起来臭，可吃起来香；羊瘪汤听起来不雅而喝起来津津有味，越喝越想喝。当地群众把鸡肠、猪肠、羊肠的肠内壁的那层黏膜称为"嫩屎"，即在洗肠脏时，只把屎洗掉。不必洗掉"嫩屎"，用来打汤，配一个猪胆调味，有一种爽口的苦味。春节过后那段时间往往是牙痛的高发期，参加跳坡节活动那段时间，同来的司机朋友恰恰牙痛厉害，喝了羊瘪汤后，牙痛全消，连称"良药、良药！"难怪古书对羊瘪汤早就有记载："牛羊肠脏，略洗摆羹，以飨食客，臭不可近，食则大喜。"（宋代朱铺著《溪蛮丛笑》）

以羊瘪汤宴客，是苗族等少数民族同胞热情好客的表现，而且，只有当少数民族同胞把你尊为贵客嘉宾时，你才会有这份口福。

羊食百草，全身是宝。风味独具的羊瘪汤也许有制作工艺上的秘方吧，至今仍未见登上酒家餐馆的大雅之堂，似是令人倾羡不已的空谷幽兰，又似"犹抱琵琶半遮面"的少女。而异军突起的冬令食谱，羊肉火锅这几年几乎占领了所有的茶座、餐馆、大排档、火锅城、啤酒城，人们从吃羊杂、品羊扣、啃羊蹄、喝羊血开始，进而要"食全羊"，吃的名堂越来越多,花样不断翻新,再来几瓶啤酒或桂林三花,一醉方休。如喝生羊血,开始人们怕喝,喝过之后,但觉五脏清爽,咳嗽的人,不治自愈。羊食百草,百草是药,"全羊"当然也是药!人们期待着苗家的羊瘪汤早登上大雅之堂,成为各级宴会乃至国宴的美味佳肴。

近年来,百色地区根据当地实情,把发展种养业当作当地群众尽快脱贫致富的重大方略。在养殖业方面,根据山地面积广、植被面积大的特点,号召各族群众发展养羊。仅隆林各族自治县,存栏8.4万只,出栏2.1万只。隆林培育的黑山羊已经成为深受养殖户喜爱的优良品种,周岁羊32公斤以上,此羊种抗生力强、适应性强,肉质鲜嫩且少膻味。有些酒家羊肉馆为招徕顾客在店前亮出"隆林黑山羊"的牌子,有的甚至把店名专门叫作"隆林黑山羊馆"。

随着环境污染的日益严重,食品添加剂、催化剂、生长素之类的泛滥,人们对以草为饲料的羊肉情有独钟,为养羊业的发展辟开了广阔的市场。百色地区养羊超百只的专业户应运而生,在地方党委、政府部门的决策和大力鼓励下,不少专业户靠养羊发家,发羊财,起羊楼,并为广开其他财路积累了资金。西林县普合乡农民黄展等3户合养300多只羊,在市场疲软时养,到市场行情好时出手,将卖羊纯收入的资金买农用车搞运输,办了一个养牛场、一个沙石场,当起了老板。群众知道他们发了,但不知道发到什么程度,只知道某部门还欠他们70万元的沙石款。

车子修好了,胡新昌家的羊群也回家了。刚才还在杉木林中吃草的一只只白山羊,就像万绿丛中盛开的一朵朵小白花。沿着山路回家的羊群,恰似深山里流出的山泉,汇成一条银色的溪流流向远方。

家乡的红薯窑

孩提时所编织的五彩光环，有许多已经消逝，唯独家乡红薯窑的袅袅青烟，至今仍记忆犹新，历历在目。

每到星期天，我们家乡的勒惹（壮语：小男孩）。一大早就带上小斗笠，相约到后山放牛去了。

后山脚下，沿着河岸那一带翠绿的草地，就是我们"勒惹"放牧的龙脉宝地。当牛儿低头吃草时，我们便跑到地里垒红薯窑，烧红薯吃。山里的孩子，饱吃一顿红薯，便算是早、中、晚餐了。

红薯虽好吃，红薯窑却不好垒。我们先在已收过的红薯地找来一块块鸡蛋大小的泥块，先垒好窑口。从两头向中间垒，呈拱桥状，合拢后，接着，沿着窑口垒一圈比篮球圆周稍大的底座，然后一层层往上垒砌，一圈比一圈小，直至将最后一块泥土封顶，才算大功告成。

泥窑垒好后，接着就点火烧窑，烧至泥块像红透的铁块般，就可以往窑肚里放红薯。这红薯是就地捡的"地角货"；柴火，就是田边、山脚的干树枝。放过适量的红薯后，就砸窑，将泥块全砸碎，将红薯盖得严严实实。然后，各人找一块石头压在自己的窑上做记号，用烧热的窑泥焖红薯需要时间。这段时间，往往是勒惹们到河里戏水、摸鱼的良机。我和小伙伴们来到河边，正想脱衣服下水玩，却见几个肖依（壮语：小姑娘）在河边洗衣服。因怕难为情，得想法将肖依支开。于是，几个勒惹跳到河岸边的牛背上，拉长脖子唱起山歌来。

阿妹下河捡田螺，阿哥下河把鱼摸；鱼难上手螺易捡啊，一难一易却为何？……

听完山歌，肖依们本能地涨红了脸，匆匆洗毕，手挽衣筐，飞也似的跑往竹林深处。勒惹们的鬼把戏奏效了，一个个光屁股扎进小河里。游够了，游累了，启窑的时间也到了。大家开窑拿出熟透的红薯美美地吃了一顿。窑烧的红薯又香又甜。吃起来别有风味。

壮家的红薯窑有泥窑和石窑两种，前者用泥块，后者用石块，垒法相同，烧出的红薯风味各异，妙不可言。

我吃过北京、郑州、杭州等地的烤红薯，其色味香与我们家乡的窑烧红薯相去甚远。家乡红薯窑，烧出的红薯，皮焦黄，透着泥土芳香，其野味无与伦比。

时移境迁，昔日的"勒惹"，如今成了新一代"勒惹"父亲，不少人当上了国家干部，离开了美丽的故乡到城市生活去了。已当了国家干部并生活在城市的我，常常为城市"勒惹"的单调、退化而担忧和惋惜。好在我童心不灭，工作之余，将自己的孩子带到郊外、山野，让他们回归大自然，教他们垒红薯窑、烧竹筒饭、做野炊、爬山，让他们尽情地游玩，在游玩中领悟五味的人生。

太阳走，我也走

每年"双抢"农忙时节，你驱车从平果县境经过，放眼车窗外，映入你眼帘的是一道迷人的风景线：公路两旁的百里平畴上，架着一只只白伞，疏密有致，犹如蓝天上飘着的片片白云，又如绿色草原上点缀着的朵朵小白花，又像是湛蓝色的大海上的点点白帆。

那白伞，其实是当地农民用2米见方的白布做成的简易的太阳伞，用2根竹子绑成"十"字形，将白布撑开，下面支撑的竹子下端尖利，可随时插桩进泥土里。白伞可随时移动，靠在白伞下拔秧苗的农民操作，秧苗拔到哪里，白伞就移动到哪里，太阳照到哪里，白伞就移动到哪里。当地农民颇富幽默感，说是"太阳走，我也走"。

但也有人对这种现象提出异议，说是平果人怕晒。什么叫怕晒？不下地劳动才叫怕晒，躲在家里不出门才叫怕晒。如果怕晒，哪有这般的满山遍野山花盛开的壮观？这是一种劳动艺术，是当地农民群众千百年来劳动实践的总结。我们历来提倡社会进步，提倡苦干加巧干，反对蛮干，更反对盲干。

其实，撑伞劳动场面不只在平果县境内有，在许多地方都有精彩的镜头。地里细活往往会有，如收花生、花生地除草等，至于那些男女青年撑着花花绿绿的太阳伞用脚薅秧的镜头，更富诗情画意，那伞是游动性的。拔秧、拔花生的白伞，则是相对固定的。

31

随着社会的进步、科技的发展，当地群众又圆了"插秧不用下田"的梦，把神话变成了现实。近年从外地引进的先进抛秧技术，已经在广阔的天地里全面推广——农民们只需站在田埂上，将一把一把的秧苗天女散花般的撒向天空，秧苗花撒在耙好的田里，便算是插了秧。于是，撑伞劳动的内涵和外延越来越丰富和扩大，人们在田埂上插上一把白伞，就可以躲在伞下抛插几分地的秧，难怪近年来"双抢"时节的平果，白伞出现那么多。

这种貌似儿戏的抛秧插秧法，却有其无可比拟的优越性，省力、省时、省耕田、减病虫害、增产……往昔的手插、机插，秧苗深深地插进泥土里，根须不易舒展，有效分蘖深埋土里，不易生长，分蘖少，还易生长病虫害。如今抛插的秧苗，是经过软盘旱育的秧，在旱地育秧，不占水田面积，在软盘中培育起来的秧苗兜，都带一块小手指头大的泥巴，各兜独立，既不串根也不申叶，抛向空中，均匀地散落在田里秧根落地，不深不浅，恰到好处，秧苗分蘖快分蘖多，生长茁壮，奠定了增产丰收的良好基础。

先进科技像太阳，照到哪里哪里亮。先进科技走到哪里，广大群众就跟到哪里。增产丰收是广大农民不懈追求的目标，不管用什么办法，只要增产丰收就是好办法。正如抛秧插田，尽管散落秧田里的秧苗杂乱无章，不像大跃进年代那种拉绳子式的3×3、4×4等规格插秧法株行均等、整齐美观，但它却具有无可比拟的优越性，为广大农民所乐于接受，得以迅速推广。实践证明，农业生产科技含量越高，经济发展就越快，其他生产项目尽同此理。

这正是：太阳走，我也走。

侗乡风情录

三件宝：猎枪、匕首和砍刀

在一次大学生运动会的马拉松赛的颁奖仪式上，前10名获奖选手全部是少数民族运动员，我第一反应是：理所当然。时光隧道把我带回40多年前在三江侗族自治县参加农村工作队时，在侗寨里所见到的一幕幕。其中最鲜活的是侗族同胞的狩猎生活。

侗族汉子出门必带三件宝：猎枪、匕首和砍刀。那是自然环境造成的——狩猎、防身和披荆斩棘开路。当时对保护生态环境的宣传虽然没有现在那么重视，但当地侗族群众还是很有觉悟的，他们猎杀的是践踏农作物、果园、森林的野猪和危及人民生命财产的虎豹豺狼，还有老鹰、蟒蛇之类，当然，他们也会误猎一些像黄猄、穿山甲之类的国家保护动物。按照国家对民族地区的特殊政策，他们一年之中还有狩猎期，在这期间，村里民兵组织造册登记到县武装部领取打猎用的子弹，集体围剿破坏秋收成果的野猪群。他们围剿野猪的场面令我大开眼界：他们把野猪逼到一锅底形的山沟里。引进民兵的包围圈，民兵的枪不能平放，只能枪口朝下，瞄准锅底的野猪。不能同时开枪，先打那头凶猛的领头猪。野兽的求生本能是，受到来自哪个方向的攻击，就朝哪个方向寻报复，哪怕是受了伤，也要朝那方向狂奔，野猪尤其是这样。猎人们都知道这一特点，野兽的弱点。

当第一个民兵射出第一枪后，那领头野猪立刻转头朝第一个民兵奔去，这一刻，对门方向的第二个民兵开了第二枪……以此类推，把那野猪逼得来回奔跑，直至疲于奔命被猎手打中。野猪被打中后，早就埋伏在猎人身边的猎狗马上一跃而起，冲下山谷，将野猪团团围住，并发出阵阵威胁的狂吠，等主人们前来收拾猎物。狗们当然知道它们不是野猪的对手，只围不攻，等主人们来收拾猎物。

　　民兵们迅速奔下山来，由一人将野猪击毙，大家拿来了树藤，将野猪四脚绑好，再砍来一枝粗棍子，由两人将200多斤重的野猪扛起来，大家班师回寨。

　　回到寨子前的一段路，民兵们驻足休息，一起朝天鸣枪，向寨子里的父老乡亲报告好消息。寨里的女人和孩子们，早早就等在村口，等着勒班（男人）们打得猎物平安归来，布桑（老人）们纷纷打开木屋的树皮窗口，探出头来观看，尽情地分享着胜利猎归的喜悦。

　　胜利果实分配活动在寨子铜鼓楼举行，我和我的东家分得3份：我、东家、猎狗。我是见者有份，猎狗是有功之臣。

　　有一次，我们一起去收茶果，沿着山路走到一个拐弯处，碰到一只受伤的野猪正在小溪边饮水，走在前面的小伙子阿甘急忙举起猎枪就射，由于没有压实火药，火力不够猛，野猪负伤而逃。一群猎手在后面紧追，翻山越岭地穷追不舍。此时此刻，我看到了少数民族同胞的彪悍、顽强、坚忍，擅长越野跑的身影，心中竖起了一尊尊造型优美的雕塑。大家追呀追呀，不知什么时候，野猪给追丢了。阿甘突然想起，几天来由于碰不到猎物，猎狗们集体罢工了，那时社会上还没有流行手机，只好派人回寨子召狗。约莫过了一个钟头，救兵猎狗群赶到了。只见猎狗们把在猎人们身后好远的一处灌木丛团团围住，不停地狂吠，这时大家才醒悟过来，上了野猪的当，追过头了。大家马上回头赶到灌木丛旁，一起往里面扔石头，野猪果然窜了出来，被狗群紧追不舍，最后被逼到一块刚耙过的秧田里陷在污泥中跑不动了。狗群依然很忠实地在秧田里围住野猪狂吠，直到看到主人们举起猎枪，狗们自动闪开。枪响猪倒，侗寨又一次重复了昨天的故事。

侗族山寨的野猪成害，群众深受其害。有一天早上，一位侗族妇女哭着向工作组报告，她老公昨天上山收板栗，昨夜一夜未归，可能被山猪吃了。工作组立刻组织群众搜山，结果在一个山脚边的一棵树下，她老公倒在一只死了的山猪旁边，遍体鳞伤，血迹未干，一探，还有气，大家急忙把他送到医院抢救，幸亏抢救及时，她老公脱险了。后来得知，她老公劳动中碰上野猪，端起猎枪就射，打伤了野猪，野猪朝她老公冲过来，她老公又急忙打第二枪，因火药未压实，未能打死野猪，再装第三枪火药时，野猪已经扑了上来，她老公和野猪厮打起来，最后挣扎着把枪口送进野猪口中，猛扣扳机，就不省人事了……

在侗族群众心中，野猪并不见得是十恶不赦的野兽，公野猪能在母性家猪发情期外窜私奔时，与之杂交，使当地群众不需要任何科学方法就能获得优良猪种，比科学喂养的瘦肉型猪还优良。当然这种概率比较小。有一户侗族同胞的一头母猪失踪了几年，以为是被老虎扛走了，没有再操心，谁知后来那母猪竟然带了一窝小猪回栏。一家人喜出望外，他们得到的是一窝小野猪呢！

有一次，有位侗族群众来报告，说他家的雄性大水牛没有回栏，那是一只力气最大最壮的水牛。工作组发动群众去找牛，结果，大家看到了一幕很惨烈的情景：大水牛把老虎顶死在一块岩石上，丝毫不松劲，直至水牛自己僵硬成雕塑状。老虎伤害了水牛的无数同胞，大水牛宁愿自己牺牲来保护同胞的安全。

这个侗寨不但上演了牛斗老虎的壮烈一幕，还流传着民兵打虎英雄吴老保的一段动人的故事，这段故事在当时的报纸广播广为宣传。那一天，吴老保早早地来到山脚下的大牧场放牧，大概十点钟，他突然看见牛群不安地骚动起来，一会儿，水牛自动围成了一个包围圈，把黄牛团团包围在圈子里面。水牛一个个屁股向内，牛头朝外，个个瞪圆大眼睛，怒目遥视远方。出事了！吴老保警觉起来。一会儿，他看见北边的草丛中窜出一只大老虎，朝牛群奔了过来，他立刻隐蔽在大石头后面，拿出步枪向着老虎瞄准。水牛们自动组织起来保护黄牛的举动让他感动不已，他决心为民除害，保护人民的生命财产安全，当老虎靠近牛群时，他开枪了。老虎听到枪声，本能地放弃牛群，朝吴老保奔了过来。吴老保开了第二枪，打中了，但没有打中要害。老虎迅速地扑了上来，老保又开第三枪，打在老虎肚子上，没有致命。老保被老虎扑倒在地，压得几乎喘不过气来。就在老虎张开血盆大口时，老保急中生智，将整支步枪塞进老虎口中。老虎拼命甩头，将步枪甩出了几米远，老保又迅速拔出匕首伸进老虎口中猛戳，痛得老虎合不上嘴。他又紧紧地将匕首竖卡在虎口上，另一只手一起伸进虎口，握紧拳头往老虎喉咙里塞。只见老虎拼命挣扎，老保不顾手被咬脱了皮，死死堵住老虎喉咙，鲜血沿着他的手一滴一滴往下淌……

　　寨子里的人听到了枪声，听到了牛群的哀叫声，纷纷拿起猎枪，带上猎狗前来声援。人们赶到时，老虎早断了气，老保也因为失血过多，昏了过去，被众人送往医院抢救。

　　猎狗是猎人最忠实的朋友，当时我们没有照相机或摄像机，没能记录下惊险和美好的镜头：猎狗奋不顾身地和野兽搏斗光荣负伤甚至献出生命；猎狗跟着主人出猎，在山道上行走时，突然草丛中飞出一只山鸡，猎狗纵身一跃咬住山鸡，连狗带鸡落入深谷。不一会儿，只见那狗完好无损地衔着山鸡来到主人身旁交差。也有时候遇到险恶的山势，那狗会受伤或者献身。

　　在少数民族聚居的地区，你会常见到一些野生动物被驯养的动人场面：山鸠被当鸽子养；野鸡当家鸡养；野兔当家兔养；野猪当家猪养等等。绝大部分野生动物驯化都要从小甚至从孵化蛋开始，捕获的猎物很难驯养的。有一次，我去赶集，路过一片棉花地时，见有几只漂亮的山鸡在地里觅虫，便驻足观赏，越看越心花怒放，情不自禁地摘下头上的草帽，捕捉那山鸡，扑得满头大汗，老半天没有捕到一根毛。远处传来了姑娘小伙阵阵爽朗的笑声，是我的狼狈相引得他们笑得直不起腰来，并向我喊话："工作，那是我们养的！"（"工作"是当地群众对所有工作队队员的称呼）。羞得我此时只恨地无缝可钻。

各地的打猎方法千奇百怪，八仙过海各显神通，而又大同小异。除了猎狗，有枪、钢叉，还有铁夹、套子、弓箭、弹弓、竹签、陷阱、诱饵、掩体……小到马尾巴、长头发等。光是猎山鸡，就有很多种方法：狗赶枪射，笼装媒引：放雌性在笼子里，引雄性往笼里钻。反之放雄的在笼里也行；把一只雄山鸡单脚绑了细棉绳，放在一处僻静的茅草地里，猎人躲在树叶伪装的掩体里，用竹衣扑打身体，发出雄鸡打架前扑打翅膀的声音，引来山上好斗的雄山鸡前来打斗，等到双方打斗到筋疲力尽难舍难分时，猎人蹑手蹑脚地走出掩体将其擒拿。捕捉画眉的方法也差不多。还有当地的一些捕鸟师，用学鸟叫的方法在黄昏把鸟引来然后再网捕或手捉，总之实践出真知，五花八门的捕鸟方法就是在人们摸索中产生的。

国家颁布了野生动物保护法后少数民族地区的群众加强了保护意识，打猎活动渐渐减少了。

打油茶

侗寨的生活习俗更是五彩缤纷，其中打油茶就是人类美食文化中的一个奇葩。侗族群众常年食糯米和粳谷，需要喝些带苦味的茶帮助消化，打油茶就有这种功效。侗族群众打油茶相当烦琐，费时又费工夫，以致有一段时间有人提出改掉这个习俗，但是这个根深蒂固的习俗不是说想改就能改的。特别是社会发展到今天，农家乐旅游带动了农村经济的大发展，打油茶成了侗族农家乐旅游的拳头产品，民族传统得到继承和发展。

侗家打油茶不是专门招待客人用的，是逢餐必打，甚至是随意性的，只要有一群亲友坐在火塘旁边烤火聊天，也打油茶，很少干聊。只不过是有贵客来时，打油茶的脚料就更丰富些，场面的礼仪色彩就更浓些。

打油茶是件费时费工休闲事，费时在于不受时间的限制，随时可以进行，而且打一次油茶花两三个小时，特别是在冬天农闲季节，一群人围在火塘旁聊天，几乎一天时间都花在打油茶上面，"文革"期间有人以影响生产为由，提出要破除这个习俗，但这习俗始终破不了，顽强地扎根侗寨。费工是其工序相当繁杂：先将糯米蒸好，拿到屋外晒干，一般要10天半个月才能晒干，晒干的熟糯米必须是颗粒分散不相粘连的，然后再用舂子将一粒粒晒干的糯米舂扁，用干净的坛子装好，找个阴干处储藏备用。油炸（炒）成爆米花留用。

打油茶时，先在火灶旁边放好一张矮脚桌子，桌上依次摆好打油茶所需的脚料：核桃仁、扁粒糯米、水泡茶叶、隔夜冷饭、甜酒、碎花生仁、炒黄豆、粉肠、熟肉和腌酸的醋鱼、醋猪肉、醋狗肉、醋鸡鹅鸭肉之类。一群人围坐在火灶旁，生好火后，有掌勺屋主先将核桃仁放入锅中炒出油来，就是核桃油。然后将扁糯米粒炒成爆米花，爆米花要略带焦味，将其置小簸箕中。接着夹一把水泡茶叶到锅里炒一阵子，加入适量的清水，煮开。开锅后，滤出茶叶，锅里的茶叶水就是大家要喝的打油茶的茶水，那是略带苦味的茶水。喝茶时，个人根据自己的口味加入所需的脚料，慢慢品尝大自然赠予的难得美味。品着品着，你就会品出侗族的男子汉为什么长得如此健美，侗族姑娘为什么长得如此漂亮。原来祖祖辈辈以来，侗寨的父老乡亲常年吃的都是手抓饭糯米和梗谷及粗粮，需要有较强的消化能力，而打油茶中的油茶，正是为他们提供了足够的消化酶。

侗寨的群众还有一个很好的习惯，那就是"饭前要洗手，饭后要漱口"，这个不是口号宣传，也不是什么硬性规定或乡规民约之类，而是生活习惯本身要求他们必须这样做。侗族同胞吃饭用手抓，不用筷子，筷子只是夹菜用，他们叫吃抓饭。吃抓饭不但要洗手，而且要洗得认真干净，马虎不得。至于饭后漱口，那是美差，那水是清凉甜美的山泉水，是天然的矿泉水，用那水漱口，漱口完后，水还舍不得往外吐，直往肚里吞，爽极了。

坐妹

侗寨有一种婚恋习俗叫"坐妹"，从名称来看有点黄，实际上就是坐在妹妹的怀抱里或大腿上，这是少数民族中一种谈情说爱的方式，没有什么值得大惊小怪的。然而在"文革"时期，这种民族习俗被当作"四旧"来破，怎么能破掉人们的恋爱呢，最多改头换面罢了。现在坐妹的习俗不但没被淘汰，而且恢复了，发展了，其内涵和外延都扩大了，在大张旗鼓地申报世界文化遗产。现在的坐妹，不再只是男女青年在木屋里的谈情说爱，而是变成了旅游项目，变成庆祝活动的节目，变成了舞台化的东西，不再是我在20世纪60年代末看到的原汁原味的坐妹。

当年，我居住的侗寨是寨子中间的一座鼓楼，寨子的群众住的都是两层的木屋房子，那一个个优美的爱情故事，就是在这一个个木屋里开始的——每当夜幕降临，就有侗寨的小伙子不是成群的、而是秘密的单独行动。他们每个人抱着一个土琵琶，不声不响地来到自己心仪的侗寨姑娘的楼下，弹起琵琶，唱起情歌。歌声里，充满爱恋、充满赞美、充满海誓山盟、充满憧憬……一夜一夜地唱，口干舌燥地唱，哪怕唱到九九八十一夜，直唱到那姑娘动心，开门纳客，姑娘喜欢让小伙子坐在自己怀里或大腿上，两人四目对视，红着脸开始了羞答答的话题。这就是坐妹。

坐妹也许不乏浪漫的色彩，但绝对不黄色，更不下流，这是一件有充分思想准备的、非诚勿扰的、严肃认真的事情，它关系到一个人的终生。除了青年男女，还有双方的父母亲戚把关。比如在坐妹的时候，女方的父母可以在隔壁房间偷偷观察，对男方不满意的话就故意大声咳嗽，或者找来木棍把楼板捅得咚咚响，对男的下逐客令；如果女方父母对男方感到满意，就主动回避表示默认。

历尽磨难和考验后，男女可以谈婚论嫁订终身。这是坐妹的最好结局，但成功的概率是很有限的，这正说明了做媒的严肃性和高难度、高境界。

私定终身后，男女可以牵手亮相，双出双入，一起跳芦笙舞，一起参加篝火晚会，一起唱侗族大歌，姑娘们把未来的新郎抱起来，举过头顶或者抛向天空。

四月八，杨梅发

在侗寨群众的传统节日里，四月八日杨梅节是仅次于春节的盛大节日。杨梅节又叫走寨节或坡会。是方圆数十里的以侗族为主的各兄弟民族的文化和贸易交流的盛会。

这一天，方圆百里的村村寨寨，万人空巷。除了侗寨的父老乡亲，还有壮、瑶、苗、彝、仡佬等村寨的民族同胞一大清早就起床，姑娘们打扮得漂漂亮亮，从头到脚，穿金戴银；小伙子穿上镶花边的蓝靛新衣，戴上美丽的头巾；老人和小孩们换上最新的衣服；成年男女背上精致的背篓，走出家门，走出山寨，从四面八方涌向一个绿草如茵的大山坡。这山坡，原来没有任何建筑，现在已经搭起了许多简易棚，成了临时市场，还有流动市场。这是专门为杨梅节准备的，所以杨梅节也叫坡会。

除了姑娘和小伙，来参加坡会的人很少是空手来的：老人们的腰间挂着装满土酒的葫芦，手上提着鸟笼，是来斗鸟和猜码行令的；大娘大婶带着布匹和工艺品，是来摆卖或者是交换用的。中华民族最古老的贸易方式是以物易物，《诗经》记载有"氓之蚩蚩，抱布贸丝"就是以物易物，当时没有出现货币。这种方式一直被沿用，只是在不同的场合、不同的时间地点罢了。而在少数民族的坡会就有这种贸易形式，有的用一块蜡染换麦芽糖，有的用布匹换金银首饰。在侗寨的坡会上，还有用干蚯蚓换狗，换鹅等。蚯蚓就是他们叫的地龙，加工成干蚯蚓后，经济价值很高，既能药用，又是招待贵宾的佳肴，所以一斤干地龙就可以换2只鹅或一条狗。

坡会上除了物资交流，还有文艺表演、山歌对唱、摔跤比赛、斗鸡、斗牛、斗马等，内容丰富多彩，节日活动连续3天。

坡会的另外一个很重要的节目是采杨梅，但节目的表演者不再是全体人员，主演是姑娘和小伙。太阳渐渐偏西时，很多人背上沉重的背篓，满载而归；小孩们玩了一天累了，坐在妈妈的背篓里睡着了；老汉们提着空了的葫芦，踉踉跄跄地走在回家的山道上。绿草如茵的山坡慢慢地寂静了下来，远处的杨梅林里隐隐约约传来了姑娘小伙的阵阵笑声——杨梅节的重头戏上演了。

这是姑娘小伙们最惬意的时刻。他们尽情地在杨梅林里追逐、打闹、捉迷藏，玩累了之后，就坐在杨梅树下休息，或者躺在杨梅树下的草地上，在这种场合里，撒娇的不是姑娘们，献殷勤的也不是姑娘们，而是小伙子们。只要小伙子们有什么要求，姑娘们有求必应。此刻小伙子们嚷嚷口渴，要吃杨梅，姑娘们马上拿出她们的爬树本领和采杨梅的绝技，一展巾帼风采。小伙子们此刻自然是衣来伸手、梅来张口，躺在草地上，等着接姑娘们抛下来的一串串杨梅，细细品尝，有的甚至张着大嘴，等着姑娘们（心上人）"投篮"。得意之时，帅小伙还哼出几句侗族山歌："妹在树上采杨梅，哥在树下细品尝；一颗杨梅一片心啊，甜在哥心赛蜜糖。"

走路的礼貌

我们是共产党领导下的国家，党从执政的第一天起，就颁布了民族政策，尊重少数民族的风俗习惯，我们工作队下乡，队长特别强调这一点。在侗族地区，特别注意走路的礼貌。在上坡时，男走前，女走后，上楼梯也是如此，因为有些地方的风俗是婚后的女子穿裙子不穿内裤（现在也许已经改了）。还有走路时你无意看到不该看的事，不能笑，笑被认为是歧视。有一次，女队长带着检查组检查秧苗质量，走在田坎上滑了一跤，裙子被掀开露出大腿，有位工作队的同志忍不住笑了，被开群众大会批判。侗族寨子全是木质结构，木皮盖顶，千万不能发生火灾。有个工作队员晚饭前写总结，下楼吃饭时忘了吹灭煤油灯，引发了火灾，幸好救得及时，没有给东家造成大的损失，赔偿了一张蚊帐的损失，得到东家的原谅，才没有被当作灾星绑在木柱上活活烧死。

激情涌似水下滩

壮族诗人打头阵

壮乡三月，除了那红艳艳的木棉花燃遍了山山岭岭，还有那欢声笑语缭绕着的峒峒弄弄，还有那披红挂绿、糯米飘香的村村寨寨——这就是壮乡的三月三歌节。今年的这一天，由政府部门组织，在自治区首府南宁举行了隆重的歌节盛会，这是壮族历史上开天辟地的第一次。这一天，汇集在南宁西乡塘相思湖畔的，有来自全区13个县的壮族歌手，有在这里学习和生活的广西民族学院师生；自治区有关部门领导也赶来了。壮族著名诗人、田阳县老民歌手歌剧《刘三姐》编导黄勇本来要参加中国少数民族文学学会第二届年会，为了赶上这次盛会，他也赶来了，刚和大家见面，歌节活动还未正式开始，诗人按捺不住胸中翻卷的激情，抢先打了头炮。

> 今年又逢三月三，
> 歌满海来歌满山，
> 大唱祖国建四化，
> 激情涌似水下滩。

黄勇才唱罢，似嫌一花独放不成春，又邀田阳县老乡、青年歌手颜梅英、罗美珍登台同唱。颜、罗本是山歌不离口的壮族姑娘，来到西乡塘后，饭前饭后，哼个不停。此刻，她们的嗓子早已发痒，便跳上台来，开腔唱道：

> 三棵树同根，
> 六棵树同本，
> 一百棵树共个坑，
> 壮家兄弟喜相逢。
> 山风过峡谷，
> 喧竹笑迎春，
> 壮家生来爱唱歌，
> 妹心和木棉火样红。

新老歌手，一唱一和，歌节未开始，序幕已拉开，群情振奋，掌声雷动。

这里的录音机最多

农历三月初三（新历4月15日）下午2时30分，一年一度的歌节在震天的爆竹声中开始了。民族校园里，搭起了八个歌台，百色地区的歌手独占两台，田阳县一台，靖西和德保共一台。看，那边人头攒动，被围得水泄不通的歌台是哪路歌手摆的？其实不用看，一听便懂，那高昂悠扬的、韵脚严格而多变的、富有特色的多声部民歌，不就是壮乡闻名的靖德山歌吗？是靖西歌手和德保歌手在那里对阵呢！走近一看，哎哟，那么多的录音机，不知从哪里一下子冒出了这么多的采风者！只见歌手们神情自得，出口成章，好不昂扬！相比之下，采风者似乎成了歌手们最忠诚的、万难不辞的奴仆，他们来回奔波，一会儿把录音机递到这位歌手跟前，一会儿又递到那位歌手跟前，虽然满头大汗，但似乎乐此不疲。

这些采风者是些什么人？是电台的？报社的？出版社？不全是。第二天一早，人们在南宁市的一些知青商店里，听到了收音机在播放昨天歌节那娓娓动听的山歌声。顾客问："这么动听的歌声是从哪里录的？"服务员大声回答："这是昨天壮族三月三歌节唱的山歌。"服务员的话音引来了一大群的好奇者。啊，平时用中国港澳音乐、流行歌曲招徕顾客的商店，如今竟用壮族山歌招徕顾客。

编外歌手登歌台

靖西德保歌手赛歌犹酣，针尖对麦芒，胜败难分。渐渐地，靖西两位男歌手嗓音有点哑了，德保女歌手从容不迫。

> 阿哥如果无能耐，
> 请来妹妹又何妨？

坐在一旁的靖西女歌手早已嗓子发痒，此时更不甘示弱，当即引亢高歌：

> 表妹早有心唱歌
> 单等德保表哥来！

糟了，德保这次来的，只有女歌手，没有男歌手，靖西妹仔将这一军，好厉害！德保表姐们面面相觑，急得不知如何是好。这下，靖西妹子更是得意，出口不饶人：

> 阿妹等哥不见哥，
> 莫非德保无男人？

　　好一个"莫非德保无男人"！且慢，德保男人多的是，光在民院读书的大学生就不少。德保的学生哥本想安分守己，做个忠实的听众。没想到被靖西妹子激将法惹火了，几个学生哥跳将出来，瓮声瓮气唱开：

　　　　阿妹别有眼无珠，
　　　　看我是男还是女？

　　一场有编外歌手参战的对歌开始了，有如双龙戏珠、凤鸾争鸣。对歌一直对到深夜，如果没有歌节活动主持人劝回，这场对歌，不知何时是了！

第二章

02

| 闲情逸趣 |

垂钓高手卢炳坤

近两年，百色钓鱼界爆出的爆炸性新闻都似乎出自卢炳坤一人，而且新闻发生地都在百色市澄碧河东坪水库区冬泳园。1998年3月29日，刚办完退休手续的百色市教育局干部卢炳坤在冬泳园钓得一条鳙鱼16.5公斤；同年4月29日又钓得一条鳙鱼18.5公斤；1999年4月1日，老卢仍在相同地方钓得一条23.5公斤的大鳙鱼。

老卢是于今年4月1日正午12时放海竿钓中这一大家伙的，遛了整整50分钟，在钓友们的帮助下，大家伙乖乖就范，观者甚众。正所谓熟能生巧，比起去年驯服的那两个大家伙的艰辛历程，这次省力省时多了。去年钓得16.5公斤那条，老卢整整遛了两个半钟头才上鱼，乏得鱼都不想要了。那条18.5公斤的也整整"驯"了两个钟头，老卢全身大汗淋漓。他原想这回可登上全国钓鱼冠军的宝座了，谁知道去年年底，有一位贵州钓友钓到一条26公斤的大鳙鱼，老卢屈居第二，失去了拿奖金的机会。

今年4月1日下午，老卢又钓到大鱼的消息像一把盐巴撒下油锅，一下子在鹅城炸开了，登门参观和祝贺的钓友如云。钓友们将鱼过磅，体重23.5公斤，一丈量，鱼身长118厘米，胸围74厘米。鱼是雌性，光肚里的蛋足足有5公斤。过磅丈量之后，钓友还给老卢提着大鱼"合影留念"。再后来就是将鱼解体，分送给左邻右舍，分送给教育局的干部职工让大家一起分享胜利果实，分享垂钓者的乐趣——每次钓得大鱼，他都是这样做，并以此为荣。

　　百色的垂钓爱好者，各行其是，有的结伴而行，有的出远门，有的就近钓。有一种说法是到远荡钓得大鱼，就近钓得小鱼。老卢生性孤僻好静，钓鱼爱独来独往，而且爱就近的，他的垂钓龙脉宝地东坪水库冬泳园，离百色城中心不到2公里。他就近钓理由有二：一是不信就近钓不到大鱼；二是他听从老伴的劝告，年纪大了不要到远荡垂钓，生怕发生意想不到的老年病。而事实证明，正是垂钓使老卢越活越年轻，越活越健壮结实。出于担心，老伴不放心他去垂钓；出于理解，子女们都支持他垂钓，子女们认为，在诸多的退休生活内容中，垂钓无疑是最理想、最有益的活动。

　　老卢迷恋垂钓，节衣缩食为垂钓。在渔具上，能自制的他尽量自制，别人用的是精制的编织渔具箱，他自己用的是铁皮加工的铁皮箱，还用塑料油泵加工成容具，加上那一部老人自助车、一个军用水壶、一套褪色的旧军装、一双旧凉鞋，这是桂西垂钓高手老卢留在人们心中的"老八路"形象。

　　有人向老卢请教钓大鱼诀窍，老卢说，钓鱼里面有哲学，就像要做好一件事一样，要排除干扰，突出重点，抓住主要矛盾，要用心专一、持之以恒。例如，他一心一意要钓大鱼，却时时有小鱼来干扰，遇到小鱼干扰，他一概不予理睬。这需要有区分小鱼和大鱼咬钩的功夫。钓海竿铃铛响声大而频、竿尖颤动的，是小鱼咬钩；响声小且疏，竿尖弯度大的，是大鱼咬钩。由于老卢垂钓的原则是"抓大放小"，他出钓多是空手而归。他说，古代夫子之钓，钓钓而已，钓鱼不在于得不得鱼，主要在于修心养性。

玩的就是心跳

我爱钓鱼，但在内地钓的都是山塘水库的鱼，钓江河湖汊的鱼，没有钓过海鱼。2008年从广西到珠海跟儿子生活，才开始接触到海钓，领略了钓海鱼无穷的奥妙和极大的魅力，给我的晚年生活增添了多彩的乐趣。我自认为，海钓是钓鱼的最高境界。我的钓友们则认为，像我这样年近七十的老人，还着迷地跟着一伙中青年钓友去海岛钓鱼，兴致勃勃地带上小帐篷在海岛的海边安营扎寨，和钓友一起夜钓，更是海钓中的最高境界。

海钓玩的就是心跳，很震撼，很刺激，很快乐，最能激活人的活力细胞，是延年益寿的妙方。去年9月，我和钓友老张、老都到东澳岛钓鱼，老都中了大家伙，竿尖都弯到水里去了。老都和那大家伙拔河了老半天，累得气喘吁吁，好不容易收线拖到岸边，不料那天3个人中没有谁带抄网，因为平时带了抄网都没有碰到过大家伙，这次为了减轻负担，就不带了。谁知却中招了。怎么办呢？我见我们在的码头有个装卸水槽，我叫老都把那大家伙引到水槽口，然后我们合力把它从水槽慢慢拖上来。谁知那家伙还没有到水槽口，见到人影，猛然奋力甩尾发力，挣断鱼线逃掉了。我们拍着大腿，望着旋起浪花的海面发呆了几分钟。我们发誓：下次一定要记得带抄网，报这一箭之仇！

过了几天，我和老张还有几个青年钓友再次来到这个东澳第2码头

（老都没有来，也许太难过了吧），第一个动作就是装抄网，然后安粗线渔轮，做足准备工作，就开钓了。我们把鱼竿架在码头水泥平台的栏杆上，不到10分钟，只听"嗖"的一声，哎呀，老张的一根鱼竿被海里的大家伙猛拉，鱼竿和渔轮被弹起来飞过一米多高的码头栏杆，掉到水里，幸好还卡在岸边浅水的礁石上，老张急忙拿起操网，把竿和轮捞了起来，而那大家伙早已溜之大吉。老张惋惜之余，加紧装上新钓饵。钓饵还没有装好，又听"嗖"的一声，他的另一根鱼竿又重现刚才的情景，又被另一大家伙拖入海中。这条大家伙更大，鱼竿飞出好几米远，落水后竟然还浮在水面，被大家伙往远处拖，老张立刻装好有麻风钩的另一根钓竿，抛出去要把那落水竿钩回来，但几次都失败了。落水竿被大家伙拖离了麻风竿所能抛到的势力范围。老张急得团团转，急忙叫来了一条路过的渔船帮忙。老张登上那条渔船和船工一起去追落水鱼竿，追了一会儿，老张眼睁睁地看着那鱼竿葬入了海底。

"哎呀，可惜了，我那鱼竿800多元，渔轮400多元，鱼线100多元，给渔船兄弟辛苦费100元，今天钓鱼损失大了。"老张正痛心疾首地在说着，只听见"嗖"的一声，是一位青年钓友的鱼竿也被拖飞下海去了。

"完了。"我脱口而出。

"别慌，我系持手绳了。"只见那青年不慌不忙地将持手绳拉上岸，钓上一条活蹦乱跳的石斑鱼，有3斤多重。"都怪我又忘了系持手绳。"老张自责地说。还好，亡羊补牢，未为晚也。后来，老张把几根鱼竿都系上了持手绳。不久他又连连得了2条大家伙，每条长半米以上，细鳞，银白色闪闪发亮，我们叫不出那鱼的名字，每条不到10斤重。那天，我们是遇到了大鱼群。可惜我运气不好，只钓到些小鱼，一个大家伙也钓不到。

今年4月4日，清明节的前一天，我又到东澳岛钓鱼。那天是我在珠海钓海鱼以来运气最好的一天，钓了5条沙嘴，每条不到半斤，钓了2条大鲈鱼，每条七八斤重。钓大鱼的过程真的太奇妙了。我钓浮钓近水钓，浮波丢下水好久，不见有一点动静，我便低头绑鱼钩，一抬头，浮波不见了，我赶忙提竿，挂底了。用力一拉，线断了，浮波也没有了踪影。我不理它，换了线继续钓。约莫过了一个多钟头，突然看见浮波从原来的地方浮了起来，我好生奇怪，下意识地把一根重铅大钩粗线的竿抛了下去，慢慢地收线，没有钩中那连浮波的线，却突然钩中了什么东西，很快地鱼竿被来自水下的力量拉得像弯弓。哦，我中大家伙了！我预先安好的抄网终于派上了用场。我不紧不慢地调整好力气，溜了大家伙半个多钟头，终于把它抄入网中。鱼太大，鱼箱装不下，我就解开那条5米钩绳，把那条大鲈鱼钩稳绑牢，放养海里。

接着我继续钓鱼。突然，我发现在放养鲈鱼的旁边，有一条大鱼游来游去。我想起来书上说鲈鱼是情侣鱼，去哪里都成双成对，恋恋不舍。我立刻装上鱼饵，朝前面的水域抛去，

那鱼仿佛发了火，饵料刚碰水面就猛扑过来，将鱼钩咬住，却没有挣扎逃窜，缓慢地在放养的鲈鱼旁边来回环游着，出现了感人的一幕。我想，它们也许就是情侣吧？在离婚率不断飙升，小三现象司空见惯的今天，人不如鱼吗？看着看着，我的心跳又加快了。

我终于把情侣鱼钓上来，大概是雌性的，比第一条轻了一斤多。我想起了那位教会我钓鱼的朋友的忠告，钓鱼是得罪神灵的。而且这次把一对正在热恋的情侣鱼钓了上来。到海岛上旅游的游客围过来看热闹，要求和情侣鱼合影留念。我心里有点忐忑，有点负罪感，有点难受。旅行者却前来安慰我，除非世界上没有钓鱼活动存在，你这就是合法的。

心惊胆战的"水漫金山"

没想到，神话故事《白蛇传》里的"水漫金山寺"的情景竟然在我的垂钓生活中重现，我仿佛成了法海，陷于灭顶之灾的境地。

6月，是一年之中的丰水季节，也是垂钓的好时节。一天清晨，我们几个钓友来到了澄碧湖，登上机帆船，长驱直入湖区纵深的林河地带。一场大雨过后，湖水上涨，水急鱼欢，水涨到各个小岛的长草地，蚂蚱、蟋蟀等各种小虫急于逃命，被兰刀鱼追杀、围剿。我在船上急叫钓友在一个周围鱼多的小岛上停了下来，拿出钓竿，拿出前几晚捕捉到的飞蛾，一竿下水，提起来便是白亮亮的兰刀，我开心极了。

"这土佬见几只小鱼仔就乐成这个样子，丢他在这里，我们往里面钓大鱼去！"黄友极不高兴地对另几个钓友说。

"你们去吧，我一人留在这里，钓小鱼仔也蛮好玩的。"

钓友们走了，我一人留在孤岛上继续钓兰刀鱼。因天气热，飞蛾很快就变腐烂，发出臭味，鱼儿不爱吃了，上钩率逐渐下降。我索性放下鱼竿。捕捉草丛里的蚂蚱。捉得一小筒蚂蚱后，又继续下钓，又是一条蚂蚱一条鱼，令我激动不已。

有一次，我不但钓到一条鱼，还得了一把高级钓钩。这是只漏钩的有一两多重的蓝刀鱼，由于贪吃，再次被我钓到。拆钓时，才发现鱼嘴还挂着另一把鱼钩和系着一截短短的鱼线。

54

　　水位上涨很快，我一面钓一面向岛的坡顶撤退。到了下午6时30分，我们的机帆船还未返航。我收好渔具坐在坡顶，不钓鱼了，单等机帆船和钓友们的到来。可是，返航的一艘艘的机帆船从岛前经过，却没有一艘是我们的船。

　　这时水已漫到坡顶，我只有不到1平方米的立足之地。我脱下衣服，拼命地向来往船只挥动，向他们呼救，可也许是太远，也许是马达声太大，就是没有一只船向我驰来。也许他们听不见，也许是世风日下，他们见死不救；也许刚才那只嘴巴带钩的兰刀鱼就是龙王的女儿，龙王把我当成法海，向我报复，决定水漫金山，使我葬身鱼腹……也许已经没有也许。

　　抬头望着对岸，对岸离孤岛并不太远，估计有100多米，我有能力游到对岸。于是，我当机立断，决定放弃价值1000多元的渔具，关掉了身上的手机……

　　天无绝人之路。就在我准备下水之时，湖面有一只舢板船向我驰来。舢板越来越近，我看清了掌船的是位须发皆白的老渔翁。

　　"上船吧！"舢板停在坡顶后，老渔翁向我打招呼，我连声说："谢谢，谢谢！"一股热泪止不住夺眶而出。我掏出10元钱递给老者，他连声说："见外了，见外了！"连看都不看将船驰向对岸。

　　"你的船呢？"到岸后，老渔翁亲切地问。

　　"朋友们开到里面去了，还不见回来。"

　　"不要紧，等会儿他们会来的，你先在这里等，我还去前面那个岛接牛回家，等会儿我再来看你。"老者和蔼地说。看着他远去的背影，我的内心涌起了一股荒岛遇仙翁的幸福感。

　　天渐渐黑了下来，我还未听到机帆船的马达声，肚子饿得咕咕直叫。约莫8点多钟，我终于听到了那熟悉的马达声。

　　"哎呀，那个岛被淹没了，找不到了！"只听到湖面上传来钓友们的惊讶声。

"那老凌呢？老凌也不见了！"又有一位钓友呼喊着。

"喂——，我在这里，快过来！"我扯大嗓门，向机帆船呼叫着。

船开始向我这边驰来，他们听到了。

"你们不能这样耍我呀，会耍出人命来的。"

"不是我们耍你，是该死的破船耍我们，要不是小韦会修渔船，我们还回不来呢！"

结束了，什么都结束了。深刻的教训是：今后无论到哪里，个人千万不能离开集体。

迷水路

　　也许是年龄和健康的原因，近年来，我很少到远处垂钓，只在家门口的东坪河随意钓钓。

　　向钓友们问起澄碧河水库的情况，都摇头不已：今非昔比了！环境保护工作跟不上，电网、灯光等滥捕灭杀行为屡禁不止，难觅"鱼踪"了。一个钓友说："不信你去看看，几乎处处是'可怜澄碧鱼虾尽，犹有垂竿老钓翁'的惨景。"

　　不过，钓友们话题一转，瞬时又满脸喜色："好在百色水库建成了，我们的'工作重点'转移了，我们的船已在百色水库停泊了。"

　　在钓友们的一再怂恿下，我终于去了百色水库垂钓。真是不去不知道，一去"吓"一跳：我终于找回了20年前在澄碧河水库垂钓的感觉。

　　自然界的法则是：无限风光在险峰。垂钓同理。越是人迹罕至处，鱼儿越多，收获越丰。但是，"人心不足蛇吞象"的我很快就为实践这个理念而惹了祸。

　　那天正好天气闷热，鱼儿不开口，上钩鱼寥寥无几，我心直痒，怂恿钓友将船往湖心深处开。没想这一来却成了"三打祝家庄"了，进得去，出不来。

　　我们下午4时收竿回程。可船在众岛之间穿梭，穿来穿去还是回不到出发处。啊，入了跎盘水路了。前不着村，后不着店，虽然船备足了油，但也经不起在原地打转的折腾呀。

不管怎样，一定要找到岸上人家，一定要找到行船。我们开着船睁大眼睛寻找救星，拐过一个山口，进入一个风景优美处，只见岸边有一间小小的茅屋。有一对年轻夫妻在屋边的山地上割茅草。我们诚惶诚恐上前问："请问大坝往哪里走？"小夫妻非常惊讶："你们人生地不熟的，也太大胆了吧，我们住在这里都不敢乱闯。你们竟敢进来那么深？"说得我们汗毛直竖。

我们按着小夫妻的指点往回开，但还是不行。那么多个水口。到底从哪个水口出去？乱选一个大一点的水口出去，不多远竟碰上了一个外地来的捕鱼船队。我们像遇到救星似的上前问路。船队的人笑了："你们没有指南针？在这样大的湖行船没有指南针怎么行？你们现在的方向反了。想去云南过夜？"

我们没时间和外地船队开玩笑，也没有力气开玩笑，道了谢之后掉头就走。还好，这次运气来了，一路上都碰见船只，我们边走边问，当看到大坝时，已经是晚上8时。这时，大家终于松了一口气。

我想，幸亏这世上好人多，要不然，遇上哪一个搞恶作剧的，故意指偏方向，后果不堪设想。

我又想到了上个月被一只阳圩渡船抛弃在一个荒岛上的可怕情景。上个月的一天，我们3个钓友开车到已被淹没的旧阳圩水面垂钓。由于去得晚，出租船已没有了。我们只好央求另一个渔船的青年船主送我们到湖中的某个岛，我们照付租金。这船主满口答应，把我们送到那个岛上。

下午4时30分，我们收了竿。约定的接人时间到了。却不见那条船的身影。天渐渐黑下来，连马达声也听不到，我们开始心慌。正当我拿出手机准备向外呼救时，突然看见有一只船向我们的岛驶来，船上是一对老年夫妇，船上装满了虾笼网，原来他们是晚上来布网。我们向二老诉苦。二老笑了："现在的青年人呀，少教养。那个青年仔和我们同村，现在正急着去喝朋友的喜酒呢，哪还顾得上你们？你们别慌，我们送你们回去！"

我们又遇上贵人了。这世上总是好人多！

保密守则

在我的印象中，大凡在安全处或者在保密局等机要部门工作的朋友，大多数是神秘兮兮的。他们都能守口如瓶，这是一种职业习惯，是由他们的工作性质决定的。后来，加入了垂钓队伍之后，我才发现，真正注重保密、守口如瓶、显得更加神秘兮兮的人，总是在垂钓的人群里。

一天工作之余，我和同单位的几个钓友相约去澄碧湖钓鱼。不提则罢，一提他们就恼火："你已经被我们开除出革命队伍了，你这个叛徒！泄密者！乌鸦嘴！"

我记起来了，那是前不久的事。那一天，我们到澄碧湖鲤鱼湾的输电铁架下钓鱼，大家运气极佳，钓得不少鱼，光我自己就钓上12条大鲤鱼，足足有42斤重。回来后。我逢人就炫耀自己的"丰功伟绩"，唯恐描述得不生动，还道出了钓位、用料等具体细节。

待到第二次再光临鲤鱼湾时，钓位已经被人占领。再后来，我们不管去得多早，钓位总被他人捷足先登，我们只好移师别处。到了别处，风光不再，效果甚差。为此，几个知心钓友恨不得将我碎尸万段。

渐渐地，我懂得了"行规"：不随便向人透露钓鱼的去向。明明是往东，你就说向西，或最多讲个大概，不能透露细节，不随便向人透露收获情况，得鱼说是不得，得多说是得少，避免有人跟踪；不随便向人透露钓饵的配方，或故意提供假配方；不随便向人透露钓鱼的技巧（绝招）这就叫作兵不厌诈。

还有一种保密。那是专门针对女同胞的，那是一种此地无银三百两、掩耳盗铃式的保密：明明带着钓具出门，遇见女同胞远远就绕道而行，怕她们打招呼，若有女同胞问："去钓鱼呀？"也不要答话。有更严重的，遇上女的打招呼后，掉头就回家，当天不再往河边走。其实，这不是保密，这是迷信。

这些垂钓者保密的心态是怎样的呢？也是"革命工作"的需要吗？也是职业病吗？答案不得而知。但有一点是显而易见的，那就是把欢乐留给自己，不让他人分享——这似乎有点自私。当然，秘密最终还是保不住的。天是众人的天，地是众人的地，江河湖海都是众人的，你一人哪里占得那么多？

钓鱼的代价

这次我住院共花去1200多元医疗费。住院的原因很简单——为了一条不足四两重的罗非鱼。

11月3日，我们报社几位老记相约到澄碧河水库桃花半岛游乐。上午9时到达目的地后，爱打扑克的打扑克，爱观光的观光，爱钓鱼的钓鱼。我们抢先在岸上布下了鱼竿。桃花半岛的小尖嘴鱼很多，分分秒秒不停地吃钓，但不具备一定的钓技，是很难钓到小尖嘴鱼的。像我们这些有一定钓龄的人对这些小尖嘴鱼是不屑一顾的。我拿出了长竿，拉开了长线，摆下了钓大鱼的架式。

鱼儿总是会欺生的，约莫中午12时，很少到河边走的韦老兄首先发布，钓上了一只三指长的罗非鱼。我的长竿鱼漂纹丝不动。开饭时间到了，我们在一个茅草亭餐厅用餐。我抬头看水面，发现浮漂不见了。由于待了几小时才发现鱼儿上钩太兴奋了，于是匆匆忙忙不顾一切跑下湖边将钓竿抽起看，是一条不足四两重的罗非鱼。然而糟糕的是，跑下湖边的时候我忘掉了一个情节，我事先已将粘满泥巴的凉鞋洗了，晒了，自己正在打着赤脚。于是左脚板被一草梗扎中了，钻心地痛，草梗断在脚板里面了。到了下午4时，肿了整个左脚板的我被单位的车送进了右江民族医学院急诊室，然后转外四留医。

手术在痛苦的局部麻醉中进行，由外四罗群强医生主刀。手术从脚

61

板底开刀，罗医生在血糊糊的肉中搜寻老半天之后，找不到异物。他当机立断，改从脚板背面开刀。过了一阵子，一位助手夹出了一小节草梗的尖尖给大家看："找到了！"我根据自己的痛感判断："这只是残余部分。"又过了一阵子，罗医生终于拨开涌血造成的重重迷雾，在关节骨缝里找到了那根草梗，我一看，草梗足有1寸长，我高兴得软瘫在手术床上。手术很顺利，用了1个钟头。我十分感激罗医生和他的助手们。这次为一条小鱼而住院，花了1400元。

往事不堪回首。1998年的一天，区外新闻单位的同人到百色和我们开展联谊活动，活动内容当然少不了到澄碧河水库去游湖这一项。那一年，正是我学垂钓的启蒙时期，钓瘾正盛。我背上一大袋钓具与同人们来到了湖边的水上餐厅，刚下车就迫不及待地往湖边走。那时，处于混沌朦胧阶段的我根本不懂得选择钓位，哪里景致好就往哪里去。只见有一石壁处，有巨石横斜而出，我想，如果在石头尖尖处垂钓，必有无限风光在险峰的绝妙镜头。我爬上了那块巨石，坐下，开钓。就在这时，石头突然断裂，没想到石头托不住80公斤之躯，陷落湖中。我先落水，后面大大小小的石头接着落了下来，呈落井下石之势。感谢水的浮力，石头没把我砸死，我忍着伤痛吃力地游上了岸，周围的钓友们惊呼："鱼钓人了，鱼钓人了！"

那天，出师未捷身先伤，鱼未钓得，却住进了医院。于是，我跛了两个月的腿，交了1700多元的医疗费。

1999年的一天，我在东坪电站钓鱼，钓上了一只小兰刀鱼，因抽鞭过于用力，小鱼挂在树梢上。我站在河岸的最边缘，踮起脚跟想抓住鱼往上拉。还未够到鱼，松软的泥土就下塌了，我掉入河里，成了落汤鸡，身上手机、钱包泡进水。回家后，可惜2000多元的摩托罗拉手机却因短路烧坏了，成了"死鸡"。

最难忘的是2001年元旦。那天，我和右江医学院的钓友到澄碧湖钓海竿。每人布下10根海竿，老半天没有动静。两人只好坐在一块草地上聊天，钓友发现他少了一根海竿，走近一看，竿架不见了，插竿架的地方被掀起一块大泥土。我们想，这也许是碰上澄碧湖的鱼王了。于是大家上船去追寻那根海竿，蚂蝗飞钩甩出一次又一次，根本无法钩到那根海竿的丁点皮毛。就这样，钓友那近百元的海竿没有了，大家只好垂头丧气地回家。回到家后，我才大惊失色地发现，我1900元新买的西门子手机也丢了，也许是在忙碌搜寻海竿的过程中，由于动作太大而没有察觉。当夜与朋友带着应急灯到故地寻找西门子的下落，结果一无所获。

最惊险的、谁都无法预料的一幕上演了。那天，我到淇澳电厂附近的一个狭长的海沟钓海鱼，准备工作做得不足，思想准备也不细。放下竿、包就急急忙忙装好轮、线、钓、鱼饵，挥起海竿就甩。不知是用力过猛还是新换的渔轮泄力气太流畅，鱼线飞到对岸，钩在荆棘丛里，我用力收线，只听"嗖"的一声，线断了。

"哎呀！"我大叫一声，不知一个什么硬东西砸中了我的门牙，眼睛冒火星，天旋地转。只听钓友大叫："快、快！老凌受伤了，嘴巴直流血，快送医院。"

我被送到市人民医院牙科抢救。牙科医生首先夸我命真大，生命力很顽强，从50米宽的海沟对岸强拉鱼线，线头上有一颗50克的铅坠，鱼线的弹力是很大的，一颗铅坠弹过来，不偏不倚，正好打中你的门牙，门牙没有被打掉，只有右门牙被打碎了三分之一。医生对我说，你的门牙根很坚固，那颗碎了三分之一的也不用换了。牙科医生还给普及了一个医疗知识，说人的牙齿的抗击和抗压的能力都比钢强得多。

这就是我的故事，一个爱好广泛的老顽童的故事。我的故事一千零一夜也讲不完，光是钓鱼的故事，就足以写出一本厚厚的书。

钓友，我想对你说

鱼类的产卵期又要到了，垂钓的高峰期又要来临了，钓友们又要起早贪黑地奋战在江河湖海，此时此刻，我有话要对钓友们说，虽然有些是老调重弹，但我还是要说。

出发前了解天气预报

钓鱼和天气有着密切的关系，根据天气确定带的装备，根据风向选择时机钓位，根据天气确定是否成行，总之，垂钓是要看天气的。天气不好不但钓不到鱼，而且淋雨垂钓会生大病，暴晒下垂钓会得皮肤癌。

带全必备之物

首先必须有干粮，垂钓是宜于健康、延年益寿的运动，但饱一顿饥一餐的人是自我摧残，所以，必须备好干粮备足水。出门在外，不能亏待自己。渔具必全，避免麻烦。钓鱼的地方不像在家，想要什么就有什么，买什么都方便。没有抄网怎么钓大鱼，没有铅片怎么调漂？带上必备药，感冒灵、保济丸、创可贴之类，还有剪刀。带上手机和指南针，这不是啰唆，我就经历过山中迷路、湖心船抛锚的沉痛教训。而且，带上手机还可以随时联络了解各个钓点的渔情。海钓的还必须穿防滑鞋。

做好防寒、防暑、防雷、防雨的准备工作。对大家来说晴天带太阳伞，雨天也是带太阳伞，但海钓不能带太阳伞，海风会把太阳伞刮走，海边下的雨是横飘的，雨伞没有用，只有军用雨衣才能挡雨。

不可孤军作战，不打疲劳战

钓鱼一般都是出远门的，钓点往往远离公路，远离人群。一个人钓鱼很不安全，遇险没人援救，病发无人照料，或不慎落水遇难，家人怎么办？这方面的实例不少，教训深刻。钓友切记，出门钓鱼一定要结伴而行，垂钓中要注意劳逸结合，根据个人的年龄和健康状况调节间停休息、路途的远近，选择有利地形、安全的钓位。

喝酒不垂钓，进食要卫生

时下有句流行语：喝酒不开车，开车不喝酒。这对钓鱼也非常适用：钓鱼不喝酒，喝酒不钓鱼。喝了就糊涂，爱丢三落四，渔具不全，还钓什么呢？有些钓友钓鱼带酒去，鱼不上钩就几人喝酒猜码，醉倒在水边或激流边，那是很危险的。

讲究钓德

有的钓友在垂钓活动中讲究钓德，互助互让，达到以渔会友的良好目的，营造了和谐的社会环境。有少数钓友心胸狭窄，争钓台，圈钓位，甚至立砖石为据，霸占公共场所，违背了钓鱼修心养性、陶冶情操的宗旨。有的钓友迷上钓鱼后不顾家，不做家务，影响家庭和睦，甚至酿成离婚悲剧。有的钓友不论是开车还是走路，为了抄近路而不惜糟蹋农友的农作物，这是很不道德的。钓友们亦不可因为迷恋钓鱼而不上班，找借口请假，耽误正常工作。

不要贸然下水

钓鱼挂底的事是经常发生的。有一次我的鱼钩挂底了，想象可能钩中大鱼了，是鱼打桩了，为了要假想中之鱼，也为了不弄坏鱼竿，不损失线坠漂钩，脱掉衣服就要下水，被钓友阻止了，说有危险。我也听到过这类悲剧，就剪断鱼线放弃了。有一次，一个钓友不是因为鱼钩挂底，而是他的衣服被风刮下水了，他就冒风浪大的危险，下水追赶衣服，不幸沉入水库几十米深的水底，酿成葬身鱼腹的悲剧。有的钓友因为偷懒常常不挂持手绳，鱼竿被鱼拖入水中，就想下水追竿，你能追上鱼吗？很危险。遇到这种情况，只能用抛组钩或爆炸钩打捞，或者开船出去打捞。有个钓友，可能钓中大家伙了，造成拔河的阵势，那钓友力气不支，用全身绕鱼线，不料被鱼拉下几十米深的水库里，教训是多么的深刻！

垂钓拾趣

提错竿

钓者常乐道：垂钓使人延年益寿，陶冶情操，培养耐心，磨炼毅力，改善脾气……笔者补充一点，就是培养人生活有规律、有秩序和细心的好习惯。

笔者是丢三落四、做事杂乱无章之人，这一陋习在垂钓中常常凸显，留下遗憾。如垂钓时，鱼竿乱摆，记不清哪个漂属哪根竿，只要见鱼漂下沉，胡乱提竿，提错竿之事经常发生，以至提到沉漂的那根竿时，鱼已吐钩溜之大吉，只好拍大腿自认倒霉。以后学乖，摆竿注意次序、间隔、布局，讲究扇形结构，使竿与竿、线与线之间不相干扰。收竿时，依次收竿、竿架和渔具。

意外

钓大鱼固然很刺激，但需要久等，要有极大的耐性。相比之下，钓小鱼上钩频率高，另有一番乐趣，钓小鱼最刺激的要数钓鲲鱼了。

鲲鱼食饵猛烈，动作大，气力也大，一条不到两指的鲲鱼，起竿时就像钓到半斤重的鲤鱼一样。最有趣的是，鲲鱼又是其他大鱼的饵，常常有意外的惊喜发生。有一次，我钓上条小鲲鱼，正当小鱼到水面时，一条一斤多重的大花鱼追杀上来，正被钩中，一竿同时钓上鲲鱼和花鱼，把我乐得合不拢嘴。

"双飞"乐

每年的夏季是钓鱼的季节。钓鱼最大的刺激是"双飞"。钓鱼用的钓竿是短竿，用的钩是小号双钩。在鱼密度大的水域，加上提竿时慢半拍，往往双钩双鱼入护，钓友们把这一现象称为"双飞"，钓上来的两条小鱼在阳光下闪着银光，那情景不用说有多棒了。"双飞"令钓者提高上钩率，有的高手一天可钓上几百条，有四五公斤重。"双飞"亦喜亦忧，喜的是钓者，忧的是在家待破鱼肚的贤内助。

鱼也好色

世上有许多事情往往是说不清道不白的，例如钓鱼，往往是女钓手比男钓手钓得多；夫妻同去，又往往是妻子比丈夫钓得多；带女友同行的那天钓得多，不带女友去的那天钓得少……

有人百思不得其解，也有人另有注脚："鱼也好色。女钓手钓上的都是公鱼，女人身上散发的香味比什么香精都灵！"

鱼也有家

有一次到澄碧湖垂钓，因鱼线老化，有一条鱼拉漂时提竿断线，正好断在竿尖那节线，被钩中的鱼带着线和漂逃向远处，那漂时沉时浮，最后消失在湖的远处。

到了下午5时许，我眼睛一亮，又见那忽沉忽浮的漂在面前的水域出现，我立即换上海竿和辅助工具，往那漂投去，将鱼和漂捞了上来，是一条大兰刀鱼。

我想，鱼也有家吧？不然，那条大兰刀怎么跑遍大半个湖后又会回来呢？后来，我的想法得到了佐证：在已经撤销多年的网箱养鱼的水域里，有一位钓友竟然钓得一百多斤鲮鱼，不是当年网箱养的鲮鱼"回娘家"的缘故吗？

纪念钓鱼伞

我的一把新买的钓鱼伞葬身于澄碧湖底已有一年多了，每每念及这不幸的遭遇，感慨系之。近日细读《公民道德建设实施方案》，更复夜不能寐，伏案挥笔，以文记之，永志不忘。

那个双休日，我像往常一样天还未亮就起床，收拾好钓具，骑上摩托车前往郊外的澄碧湖垂钓。还是像往常一样，我们几位钓友在水库坝首底下的粉店会面，用完早餐再往垂钓点去。

就在吃米粉的时候，我发现我绑在摩托车后架的钓鱼伞不见了，捆绳松松散散，估计因路面不平，中途被震落了。我正向钓友们诉说这一不幸，突然从粉摊里站起一个胡子拉碴的黑汉，手中举起一把钓鱼伞喊道："我捡了一把伞，是谁的？"

我眼前一亮：这把钓鱼伞正是我掉的那把。便上前认领："是我的，谢谢您了！"

谁知黑汉子把脸一沉："凭一句'谢谢'就想把伞子领回？"

我此时才猛悟自己虽然年纪大，却世故太浅，急忙从口袋里掏出10元钱递过去："请你海涵，原谅我的无礼。"

黑汉子望着10元钱，蔑视地把脖子一扭："现在是什么世道，10元钱就能把伞领回？"

我又自责自己世故太浅，复摸口袋再递上去10元。

"就凭这20元想把伞子领回？"

黑汉的周围站着一伙人，其中一个穿着没有领章肩章的警服，似乎是个保安或门卫，好像从口音中听出我是靖西德保那边的人，前来用德保话动员我："给他30元！"

这简直是敲诈！一种羞辱感火一样地燃烧着我的全身。面对这一突如其来的敲诈，我惊呆了，全然想不出任何对策，极不情愿地又递上了10元钱。

黑汉子将收到的30元钱在嘴上吻了一下，然后高高地扬过头顶，高呼："哥们儿，今晚有酒钱了！"他身边的一伙人随着振臂高呼："今晚有酒钱了！"那位穿假警服的"老乡"也喜形于色："今晚有酒喝了！"

于是，我那把钓鱼伞成了全百色城最贵的钓鱼伞，买时90元，被诈30元，共120元！

这是个不祥的预兆，我决定不去钓鱼了。钓友们纷纷来劝我：塞翁失马，焉知非福。说不定因此而钓上个大鱼来。我六神无主地跟着他们登上钓鱼船。

来到湖边，布好鱼竿，挂好鱼铃，插好钓伞，我躺在伞下，等大鱼上钩。

突然一阵阴风刮来：将伞刮倒，刮到湖里，呈帆船状漂到湖心50多米远，才渐渐下沉……

我木然地站在湖边，低下头，向那把葬身湖底的新买的钓鱼伞默哀。

那天晚上，我做了一个梦，梦见那把钓鱼伞从湖底升腾出水面，化作杜康，飘落人间。杜康旁，横七竖八地躺着一伙醉鬼。

澄碧湖钓位大战

　　这几天感冒了。病情还不轻：发高烧，冒虚汗，流鼻涕，咳浓痰，讲话声音嘶哑……都是钓鱼造的孽！

　　星期五晚上，几个钓友相约：明早5时30分起床，6时准时从百色城出发前往澄碧湖抢占好钓位。钓鱼的人军事化程度并不亚于当兵的人。第二天早上，我准时起了床。无奈天冷摩托车发动有故障，迟到了10分钟。来到澄碧湖，我们原先早已打好窝的钓位早被"盟军"占领，我们只好在周围的小岛放钓。上午9时10分，"盟军"钓上了一条约5公斤重的鲤鱼，不久又钓上一条约3公斤重的鲤鱼，而我们所在的贫位，直到中午竿头纹丝不动。下午5时收竿，我们几个钓友有的得几条小兰刀，有的一无所获，为此，我少不了受钓友们的一阵臭骂。

　　星期天早上，我吸取了教训，提前半个小时起床热车。这回可好，钓友们不埋怨了。我们准时到了澄碧湖，安安稳稳地坐上了理想的钓鱼台。可惜，那天天气太冷，鱼儿不开口，不论是理想钓位，还是差钓位，几乎全军覆没。我暗暗庆幸：这回，钓友们没有人赖我了吧？但这回可惨啦，鱼没钓得不要紧，自己却感冒了。一大早起来，顶着嗖嗖冷风，开着摩托赶路，不感冒才怪。

　　本来嘛，钓鱼是一项健身益智的理想运动，这回倒好，来了个适得其反，我好后悔。

71

　　实行每周双休日后，钓鱼的人越来越多，而澄碧湖的鱼却越来越少，钓鱼人抢占钓台的大战在所难免。上个星期一位钓友在他原来的钓位里放了好多的鱼窝料，星期六早上到那里，发现钓位已被抢先一步的"盟军"占领。他不甘心，就靠岸在"盟军"的旁边放竿，双方因此吵了起来。

　　"盟军"说，你离我们太近，影响我们的操作。钓友说，我前两天就在这里打的窝。"盟军"说，就你打窝，我们就不打窝了？这是你买的宝地呀，你刻碑立据了吗？钓友见争下去没意思，就早早收竿回家了。

　　本来嘛，钓鱼的人都是朋友，钓鱼的地方从来没有分定钓位，不管是谁先打了窝，谁先到谁先钓，也不必为此争吵闹矛盾，这是起码的钓德。我和几个钓友就是恪守这一钓德，不管先打了多少窝料，也不管起得多早，只要见到有人先来，我们就绕道而走。

　　话又说回来，澄碧湖的鱼越来越少，并不是因为钓鱼的人越来越多，钓鱼的队伍不管扩展有多快，都赶不上全国有名的大水库澄碧湖的鱼儿自然繁衍的速度，这是当局者所清楚的。当局者既然把澄碧湖规划成旅游胜地、休闲胜地，那还得让配套的管理工作跟上去，纳入议事日程。澄碧湖生态环境的保护工作，是发展旅游业的需要，更是维护生态平衡的根本大事。

　　澄碧湖的鱼为何越来越少？报纸说多了，电视说多了，广播也说多了，澄碧湖的滥炸鱼、滥电鱼、滥网捕（毁灭性最大的是灯光诱捕）屡禁不绝，管理部门的人力、财力又有限，常常对炸鱼、电鱼现象鞭长莫及，对灯光诱捕制止不力。而水上巡逻快艇只是偶尔出动检查无证垂钓者，无异于隔靴搔痒。人们寄希望于有关部门，希望从发展经济的角度、从开发旅游业的角度、从维护生态环境的角度，对澄碧湖进行重新规划，综合利用、综合开发、综合治理，使澄碧湖真正成为人们旅游和休闲的好去处。

去钓鱼，找他做伴

　　他叫"小孩"，虽然身为人父，由于长了一副娃娃脸，人们都叫他"小孩"。更因为他那一身野性、顽皮气、童稚，那浓浓的村童味，那永远长不大的样子，人们都亲热地叫他"小孩"。

　　钓鱼是一种很有趣的活动，但也是一种枯燥无味的活动：有鱼吃钓时有趣，静坐一天都没鱼咬钩时，就感到枯燥无味；有朋友相伴同行时有趣，一个人时枯燥无味。钓友们一般都喜欢结伴而行，而且都乐意找喜欢的伙伴。选钓友，"小孩"是我的首选，和他一起去钓鱼，永远不会感到闷，不会枯燥。

　　那是好多年前的事了。有一次，我和"小孩"去钓鱼，那天天气比较沉闷，鱼不开口，老半天没有咬钩的，我有点儿闷闷不乐。"小孩"见状，走过来提起我那装有虾饵的竿又提起他的竿，走到离我们50米开外的水边的沙地上，把竿摆好，然后回到原地，找了一片草地，他说："我们躺会儿吧。"我就和他躺在草地上，反正也坐得太累了。过了约10分钟，远处传来了鸟的惨叫声，"小孩"一骨碌爬起来，说声："有了！"他跑过去提起鱼竿，只见鱼钩上挂着一只河鸥。他兴高采烈地说："这就叫作旱钓。我们中餐有菜了！"我看得目瞪口呆，服了，这农村长大的"小孩"。看来他并不满足这小小的收获，又在鱼钩上装上了新的虾饵，又拿到那片沙地放好再回来。我们又平静地躺在草地上，不多久，远处又传来了河鸥的惨叫声……那天中午，我们在野外美美地吃了一餐河鸥烧烤。

又有一次，我们正在钓着鱼，"小孩"突然往天上一指："你看！"我抬头一看，什么也没有看见。他站起来对我说："你帮我看一下竿，我去一下就回。"我说："好。"他起身就走了，不知去什么地方，神秘兮兮的。过了一会儿，他回来了，问："你带工兵铲来了吗？"我说："带了。"钓鱼人哪有不带铲的？他说："快点收竿，我们不钓鱼了，我带你去一个地方。"于是，我们收好了渔具，我跟他来到一处山坡下的一个土包旁，放好东西。他又说："我们去找一些干草来。"我们每人抱来了一抱干草，堆在土包的一个小洞口上，他拿出打火机，把干草点燃了。哇，一下子有好多草蜂从小洞口飞出，四处逃命。过了一会儿，不见草蜂的影子，再过一会儿，干草烧完了。"小孩"下令了：动手，挖！原来，"小孩"叫我看天空的时候，他看到了一只草蜂向土包子方向飞去，就知道那里可能有蜂窝。我们一起挖那土包子，没多久，一窝白嫩嫩的蜂蛹裸露出来了，那小小的蜂蛹不停地蠕动着，直令我起鸡皮疙瘩。我们拿出塑料袋，每人装了满满的一小袋——那就是我们钓鱼一天的收获。

钓鱼的最高境界是有船，我们三个亲密的钓友合伙买了一条机帆船，办理完驾驶证等各种手续。船上装有大米、面条、盐、油、酱、醋，以求人生不要亏待自己，除了保证吃得饱，还要丰富多彩。你只要跟紧"小孩"，钓鱼生活保证天天有滋有味。

有一天，鱼儿不咬钩，我说好无聊啊！"小孩"问："你想吃野味吗？"我说："做梦都想。"他指着我身边的一堆乱石说："野味就在你身边。"

我想这个农村野孩子又闻出什么味了。他要我和他一起搬那堆石头。搬呀，搬呀，一个钟头左右，一条蛇从石堆里窜了出来，不是毒蛇，是去吃青蛙的草蛇。

那天，我们的中午饭是美味可口的蛇汤面。

　　钓鱼活动中，在没有鱼咬钩的时候，往往还有很多有趣的插曲，比如见多识广的"小孩"，经常带我去挖野菜，钓鱼的地方也会有不少的各种野菜，如白花菜、蕨菜、羊角菜、苦艾等。钓鱼一天，虽然不得鱼，但也不算空手而归，得回一袋野菜交差，还少不了得到老婆的表扬。

　　钓鱼人总会遇到丰水期或枯水期，枯水期比较难钓，枯水期的时候，我常见"小孩"在水边走，不知道在捡什么东西，时不时就听到他惊喜地叫一声："又得一个！"走近一看，原来是捡钓鱼用的铅坠。这是人们在丰水期钓鱼时，因为鱼线断了，鱼坠就掉在水底，到了枯水期，水落石出，鱼坠也露了出来。他捡了不少鱼坠，节约了不少开支。这是一个好习惯，对于高消费的钓鱼活动来说，这是一个很有趣的插曲。

借东风

垂钓爱好者都知道，垂钓活动中，什么事都可能会发生，随时都会有心惊肉跳的一幕。而经常发生的情况，就是油船中途抛锚。

有一次，我们的油船驶往很远的钓场，下午4时收鞭。到半路，船抛锚了，一看，原来是油箱没有油了。船出发前必须检查油箱有没有油，带没带足用油。这是每个渔民（垂钓者）必备的常识。谁也不愿当傻瓜，当然更不会拿生命开玩笑。

我搬出满满的一塑料桶柴油往油箱加油。加足油后，船却发动不起来。钓友中有个大力士，尽管已用尽力气摇，还是发动不起来。我们几个钓友恰似八仙过海，各显神通。有一位钓友是工厂的机修班班长，他立刻拆开发动机检查，哦，齿轮损坏了。

班长脸色发青，说话声音都抖了："罪魁祸首就是老凌！难怪我听见有金属块掉下的声音。"

我一摸口袋，糟了，那把太阳伞的插销不见了。原来，就在我往油箱里加油的时候，动作太大，临时放在口袋里的插销掉进发动机里了。

齿轮破损，船当然是开不了。前不着村，后不着店的，怎么办？一船人都在声讨我这个"口袋杂""邋遢鬼"！

"责怪也没有用，大家还是想想办法吧！"还是班长为我解了围。

我望着水面发呆，深刻反省，不停地自责着。突然，水面起风了。

只见波光粼粼，迎面吹来习习凉风。我突然想起孔明草船借东风的故事。可是，我们的油船没有帆呀，怎么办？

"把发动机盖掀起来，直挂。"我的建议马上被采纳。发动机盖变成了小小的船帆：船移动了，正好是朝着返程的方向移动，就在这时，有个钓友提议，大家吹口哨吧，吹口哨能招风，于是，一船人一个个鼓起腮帮，使劲地吹起了口哨，这招果然灵验。风越大，船移动越快。即使风向有点小偏差，我们还有操舵的高手呢！

"还是秀才的脑子好用！"开始有人夸我了，我的鼻子直通火车。

天黑之前，我们平安地回到了出发地。

又交了一次学费：无论何时何地，船体要保持清洁，甲板不留任何杂物，特别是发动机周围，不能有任何破碎物。

留下鸟语，挽住春天

对离退休生活，老干部们各有各的安排，各有各的闲情逸致。广西百色地委机关离休干部花友林除喜欢到河边钓鱼外，还常常在家里做些引鸟入笼的"儿童游戏"，自得其乐。近年来，百色的机关厂矿日趋园林化，处处花红叶绿，春意盎然，鸟雀往往留连忘返，乃至无所顾忌，飞入寻常人家，或觅食，或与笼鸟对歌，相互嬉戏，好不热闹。

花友林家在地委机关院内。一栋四层楼的顶层上，屋前房后有绿荫如盖的芒果树、扁桃树、苦楝树等，环境十分幽静。花友林在阳台上养有几只画眉。一次，他见几只山画眉飞来与笼里的画眉争食，随来的还有相思鸟、红嘴鹊等。他想这些鸟一定是饿坏了，于是将食物抖撒在阳台上喂鸟，没想到鸟儿来得更多更勤了。看着一群群活泼的小鸟飞来飞去，他萌动了童心。

花友林买来几只空鸟笼，笼里放些饲料和水，放置在阳台上，让空鸟笼的笼口都对着阳台口，又在鸟笼的四周撒些饲料，然后把门掩紧，躲在屋里，隔着门缝耐心观察。果然，成群的鸟来觅食，食完笼外的饲料后，又窥视笼里的饲料，胆大些的，干脆钻进笼里偷食。这时，花友林将门打开，突然出现在门口。由于鸟笼口是朝阳台门口的，鸟儿不敢朝人的方向飞，拼命地往没有出口的、背人的方向乱撞乱窜。他便轻手轻脚地上前将鸟笼关上，那鸟便成了瓮中之鳖。这种以逸待劳的阳台引鸟法，成了他的绝招，比起当年闰土雪地套鸟，乡村孩子在院子里用簸箕罩鸟更灵，更饶有趣味。

人老了，只图晚年过得身心愉快，并不想得到什么。正像去钓鱼，并不是为了盘中餐，而是像两千多年前的孔子一样，"夫子之钓，钓钓而已"。有人认为，花友林用笼引鸟，先后送了那么多鸟给别人，其中有些还是名鸟，若拿去卖，是一笔可观的收入，可是他最不喜欢别人以钱论鸟。他认为，鸟是属于大自然的，是人类的好朋友，那些因缺食而上他家"做客"的他一律欢迎，盛情接待，让鸟儿吃饱吃好，特别是要保护鸟类过好缺食的寒冬季节，到春暖花开，放鸟回家。他常常对来要鸟的人说："我不会辨认公母，不知哪只会唱歌，你们拿去后看哪只不会唱就放飞算了，再到我这里来要新的。我们养鸟无非是想听听鸟儿唱支好听的歌，开开心。"

花友林爱鸟，鸟儿也爱他。有一次他见一只小鸟不爱唱也不爱跳，闷闷不乐的样子，不知是病了，还是"想家"了，于是，他就把那只小鸟放飞了。还有一次，鸟笼断了一根弦，有只小鸟从空隙钻出飞了，可不久又回来，仍从空隙处钻回笼里。他欣喜之余，也不做亡羊补牢的工作，任鸟们来去自由。那鸟儿也似解人意，偏偏不愿离去。

钱塘观潮

"我想去钱塘呀我想去钱塘，可是有时间的时候我也有了钱。"9月25日（旧历八月十八）清晨我们翻唱着《我想去桂林》这首脍炙人口的歌，从浙江嘉兴乘旅游大巴前往海宁市观潮胜地盐官古城观被称为世界奇观的钱塘潮。一路上人太多，车太多，本来一个多钟头的车路，用了两个多钟头。

大自然是人类共同的财富，然而到江边观潮要收费，而且每张票80元，你信吗？反正我买了，那么多人，还担心买不到呢。我正搜刮形容词来描写人多的场面，一个朋友抢先说了："就像当年毛主席接见百万群众一样。"真的，数十里长的钱塘江岸，站满了观潮者。虽然预告大潮12点30分才来到，但是一大早这里就挤满了人，还见带铺盖来的。大多数人带有干粮矿泉水之类，千万双眼睛注视着江面。

眼睛累了，脖子酸了，也像当年要见毛主席一样，时不时就有恶作剧上演——"来了来了"有人一喊，就有一阵骚动和起哄，也许是幻觉吧。科学那东西，不信不行，12点30分，钱塘潮如期而至，从水天相接处冒出一条细细的白线，自远而近，细线越来越粗，先是像并排飞翔的白鹤，后像在同一起跑线上奔跑的马群。那潮声，也自远而近，低吟着、欢唱着、咆哮着，这就是一线潮的壮观。

由于观潮位置的限制，我们所处地段的江水流向和风向平行，我们没能看到"惊涛拍岸"的撞头潮的奇观，真可谓鱼和熊掌，二者不可得兼，也唯有留有遗憾，才会有没完没了的下一次。在电视上看到那掀起10米巨浪的撞头潮，那才叫人眼馋呢。其实，我们也没有什么遗憾，因为这次观潮，是十年一遇的壮观，而且正好赶上旧历八月十八的最佳时间。宋代大诗人苏东坡曾留下观朝绝句："八月十八潮，壮观天下无。"本来，月球最亮最圆的时候，是对地球水引力最大的时候，为什么八月十八潮水活动却是最活跃的，这个大自然千古之谜，古往今来未有人能解，使天下奇观钱塘潮始终遮盖着那张神秘的面纱。

有人想离近些看，从人流随着潮流向前移动的好时候留下的空地河滩往前走，被维持秩序的警察严厉制止了，许多人不知道钱塘潮的脾气，有奔腾凶猛的冲锋潮，漩涡卷浪的回头潮，前几年就有6人连摩托车一起被卷下去的惨案，给世人留下了沉痛的教训。

虹桥机场看麻雀

上海的虹桥机场很大，机坪上停放着许多飞机，有国内的国航、东方民航、南方民航、四川民航，也有国外，日本、韩国的航班等，有"空中客车"，也有"空中美男子"。对这些庞然大物，我无心去观赏，我的注意力，完全被机坪上那群活蹦乱跳的麻雀吸引住了——我已多年没有见到这群可爱的小精灵了。

机坪上，是一张张熟悉的面孔，花白花白的脸、红褐花的花羽毛，漂亮极了。麻雀们互相追逐着、嬉戏着，有的在草丛间专心地寻虫，有的用三角形的小黑喙梳理着身上的羽毛，有的竟然在众目睽睽下热烈亲吻……哎哟，怎么有一只花雀是单脚的，它不知是在哪里被谁打伤了。尽管如此，它全然不顾伤痛，为即将登机的旅客们跳着独脚舞——这里是它们的乐土。

"哦，难怪有好几年连麻雀的影子都不见了，原来它们都逃难到这里来了，得其所哉，得其所哉！"我看着雀儿发呆，嘴里喃喃自语。

今年中秋，我送子北上求学，走出百色，走出广西，又闻鸟语声声，又见到麻雀的倩影，心中无限欣喜。在山东省东营市石油大学的校园里，麻雀群就更多了，每一个学生食堂旁，每一株白杨树上，处处可见，唧唧喳喳，人来鸟不惊，有的甚至跟在你身边，在你脚下乱蹦乱跳。我向一只麻雀招手："来来来，跟我回百色去！"伸手要捉，它却跳开去，如此两次三番，惹得儿子和他的同学们在一旁直发笑，儿子讥我为"老顽童"。这里人雀和睦相处，显得一派温馨、和谐。

几年前上了一回北京，在北京大学图书馆门前，看见一群麻雀在草坪上觅食，静悄悄的，不吵不闹，雀儿似解人意，唯恐打搅在图书馆里博览群书的莘莘学子，就像当年唯恐打搅正在馆里酬读的毛泽东。在百色我已多年没有见过麻雀，面对此情此景，感慨万分。回到百色后，很动情地写了一篇叫作《又见麻雀》的文章，寄托心中的无限眷恋。

回到家乡，像这次一样，又回到了无麻雀的世界，陷入了无边无际的孤闷之中。没有麻雀们相伴，生活里像是缺少了什么，很不平衡。平时大家都说要保护生态平衡，没有生态平衡到底是怎么样的滋味，个中苦楚，只有我这个"老顽童"还有许许多多我的同心者心知肚明了。

古人造下"门可罗雀"这个成语，用来比喻数量的稀少和气氛的冷漠，而今的很多地方，不但"门可罗雀"的冷漠尚且难求，甚至可怜到无雀可罗的地步，怎不叫人不寒而栗！我想，难道我们的有些"朋友"们真的就那么饿痨？真的就那么无聊？动辄出门就要荷枪实弹？动辄餐桌上非有雀肉不可？那只在虹桥机场见到的可怜的独腿麻雀，也许就是在这些人的枪林弹雨下的幸存者；而那群机坪上的雀友，也许就是从这些地方逃难去的。它们逃难的原因，也许不只躲避枪弹，请看那街上来回奔跑的汽车排出的废气污染，请听那没完没了的震耳欲聋的噪音，让它们能安生吗？

老人·大海·风筝

离孩提时愈远，就愈记不准放风筝的时节了：大约在秋季吧。我想，绝不会在冬季，因为冬季的西北风喜怒无常，风向不定。然而，就在今年的春节期间，在广东珠海海边的椰林带后面的绿草带的草地上，我看见了一群放风筝的人。那风筝的造型可谓是奇形异状、五彩缤纷：有长龙驾云，有瑞蛇乘雾，有蜈蚣、沙燕、鹞子、蝴蝶、京剧脸谱、孙行者……蓝天下，众风筝轻歌曼舞，飘飘忽忽，忽左忽右，忽上忽下，悠哉悠哉，为滨海城市的节日增添了无限喜气。

令我诧异的是，放风筝的除了少许的稚童外，更多的是鬓发斑白，甚至是满首银发的老叟。

怀着好奇心情，我走上前去，与一位胡须斑白、脸膛黑里透红的老者攀谈了起来。

"党和政府非常关心我们老年人，为了让我们欢度幸福的晚年，勉励我们老有所乐、老有所为。乐什么呢？我们各有所好，有人爱下棋打麻将，有人爱打太极拳，有人爱书法绘画，有人爱打门球，爱跳健美操，我就爱放风筝。放风筝是我从小到老的业余爱好。"

老人梅姓，今年75岁，看上去才60出头的光景，湖南长沙人，退休后到珠海跟儿子媳妇过日子。梅老的儿子是从部队转业后志愿到珠海中级人民法院工作的，是这个移民城市的移民大军中的一员，也是特区开发创业者之一。

没有听到那口浓重的湖南口音之前，我还以为梅老是土生土长的当地人，而十多年的海滨生活，海边的运动，大海对太阳的紫外线折射，早已把梅老与当地人同化了。

"我从小就爱放风筝，但小时候放风筝是图好玩，图有趣味；老来放风筝情形就不一样，老了图锻炼健身效果，图生活质量。"

梅老介绍说，他现在是安居小区里老年活动中心的活跃分子。他之所以选择放风筝为自己的老年活动项目，是因为放风筝有着丰富的内涵，是一门学问。首先是放风筝可以陶冶情操，教会你做人的道理。其次放风筝运动量适中，是老年人理想的锻炼项目。放风筝时有一段距离不长的助跑，风筝升空后，有左右前后挪步，有收线放线的操作，等等。再次是风筝的制作过程本身就是智力、创造力、综合能力的充分体现，竹篾的加工、扎弓的技巧，帛料的选材、剪纸、绘画、色彩运用，等等。"您要是参加潍坊风筝节大赛，肯定能拿大奖。"看着梅老放在草坪上的形形色色的风筝精品，我不禁夸赞起来。

"我这些小玩意儿还差得远呢。别说是潍坊国际大赛，就是我们珠海举行的风筝赛，我只拿了个第三名。"梅老谦虚地说。

"在城里放风筝和在海边放风筝有什么不同吗？"我问。

"当然不同。首先是心情，在大海边心情要舒畅得多，心胸要开阔得多。其次是安全，这里没有纵横交错的电线，不影响通讯设施，不因风筝挂在电线电杆上影响市容市貌，开阔的地方任你跑动。"

"什么季节是放风筝的季节？"我想从梅老那里找回童年的回忆。

"当然是秋季。秋季天高气爽、风和日丽，风向定、风力持续且均衡，风筝比较稳定、驯服。但是，最有趣味的是冬季放风筝，冬季放风筝难度大，唯其难度大，才有趣味，才有挑战性。"

我们不说话了，目不转睛地注视着在天上飘忽的风筝，梅老的脸突然变得严峻起来，他突然抓起一把剪刀，剪断了手中的线，那风筝在天

85

上打了几个转，拖着长长的尾巴，一头栽进大海里。

梅老定神地看着我："看见了吧，风筝是什么？高高在上的东西。要是没有那根线把它和大地紧紧相连，要是没有那阵清风的支撑，它能飞上天去吗？人民群众就是大地，群众的监督和呼声就是清风。那些曾经高高在上、置国家和群众利益于不顾的腐败分子，不是一个个都成了断了线的风筝吗？！"

啊，梅老，怪人一个！

逛月坛邮市

被关闭将近半年的北京月坛邮市最近又重新开放了，这是经历1991年、1992年全国邮市疯潮阵痛后的觉醒，是值得邮友们共同庆幸的。此刻，我不禁想起了去年邮市疯潮刮得最猛的时候在月坛邮市目睹的一幕幕……

到北京出差的邮迷们总少不了要到月坛邮市走一走，我当然也不例外。去年9月初的一个早上，我约了从海南省来的邮友老徐一同前往。9点多，我们乘37路公共汽车来到了月坛公园，它位于首都儿童医院的正北面。举世闻名的月坛邮市就在月坛公园里面。真气派，公园北门外停着几十辆各式各样的轿车、面包车、吉普，是来赶邮市的"大款"们坐的。那乘的士、公共汽车、摩托、自行车和步行来的人不计其数。那情景，比春节闹元宵、足球大赛散场还壮观。

与壮观的外景相比，邮市在公园里圈画的地盘太小了，似乎不到1000平方米，用绳网围起来，形成一条露天长廊。200多个摊点挤作一团，赶邮市的人挨人、人挤人，热气腾腾汗味熏天。有心脑血管病的人，是不宜到此地的。而就凭这点挤劲，乐坏了公园售门票的、邮市售门票的，还有公园铁栅栏外那帮卖快餐盒饭的。当然更乐坏了那邮品的"炒爷"们。

在高档的摊点，各种新票、小型张、小全张、版票、封片、贴、册、袋相当齐全，但就是见不到"黑猴"的踪影，更难一睹有林彪头像的邮票的"尊容"。琳琅满目的是"三国""水浒""兰花""泰山""宫灯""风筝""孔子""夜宴图""桂林山水""奔马"等，也有少量的被邮友们戏称"分公母"的"盼盼"。几分钱、几角钱的邮票，在这里被炒得身价百倍，令我不敢问津。在低档的摊点里，有些零散的信销票。

最有意义、最难收集的信销票被贬得无以复加，令人遗憾万分。这是集邮活动商业化后的一种倒挂现象。我不怕海南的邮友耻笑，在低档摊点选购了一些信销票。

市场东头有人打架了。我们挤过去一看，原来是两个操北京口音的炒爷为抢购一个外地人带来的一扎（100个）有邓小平题词的纪念封而打起来。在百色的集邮门市部，各类封摆了很久都无人买，而在月坛却成了稀世珍品。一位北京邮友告诉我们，前段时间，有两个歹徒将匕首夹在邮册里，混进邮市，抢劫了一个外地人带来的四扎"三国"小型张，价值数万元，外地人大声呼救，及时赶来的邮市治安员将两名歹徒抓获。我们听罢毛骨悚然，急急忙忙离开了邮市。

我和老徐在公园的树荫下休息，看见一些邮商也在树荫下"结算"当天的收入，那一张张面值50元和100元的人民币，数得令人眼花缭乱，那一袋袋鼓鼓囊囊的黑皮包，记载着每一个来到这里的暴发户。月坛，这个古代帝王祭月神的圣地，如今成了集邮黑市的交易所。

月坛邮市很快地被关闭了，又很快地重新开放了。因为在改革开放的今天，关闭绝非良策，关键在于引导，重在宣传教育，以健康的邮德邮风促进集邮事业的繁荣。人们在密切地期待着月坛邮市在重新开放后出现的崭新面貌。

我们送子女上学的邮友回程时遇到买车票难的难题，海南邮友有钱，都坐飞机回程。我没钱买火车票，靠身上带了几张"盼盼"，在邮市上卖了凑够了买火车票的钱，这时才感受到集邮的另一个功能。

激情难再

　　集邮曾经伴我度过了色彩斑斓的学生时代，充实着我的业余生活。多少次激起胸中波涛，甚至痴迷人生不知所在。而今，激情已淡淡而去，越去越远。

　　任何事物，越是来之不易，就越显示其高贵与无价。记得当年，当集全一套16枚的"胜利完成第四个五年计划"时，竟高兴得一连几晚上睡不着。为集全一套20枚的"蝴蝶"特种邮票，到处打听，或在邮市寻购，或与朋友交换，或向亲戚索要，天天盼亲友来信，希望信封上的邮票就是自己所需要的蝴蝶。一旦如愿以偿，乐得一蹦三尺高。尽管如此艰辛地日积月累，但为之奋斗了30多年的"蝴蝶"，至今仍未能集全，只集了一小半。半辈人生，寻寻觅觅，觅觅寻寻，只为追求这双双比翼齐飞的蝴蝶——这一群群美丽的梁山伯与祝英台的化身。

　　一旦迷上集邮，一个一个的星期天都泡在邮票上。剪信封，浸邮票，剥邮票，清洗、晾干、夹平、分类插册。光是插册都有很多名堂，分国内的、国外的、分年代的、分类别的、分专题的。认为分年代不好玩，可重新按专题插册，插插拆拆，能打发很多时间，抬头惊见万家灯火，不知老之将至。每完成一部插册或集全一套特种邮票和纪念邮票，都处于一种飘飘欲仙的境界，那是一种满足的享受，那是一种辛劳的交换。

　　现在集邮逐渐变味了，集邮变成了买邮，集信销票和盖销票变成了集没有实现邮资价值的新票，以集邮为主、买邮为辅变成了以买邮为主集邮为辅，越是来得容易的东西越是显示其廉价与乏味。买邮是唾手可得的现成货，乏味极了。

邮票发行的无计划无控制，是对集邮爱好者的最大打击，物以稀为贵嘛，俯拾皆是，有何收藏价值？试想，金猴价昂之后，邮票厂再印一大批金猴，它还昂价吗？集邮的奥妙，也正在这里。

困扰着集邮爱好者的另一种情况是"邮老虎"作案。没有一种制裁"邮老虎"的法律措施，集邮者的权利是很难得到保障的。人们想集邮，亲友们想交换，交换往往通过实现邮集价值后的交换，但有交换价值的邮票，时常被"邮老虎"拦截无法到达主人的手中。于是，人们只好用普通邮票寄信，普通邮票固然也是集邮的内容之一，但它绝不会激起集邮者的激情。

在1991年炒邮浊浪的干扰下，在近年来股市狂潮的冲击下，国内的邮市逐渐走向萧条，集邮热也悄然降温，集邮爱好者的心也渐渐冷了下来，激情难再。但无论如何，这并不见得就是坏事，它将对我国现行的邮票发行制度乃至集邮文化产生深刻的反思。

百色码头"淘金"热

百色码头很精彩。双休日，但见成群结队的人涌到这里，学生、干部、居民群众、离退休老人……人们等着右江河里的捞沙船通过皮带轮将沙运到岸边，然后用竹棍或小锄小锹之类的工具在已筛过的粗沙堆里挖来扒去。人们全神贯注地搜寻着。

他们在搜寻什么？

有人淘得了金簪、金首饰、金戒指、金条，有的淘得了国民党或旧军阀帽徽、领章的金星，或将军元帅的肩披、胸佩的金穗。据说，是含金的，也算是淘得"金"了。有的人淘得炮弹、手雷、子弹之类的废铜废铁。更多人得到的是那说不清道不明到底值不值钱的古钱币。识货的，认为里面有比金子还值钱的东西，不认货的，认为也只不过是废铜废铁之类。然而，有一点是可以肯定的，那就是百色城、右江河，正在流行"淘金"热。

人们捡拾的，何止是碎金残币，这里蕴藏着百色遥远的历史。

在"淘金"的人流里，不乏有古钱币收藏爱好者。其中有一个叫刘碧芬的妇女，在百色码头的沙堆里，淘到了一枚"大顺通宝"的古钱币，那是明末农民起义军领袖张献忠在成都建立"大顺"王朝时铸造的，表明农民起义建立了完善的政权，至于那时的货币如何流通到右江流域、大西南各族人民的经济史如何发展，那是史学界研究的课题之一。刘碧芬因爱好收藏古币，被选为最近成立的百色地区钱币学会副会长。该学会的另一名理事黄录贵同样也在右江河边淘得了一枚五代十国的古钱币"周元通宝"，经查阅《历代古钱图说》，该枚古钱币的形状、大小、文字与书中刊印的拓图一样，书中对此钱币有详细的注释。而此币如何流通到当时被称为"南蛮"的百色地区，又为史学界提供了宝贵的研究价值。

在"淘金"者所"淘"到的钱币中，目前发现的最早的有五代十国，还有宋代、明代、清代、民国的，清代和民国的最多。既有大小不一的方孔钱，也有"铜仙"（铜板）、光洋、银元。大概因"淘"得的古钱币越来越多、"淘"的人越来越多的缘故，百色地区古钱币学会于1995年年底应运而生。而到此地来"淘金"者，各有所图。有做发财梦者，有发思古之幽情者，有收藏爱好者，有文物考古者，有经济史学研究者，也有毫无目的好奇者，有的或者只是种消遣。

如今，炒新的纪念币发了财的大有人在，却未曾听说有靠着百色码头捡古钱币发了大财的。其实，那腐旧的清代钱币比更上古的钱币，并不值钱，世上散存的多的是，国家文物保护法颁布了那么多年，人们对其要旨当然略知一二。除了保护稀珍的，多了，滥了，就没有保护的价值了，剩下的就只是收藏、鉴赏，或是转让的价值了。要搞有规模的拍卖，还需国家的准许呢。人们要考究的，是百色码头的澄碧河、右江河交汇处，为何有那么多的古钱币和金戒指、金簪之类。

百色码头分为五个码头，一码头是最大的码头，也是澄碧河和右江的交汇处。当年百色起义从南宁水运来的军火，就在此处卸船，国民党军队的军火，也在这里卸船，人们在沙堆里捡到的旧弹药或军徽，也许就是两军对战中翻船留下的。

沿澄碧河的岸边溯源而上，还有二、三、四、五码头，据百色城的老人们回忆，百色以前是西南交通的咽喉，贩卖烟生意的商船常来常往，几个码头集满"花船"（妓女船）、商船，那些烟帮头子、军阀、商贾、地痞、娼妓等经常在船上吃、喝、嫖、赌、抽大烟，遇到大雨大风季节，山洪暴发，河水暴涨，一些商船和"花船"被掀翻，船上的人有些不免葬身鱼腹。船上的金银首饰、珍宝钱币等便沉入河底，这就是后来的"淘金"者所"淘"到的。

还有一个毋庸置疑的事实是，在极"左"思潮泛滥的年代，破四旧、抄家最盛行的时候，许多人偷偷地将祖传家财倒入河中……

许多年以后，是那一艘又一艘的捞沙船，让那些多年沉睡于河底的宝物又重见天日。

学养观赏鱼

　　最近到友人家玩，见友人养热带鱼，令我羡慕不已。那鱼虹是价值上千元的，缸底铺垫有米花石，置有假山、珊瑚之类，种有鲜活的水草和藻类。那五彩缤纷的热带鱼悠然自得地游来游去，令人赏心悦目。友人说，经常观赏游鱼，可以调节人的视力。

　　于是，我也学养热带鱼。当然，那鱼缸还是用旧的四方形金鱼虹，只是添置了些假山、珊瑚之类，稍稍做了些美化。开始学养鱼，精力倒不在观赏，而在于数鱼。第二天一数鱼，怎么少了几条，缸里不见尸首。后来，夫人扫地，才发现地上有几条干了的热带鱼。于是，我为鱼缸加了盖。

　　过了几天，缸里的鱼又"牺牲"了一批，我拿着死鱼去给卖鱼的店主看，店主说，是饱死的。我又精心地调了饲量。热带鱼煞是好看，就是太娇气。那充满活力、充满生气的霸王鱼，可以使整个鱼缸活跃起来。可是，稍有照顾不周，挨饿的霸王鱼就将可怜的小精灵"红绿灯"吃个精光。贪食，是动物的本性，但贪绝没有好下场，霸王鱼之死就是饱死的。

　　舞姿翩跹的斗鱼也很耐看，但斗鱼只能单养，一山不容二虎，一个鱼缸里有两只以上的斗鱼是会相互斗死的。但斗鱼却能与别的鱼类和平共处，彼此相安无事。

　　学养热带鱼让我增长了学问，知道热带鱼里还有"清洁工"。鱼缸的水保持清洁就是归功于这"清洁工"，光这些"清洁工"就有好多品种，有"老鼠"类、"老虎"类、"泥鳅"类，均以形似而命名。这些"清洁工"的嘴皆呈吸盘状，将鱼缸壁上的青苔吸个精光。最令人赞叹不已的是那"泥鳅清洁工"，它是那样的尽心尽责，不但及时地将缸壁上的青苔、水草叶上的污垢吸个精光，它还不怕脏，不怕臭，将其他鱼拉的屎也吃个精光，维持着整个鱼缸的清洁。这些"清洁工"不愿抛头露面，终日安居于最底层的偏僻处。

　　养观赏鱼至今日，才算是养出些门道来：太娇气的神仙鱼不养，太贪婪的老虎鱼不养，太好斗的斗鱼不养，专养那可爱的红绿灯、孔雀尾、黑美人、小星星、清洁工……现在，鱼缸里再没有死鱼。

花　花

前些日子，朋友送给我一只花猫，全家人高兴极了，小弟弟当即给它起了个漂亮的名字：花花。

几天的工夫，整栋大楼的鼠类销声匿迹了。花花以它每日捕鼠两只以上的战绩博得了全家人的欢心，它那精彩的捕鼠表演，更是令人看得如痴如醉。每次捉到老鼠，花花并不急于将其置于死地，而是尽情地耍弄。有时将鼠抛到空中，跃起接住，接住再抛，抛抛接接，施展技巧，练武习艺。有时将鼠放在地上，让鼠窜几丈远，再迅速追上，手到擒来。有时有意背对老鼠，或假意卧睡，造成放松警戒的假象，当战战兢兢的老鼠想趁机逃跑时，它突然扑将过来，再次老鼠抛到空中。如此玩至腻极，方开牙祭。

花花成了全家人的宠儿，成了我和小弟弟的好朋友。每到星期天，我和小弟弟到河边摸鱼捞虾，回来盛情招待它，我们待它越好，它捉鼠越来劲。

上个星期天，小弟弟给花花捉来了一只小螃蟹，花花吃惯腥类，一见螃蟹就扑将过去，照例是先戏弄一番。那螃蟹，面对庞然大物，不逃不斗，将身子收成小小一团，活像一颗小石子，任花花踢足球似的踢来踢去。花花玩腻了，便要开荤。谁知它的嘴刚碰着螃蟹，便听到"咪"的一声惨叫，接着是不住地摇头，原地打转转。原来，它的嘴唇让螃蟹的大螯死死地钳住了，吞又吞不下，甩又甩不掉，痛得它阵阵哀叫，最后在地上一个劲儿地打滚……好一个山中之王的大师傅，好一个所向无敌的捕鼠英雄，居然败在小小的螃蟹手下！小弟弟见状，知道是自己惹下的祸，赶忙过去抱起花花，先掐断螃蟹的大螯，再将螃蟹来个五马分尸，替花花报仇解恨。花花得救了。当小弟弟将撕烂了的蟹肉送到花花嘴边时，心有余悸的花花被吓跑了。从此，小弟弟不再给花花捉螃蟹了。

花花胆小，但又贪玩，它没想到因为贪玩，一场厄运在等着它。邻居家养了一只母鸡，抱了一窝小鸡仔，小鸡可爱极了，长着绒绒黄毛。花花就爱和这窝小鸡仔追逐着玩，被鸡的主人看见了，以为是花花要吃小鸡，捡起一块石头朝花花打去，竟然把花花打死了，尽管邻居一再解释说不是故意的，但花花却是永远活不回来了。受打击最大的是我们两姐弟。两姐弟大哭一场，在菜地边挖了个坑，把花花埋了。我们还在一块好木板上工工整整地写上"花花之墓"。

花花死了，整栋大楼都失去了一只勇猛的捕鼠英雄，整栋楼的人都谴责那小肚鸡肠的邻居。

复仇的故事

　　家族有遗传史，我们家的遗传史就是爱养小动物，什么飞禽走兽之类。飞禽有鸡鹅鸭：鸡有斗鸡、本地鸡、良种鸡，火鸡；鸭有水鸭和旱鸭；鹅有看家鹅。走兽有狗、猫、洋鼠。唯独不敢养老鹰、老鼠和蛇之类。我们家的那只看家鹅不是买的，是捡的。有一天，读小学的儿子放学回家，半路老是觉得有什么东西碰他的脚后跟，回头一看，原来是一只毛绒绒的可爱的小鹅跟着他。他认为小鹅是迷路了，将它往回赶。谁知无论怎么赶，小鹅就是不愿走，儿子只好把小鹅带回家里，交代奶奶管照看好，等待鹅主人前来认领。儿子每天放学回家，总要捡一把嫩草回来喂小鹅。喂着喂着，总不见鹅主人前来认领，直到小鹅长成雄赳赳气昂昂的看家鹅，成了我们家的鹅警长。

　　平时常常听人说起动物复仇的故事，让你胆战心惊，噩梦连连。大象被猎人猎杀剖尸后，过了十多年，猎人一家被长大后的小象带着象群毁屋杀人。鸟窝里的小鹰被人抓走，过后不久，老鹰寻踪而至，将抓鹰的人的眼睛啄瞎。一位农夫上山劳动，遇见了一条毒蛇，就捡起树枝打蛇，被打伤的蛇逃进草丛中。过了好久离农夫家几里远的蛇居然寻上门来，晚上趁天黑潜入农夫家，将农夫咬死。

　　对这些故事，我将信将疑。谁知后来，动物复仇的故事竟然活生生地发生在我的眼前，发生在我的生活里。

20世纪70年代以后，城市是不能养动物的，小动物可以，但必须笼养。我们家特别爱养鹌鹑。可恶的是饲料经常被老鼠偷食，一气之下，我借了支气猎枪，打死了两只等于是我们喂大的又肥又大的老鼠。当年还不普遍以药灭鼠，吃鼠肉并不是可怕的事。我当场用开水把死老鼠烫了，刮净了毛，清除了五脏六腑，去了头，用竹签将老鼠肉撑开，按烧烤店程序在火炭上烧烤。两姐弟在一旁看得口水直流，正好每人一只，吃得津津有味，几分钟时间，便把老鼠吃个精光。当晚，两姐弟睡觉质量很好，一觉到天亮。这就是老鼠肉的功能。

没想到，就在这时，一场灾难正悄悄降临到我们头上。第二天早上，我拿着食料到鸡舍喂鹌鹑，发现20多只鹌鹑全部死在笼里，一个个都被咬短了头。哦，多么惨烈的场景！是鼠族复仇来了。

从此我们家再不敢养鹌鹑，改养白兔。

有一天，一位邻居找到了我，对我说："现在的老鼠猖狂得很，我的鸡舍的鸡粮都被老鼠吃光了。我们军训的时候你的射击成绩最好，可不能躺在功劳簿上睡大觉呀，要再立新功呀！"我知道他的意思，就把老鼠复仇的事给他讲了一遍。他笑哈哈地说"不怕不怕，喂养的鸡很凶，老鼠奈何不了。你就帮我一把，除四害的功劳算你的。"我拗不过，答应了。

我用两天的时间为邻居灭鼠，邻居为了答谢我，带我去酒家喝了一餐。过两天邻居报告，他家的鸡平安无事。第二天早上，我照常到鸡舍喂白兔。打开鸡舍，我被眼前的景象惊呆了：一窝刚生下不久的、活泼可爱的小白兔全部被咬死在笼里，兔妈妈坐在一旁伤心地望着我。我似乎明白了什么，但又想不通：邻居的鸡舍离我的鸡舍50米开外，鼠族们怎么知道是我猎杀了它们，怎么能寻仇到50米外的我的鸡舍来？难道鼠族也聪明到熟知人类"冤有头，债有主"的道理？

看来，大象、蛇、老鹰、猪等，都不像人类给定下的低级动物的分类，猪也不是"笨猪"，它们比人类想象得更可怕。

　　我还亲身经历了一个例证：有一次，我们十几个朋友到城外的一座山上参观古炮台，我带了一支气枪走在前面。在路过一处草丛时，我发现一条蛇横在路中间，仰起头来威胁我们。俗话说见蛇不打三分罪，我举起气枪就射，蛇被射中了，带伤逃进草丛里不见了。

　　参观炮台后回来，天色已晚。这回，我怕死了，不敢走在前面。当走到碰蛇的草丛，我小心地注视着路面。我们的人一个一个地走了过去，没有发现什么动静。轮到我走过时，草丛里突然窜出一条蛇来，仰起头就向我发起进攻。我赶忙装好气枪子弹，举枪瞄准蛇头，一扣扳机——"中了！"只见像一条软皮带一样，蛇一动不动地横躺在我的面前。

　　"我打死它了！我打死它了！"我向前面的同伴们欢呼。同伴们往回奔过来围观，有的用脚踢踢那蛇："死了，真的死了！"

　　"哈，还蛮大的。"有位同伴蹲下去用手摸摸那蛇皮："还暖，我们带回去，再弄只鸡来，今晚我们来个龙虎凤宴怎么样？"

　　"啊，我们今晚有龙虎凤宴啰！"同伴们齐声欢呼了起来。

唱　歌

几个好朋友自驾游，为了消除长途疲劳，有人提议讲故事。吹牛大王说："讲故事前我先让大家猜两个谜语，都猜对了，才开讲，猜不对，就只好都睡觉或闭目养神。先猜第一个——上面动，下面就动；上面不动，下面就不动；上面一动，下面就痛。打一体育运动项目。"

"流氓，色鬼，下流，滚下车去！"故事大王的话音刚落，A女马上提出强烈抗议。

"绝对不是下流话题，是健康的，大家再动动脑筋。"故事大王严肃地说。

"摔跤。"A男说。

"不对。"

"俯卧撑。这回肯定错不了。"B女胸有成竹地说。

"你真聪明，智商蛮高呀，可惜，还是不对。"

"混合摔跤。"B男说。

"有点接近了，但是——还是错了。"

"看着各位女士先生绞尽了不少脑汁，在下于心不忍，就亮底了吧。"

"还废什么话，快说！"

"钓鱼。"

"哦，原来如此。"朋友们面面相觑。

"下面，出第二道谜语，这是一个比较容易的谜题：扣肉。打一女子用品。"故事大王说。

"你老婆也有吗？"A女问。

"避孕环。"B女抢答。

"答——差不多对了。"故事大王故弄玄虚："大家要注意表达的正确性，环是放的，不是扣的。"

"戒指。"A男说。

"近了近了，但那是戴的，不是扣的。"

"手镯。"B男说。

"那也是戴的，不是扣的。"

一下子，车厢里一片寂静，朋友们陷入了冥思苦想之中。为了打破沉默，故事大王忍不住公布了第二个谜底："耳环。"

"哈，耳环也是环，我对了一半。"B女开始了自我安慰。

"哈，我们都被忽悠了，这王八蛋骗我们了，耳环只是女子用品吗？"A男终于拨开云雾见青天。

"罚他，罚他全程讲故事！"大家齐声讨伐故事大王。

"都怪我出题考虑不周，我愿受罚，下面，我开始讲第一个故事——《唱歌》。"

"现在提倡文明社会。"故事大王开讲了。

"人们无论在哪里，无论到了哪里，都要讲究文明，举止文明、说话文明、不讲粗口话、不讲粗俗的话，学会换一个角度讲或用外交语言讲话。比如去方便，不能说上茅厕，上厕所，要说去洗手间或去卫生间。最好以后统一叫'唱歌'"。

这时正好A男内急："报告，我先请假一下去尿尿！"

"不能说尿尿！"故事大王更正说。

"报告，我要去卫生间！"

"不能说去卫生间，要说去唱歌！"

　　不知什么时候，"唱歌"渐渐变成了某种行为的专有名词，成了习惯语和口头语。那个经常跟爸爸妈妈出去旅游的小东东，平时在家都和奶奶睡，旅游回来当然也和奶奶睡。一天半夜，小东东醒来吵醒奶奶，"奶奶，我要唱歌！"半睡半醒的奶奶制止了他："睡觉睡觉，半夜三更的唱什么歌，吵醒了邻居怎么办？"

　　小东东不依不饶："不嘛，我就是要唱歌，快，快，我要唱歌。"奶奶投降了："好，好，唱，唱。小点声，对着奶奶的耳朵唱。"小东东实在憋的不得了了，拉出小鸡鸡，对着奶奶的耳朵就射。奶奶懵了："我的小祖宗，这就叫唱歌？""是的，奶奶，这就叫唱歌。""好好，你爱唱就唱吧，以后唱歌去远一点、偏僻一点的地方哦。"疼爱孙子的奶奶，衣服被尿湿了，一点儿也不生气，反正童子尿是一点儿也不臭的。

第三章

03

| 品味岁月 |

别有洞天待君来

　　3月11日至4月3日，由国际著名洞穴探险家凯文先生、中国岩溶专家朱学稳共同组织的第15次中英联合洞穴探险队在百色市的靖西县和平果县进行洞穴科考探险活动。我也有幸随队采访，见证了一批至今还鲜为人知、却引人入胜的洞穴奇观。

　　这支探险队的英方队员曾经到过十几个国家进行洞穴探险，尽管是第一次来到中国，但是风景如画的靖西小桂林风光和平果的奇山丽水给他们留下了深刻的印象。

第十五次中英联合洞穴探险队赴靖西县科考前合影留念

随中英联合洞穴探险队的探险家赴靖西、平果探险的日子，是很开心的日子。在这些日子里，我用照相机拍下他们的英姿，他们的敬业精神和严谨的科学态度给我留下深刻的印象。如今，他们虽然回国了，但他们的音容笑貌和多姿而风趣的生活片段常在我脑海里闪现。

入乡随俗

中英联合洞穴探险队自1985年以来，已在中国的国土上进行了15次探险活动，而探险队的成员，不是一成不变的，经常有更替，这次在靖西和平果县探险的14位英国探险队员全是第一次踏上中国国土的英国人。他们在中国，特别是在少数民族地区，迎来的第一难关便是生活关。生活关最重要的是吃饭关，在中国要吃好饭首先要会使用筷子。靖西县分管旅游工作的苏副县长自告奋勇当他们的教练，教老外使用筷子。苏副县长一再示范一根筷子是固定的、两根筷子是活动的，两者相配合把着力点放在饭菜上。由于掌握不好筷子的着力点，老外夹饭菜老是不稳，未到嘴边就掉，送进嘴里的，只是空筷子，逗得大家捧腹大笑。好在这种尴尬状况只维持了两个星期左右，他们便逐渐运用自如了。

来到中国之初，老外的食谱很单调：汉堡包、马铃薯、炸排骨之类。渐渐地，他们也爱吃大米饭、玉米粥、荞麦片、壮乡野菜之类。他们最爱吃拌上豆粉西红柿酸汁的炸五柳鱼，每餐饭，吃得精光的就是这道菜。

在靖西洞穴探险，是件很艰苦很劳累的事情，队员们往往是上午9点进洞，夜晚九、十点才回到宿营地。3月23日晚，是探险队难得的忙里偷闲的时光，在旅游局小李的带领下，全队人员到靖西县城逛夜市，在最繁华的城中路烧烤城品尝靖西夜宵。

老板端上汤圆、桄榔粉等，老外不爱吃。老外就是不喜欢吃带汤的食物，爱吃干的、油炸的，他们当然首选牛肉烧烤串。但是，干吃烧烤，没有酒他们是不干的。但他们从不喝白酒，只喝啤酒，老外一面吃靖西烧烤，一面喝啤酒。当晚，一直喝到深夜零时，大家还不愿离开，队长凯文酒兴大发，足足喝了10瓶啤酒。

蛋壳装在空矿泉水瓶里

与英国探险家相处，给我印象最深的是他们强烈的环境保护意识。他们从不乱扔废纸、废塑料袋，从不随地吐痰。

有一天到靖西县新靖镇奎光村的洞穴探险，队员们带上简单的干粮：鸡蛋和矿泉水。下午2时，在洞口休息时，他们才开始吃午餐。只见他们吃完鸡蛋后，小心地把蛋壳捡起，装进已经喝完水的空矿泉水瓶里，然后放进背袋里，待到了有垃圾箱的地方，他们才丢进垃圾箱里去。

在这当中，还有一个令我刻骨铭心的镜头：在老外吃午餐的时候，一阵山风吹来，将原来装鸡蛋的空塑料袋吹到半空，飘走几百米远，一个老外跃身而起，将空塑料袋追回放进背袋中。

本来，我们去的山洞地处荒野，丢个把塑料袋或鸡蛋壳之类应是无伤大雅。然而，在这些英国人的观念里，没有家与荒野区分的概念，他们认为我们只有一个家，这就是地球。

抢座位

每次乘车探险，作为客人的老外总爱抢先上车，抢先占座位。他们抢的座位，不是车头，不是前座，而是后座，是最尾、最差的座位，他们把好座位让给中国同行。

英国人个子高大，光1.90米左右的就有好几个，他们坐在小车后面的座位上，往往爱躬着腰，曲着身子，好可怜！

不必要的担忧

中英联合洞穴探险队到靖西的消息一传开，全县人民欢呼雀跃。人们从电视、报纸上看过探险队在乐业大石围探险的报道，深知探险的价值。于是，各乡镇干部群众纷纷向县人民政府报告线索，这个说他那里的山洞大，那个说他那里的山洞险。报来上百个探险点，经过探险队实地考察和选点，只选中其中的29个。

探险队每到一地，都受到当地群众的热烈欢迎。村民们抢着报名当向导，但他们得到的回答总是：不要向导。新靖镇奎光村的党支书最是放心不下，他想以自己的亲身经历说服探险队。他说，他们村的风吹洞里太复杂，听说洞里有国民党留下的光洋，他和几个老乡先后进洞，结果迷路在洞里几天，差点儿饿死。

朱学稳教授说，那是因为村民没有探险设备的缘故。这支探险队是训练有素的探险队，队员身体素质好，探险设备齐全，有卫星导向仪、多功能探测仪、遥控感应仪、步话机、自卫器、紫外线夜视镜……他们从来没有发生过迷路回不来的事。朱教授幽默地问党支书，鱼儿在水里会迷路吗？党支书被县领导刘润生和旅游局长李廷声挡在风吹洞的洞口，但是他还是说不放心。其实，看得出他很想跟老外学一套探险绝招。

斗山蚂蝗

探险队在靖西，没有多少的历险故事，唯一可怕的"敌人"就是山蚂蝗。他们对付山蚂蝗最锐利的武器是随身带的剪刀，把附在身上的山蚂蝗剪个碎尸万段，然后埋进沙土里。中国的同行告诉老外：蚂蝗是生命力极强的软体动物，有多少碎块就变成多少只蚂蝗，说得老外毛骨悚然，惊呼：完了，我们助纣为虐了！老外向中国同行讨教冶蚂蝗良方，中国同行说，烟丝最灵。可偏偏在30名探险队员中，只有两人抽烟。有他们在场时，很少遇到山蚂蝗，他们不在场时，山蚂蝗甚嚣尘上。无助之时，他们突然想到：看来，得重新评价戒烟的功与过了。

在泰国过泼水节

到泰国旅游观光的计划，从去年年初就开始筹划，一直拖到今年4月11日才得以成行，我没有丝毫的抱怨。有道是赶得早不如赶得巧，我们这次到泰国观光，正赶上了泰国一年一度的最大节日——泼水节，真是天赐良机。

泼水节就是泰国的春节，是按佛历来计算的新年，按新历算为每年的4月13日至15日。这段时间到泰国旅游的外国人，大多是冲着泼水节来的。4月12日，从南宁飞往曼谷的大型客机就有4架，世界各地从水、陆、空各种渠道涌向泰国的旅行团近400个，曼谷城市交通的重负成了人们关心的问题。到了曼谷住下后，我们才发觉担心是多余的。曼谷市人口中有不少是农村到城里定居的，每到泼水节，约有二分之一的人口回农村过节或到国外去旅游，因此，外国来的游客再多，也不会拥挤。公路上时常有塞车情况，但基本还算畅通无阻。泰国是世界著名的路桥之国，有2层甚至是3层公路，曼谷市区内是"路有多长桥就有多长"。

4月13日，我们怀着在泰国过一个新年的喜悦心情，一大早就起床了。按照泰国导游小邓前一晚的提示，各人穿好凉鞋、拖鞋、薄衣、防水照相机，带上新买的塑料水枪，准备在泼水节上大干一场。

当地时间8时许，当我们乘坐一辆中巴来到曼谷最繁华的新城区民主纪念碑广场时，便被眼前乱作一团的景象惊傻了眼：但见车追车，摩托追摩托，马达声和喇叭声响成一片；人追人，外国人追当地人，当地人追外国人，男人追女人，女人追男人。这里的泼水节与云南的泼水节有所不同的是，云南的男女手持脸盆或水桶，将水盆或水桶的水往你身上泼；而泰国曼谷是车上或路旁设有装满水的大水缸，这里的男女手持塑料或竹筒水枪往缸里吸水，再寻找目标，相互追逐，相互对射，便出现了前面所写的场面。这里的人还提着一个小小的塑料桶，桶里装的不是水，而是一种略有檀香味的糊状的白色香料。人们除了互相用水枪对射，还用香料涂抹对方的脸，以示吉祥和祝福，有如我国彝族地区的"抹黑脸"习俗。不同的是这里是"抹白脸"。有人往你身上射水，往你脸上抹香料，是你最大的荣幸和最大的快乐。

参加泼水节的人群中，还有一群带着牛头马面假面具的人，他们与人们分享着泼水节的快乐。佛教认为，泼水节是人们弃恶从善的日子。还有一群带着假屁股的人，他们与带假面具的人构成了泼水节一道奇特的风景线，而暴露屁股也许是在表现人类纯真无邪孤芳自赏的本性吧。

在泼水节，不管对方的动作怎样粗鲁和狂野，任何人都不能生气或吵架，不能冲淡神灵赐予每个人的欢乐。

把节日气氛渲染得最淋漓尽致的是那群蓝眼睛、黄头发的"老外"，我看到一位手拿塑料水枪、一手牵着一位泰国女翻译的小伙子"老外"在忘情地奔跑，我问他："好玩吗？"他高兴地回答："棒极了，我几乎每年都到这里过泼水节。"

在东芭乐园大门口，我见到一位年轻的老外带着太太、女儿手持水枪固守在一个大水桶旁，随时迎战"来犯者"，他与妻女全身都被淋湿了，却是一副乐不可支的样子，真逗！

在泼水节，我们广西旅游团的人似乎大多只愿做旁观者，像我这样的积极参与者不多。嗨，人生能得几回乐！

泰国的泼水节有庄严的为偶像沐浴仪式，还有当地人按节拍跳起欢快的长腰舞、竹竿舞，精彩的表演令人流连忘返。

军垦生活散记

1968年，在我的生命历程里，加上了"当兵"的一页。就像蔡国庆唱的《当兵的历史》中的那句："生命里有了当兵的历史，一辈子也不后悔。"但我只穿军装却没有领章帽徽，更没有什么军职。驻地的老百姓管我们叫"花生兵"。

导弹部队

1968年9月12日，来自全国各大学的部分毕业生云集在广西湖南交界的广州部队0547部队农场，接受解放军的再教育。部队驻地有个很好听的名字，叫作香花山。然而却没有什么香花，有的只是连绵起伏的荒山野岭。这里是当年红军长征经过的都庞岭山麓，部队要在这里开辟军垦农场，建全国最大的食用油料基地，在无边无际的荒野上种上花生。到了部队，每个大学生发一套深蓝色的海军军官服，没有领章，没有帽徽，没有精神带，倒是有人搞笑地用稻草扎腰耍帅。部队驻地周围的群众对我们这帮不速之客投以诧异的眼光，他们私下议论纷纷：到底来了什么兵？白净的脸上架着高度的近视眼镜，一双白嫩脚板穿着不合脚码的解放鞋；也不扣风纪扣……他们之中有聪明人站出来说：我敢保证，这就是导弹部队。

这就是知识分子？

　　群众不懂这帮人是什么人，部队官兵却对这帮人的到来又喜又忧。喜的是单调的兵营生活增添了许多色彩，增加了文化的氛围；忧的是这群学生哥不好侍候，五谷不分，四体不勤，怕完成不了上级交给的人均种20亩花生的艰巨任务。这个农场有8个学生连，每个连的司务长、排长、副连长、连长、副指导员、指导员都是军人，学生连的学生由他们管带、教育。

中国人民解放军0547部队大学五连全体同学合影留念

　　令带兵的人欣喜不已的是，这帮学生哥大部分都不是娇生惯养的，不少人是劳动生产的好把式，在行得很。而且，他们的可比对象不是成天摸爬滚打的步兵，而是一出门就坐车的炮兵，学生和炮兵彼此彼此，反差不很大。最令司务长瞪大眼睛的是，头几天花生地垦荒劳动，劳动强度特大，没有一个学生累垮、病倒。一个学生连90号学生，一餐饭煮米几次，共煮了60公斤红粳米，都被学生们如虎似狼地吃个精光。这种饭量，在新兵连中从未有过。司务长纳闷了，不停地敲自己的脑壳：这就是知识分子？

与鼠共舞

　　学生连的大学生们正值豆蔻年华，遇到从来未遇到过的劳动强度，

114

肚子很寡，饿得很快，好在这里天天有"宵夜"食，才不致使学生哥们因饥饿而夜不能寐。"花生兵"的"夜宵"是什么？当然是花生，但不是偷吃花生种。原来，各个工种有它自己的特色，稻米区的农民用稻草垫铺盖，而种花生的就用收花生打过颗粒剩下的花生藤当铺垫。花生颗粒常常打得不干净，晚上睡觉，将手伸进枕头和席子下面一摸，随时摸出花生来解馋，使学生哥们大饱口福。

凡事有利必有弊。花生藤蔓为学生哥们提供食物，也为鼠辈们提供美味佳肴。每个学生床位的席子下面，都藏着老鼠。夜深人静，宿舍里老鼠"恰恰恰"吃花生的声音此起彼伏，分不清是人吃花生还是鼠食花生，反正，是人与鼠共会餐，人鼠共舞。当时，没有谁担心会患上传染病。直到现在，也没听说当时炮团的兵和8个学生连的学生有谁患了鼠疫。

作为全国最大的花生油料基地，这里的鼠患是一大祸害。你走到晒坪旁，随便抱起一抱花生藤，便会窜出几只大老鼠，令你怦然心跳。于是，学生五连发明了以狗治鼠的办法。开始，为了治鼠患，学生连养了猫，但那猫积极了一阵子，吃鼠吃得肥肥的，便渐渐懒了起来，甚至与鼠们和平共处。后来，有人提出"狗拿耗子"的绝招，果然灵验。狗拿耗子，只咬死就丢，并不吃鼠，不会得"肥胖症"，积极性始终如一。从此，鼠辈们不再猖獗。

学生五连养的那群狗，还分别送给其他连队，为香花山军垦农场再立新功。狗除了逮鼠，还会牧羊，定时把羊群赶回栏里；还会守护花生地，驱赶鸟群，不让乌鸦群啄食新播的花生种子。

来了女生连

俗话说：男女搭配，干活不累。

半年以后，部队有了新的人员调动，香花山军垦农场从别处调来了两个女大学生连，编号为学7连和学8连。从此，香花山的天变了，地变了，人也变了。

　　原来在星期天爱蒙头大睡的男生们，变得勤去赶集了。他们不是去采购，他们主要是想去看看新来的女生。虽然男生连和女生连劳动时不在同一地方，住也不在一个营区，但毕竟女生连来了之后，男生们话题多了起来，干活也来劲了。女生连来了之后，文化生活丰富多了，起码在与驻地群众开展军民联欢时，部队的节目不再是单调的"三句半"。女生连来了之后，晚会多了歌舞，军民篮球友谊赛自然会增添了女队的项目。女生连来了之后，香花山平添了许多有趣的故事，某女大学生磨刀霍霍向猪羊，白刀子进，红刀子出，大显女兵飒爽英姿和霸气。某艺术学院一位漂亮的女生要求连长给她调换牧羊的工种，说她一看到山羊一个背一个的场面就头晕，弄得男性连长非常尴尬……

　　来了女生连，就来了我的干姐，很多滑稽的故事就发生在我的身上。每到周末，干姐就来我们连上，同我要了些脏衣服去洗，要破衣去补，还给我送来新做好的袖套，害得同连的战友好生妒忌。每当干姐出现在连队的凯旋门前时，战友们便故意扯开嗓门大喊："凌平湖，你的那个来了！"我立刻警告他们："什么这个那个的，那是我干姐。"战友们则更加肆无忌惮："干姐也好，干妹也罢，都是那么一回事，就差还没有开发票了！"

　　我很迷信缘分，我和干姐从小学一年级直到高中毕业，一直是同班同学；到了大学，又是同校同系不同班的同学；到了军垦农场，又同在一个农场。入学读书时她比我稍大，一直以干姐弟相认。后来一起到军垦农场，我认为是天意安排，一心想改变姐弟关系，但她偏偏不相信缘分。每当我们单独相处，我一提起缘分，她就像触电似的脱下鞋子追打我，说我贫嘴。于是，我在梦中构筑的香花山的一出"梁祝"戏没有演成。

学习军事　准备打仗

　　我为能当"兵"而感到自豪，更为能成为炮团的兵而自豪，因为学生兵一样学习军事，一样参加军事训练，而且是炮兵的训练项目。当然，炮兵也会像步兵一样练队列、练射击、练拼刺刀之类的基本功。我们是加农炮团，当然要学会打炮、瞄准、装填、发令等。在各种枪炮的实弹射击中，加农炮是最稳的，除了移动靶，固定靶基本百发百中。当时我们实弹射击训练，对着指定目标射击，百发百中。更有趣的是拉练项目，炮兵的拉练不是徒步行军，而是出门就坐车，一部卡车拉一门炮，车里坐着一个炮班，好威风呀。先别忙得意扬扬了，炮车逢山过山，逢水搭桥，那山路是没有路的路，征程充满险情，翻车事故在所难免。那次拉练，我们就翻了一个炮班，炮班有两个双胞胎兄弟，有一个是司机，幸好没有遇难的，全班受伤。最要命的是中途挖炮位掩体，摸黑挖，打着手电筒，抡起小十字镐。有一个女学生兵，挖中自己的额头，鲜血直冒——拉练就是没有硝烟的战场。拉练中还有一段插曲，拉练前沿途发有封路通知，违者以妨碍军事行动论处，结果有些任性司机被拘押交当地公安机关。

野生动物园

在我的记忆中，香花山虽说少有香花，但却有着丰富的野生动物资源，我们就像生活在野生动物园里。部队的驻地，出了一位全国闻名的打虎英雄，他为保护集体耕牛奋不顾身赤手空拳打死老虎的事迹在报纸广播上广为传颂。除了老虎，这里还有野猪、山鸡、黄猄、穿山甲，军区更有各种药用价值极高的毒蛇，给大学生们的军垦生活增添了无穷的乐趣。

冬天，在上山烧炭的路上，我们常常抓到冻僵或行动不灵活的山鸡和毒蛇，带回兵营加菜，弄个龙凤汤，既改善生活，又滋补身体，大家其乐融融。

有一次，我到4公里外的团部卫生队看病，路过一片棉花地，见有几只羽毛非常美丽的山鸡在棉花地里觅虫食。山鸡并不怕人，竟然敢在我的身边相互追逐嬉戏。我摘下草帽，蹑手蹑脚地要逮它一两只回去养，扑来扑去弄得我满头大汗，连一根鸡毛也捞不着，还被棉花秆拌了几个跟头，摔得满身是泥巴，好不狼狈。这时，密林深处传来了咯咯咯的笑声，循声望去，见有农家小房舍隐约于林间。接着，传来了一个银铃般的声音："同志，这山鸡是我们家养的！"哦，原来这里的农家有养野生山鸡的习惯，我差点成了偷鸡贼。

初春的一天，我到驻地公社所在地赶集，为了抄近路，不惜独行于荒山野岭的山道间。路过一个山坳时，见有一群小牛犊在吃嫩树叶，怎么这么一大早就有人放牛？仔细一看，根本不是什么小牛犊，但见这些小家伙全身毛色油亮油亮的，可爱极了，这不就是人们常说的黄猄吗？我忍不住捡起一块石头，向它们掷过去，受惊的黄猄一溜烟向山下跑去，消失在密林中。

有一次，我与连队卫生员上山采草药。路过一片茅草地时，只见草丛里有东西在动，瑟瑟索索作响。"有穿山甲。"卫生员一面小声说，一面捡起一块小石头扔向草丛，只见有一个篮球大的东西顺着山势往山脚滚。我们追到山脚，见穿山甲蜷作圆圆的一团，纹丝不动，任由我们将它抱起，带回营房。

蜷作一团是穿山甲的护身绝招，有着坚硬犀利的甲壳护身，其他凶猛的动物奈何不了它。但对于高级动物的人类来说，这一绝招偏偏是最笨拙的，人们只需轻轻一抱，便将它带回家，外力碰它越多，它就蜷得越紧。

我们将穿山甲献给了团部卫生队，给伤病员增加营养。团首长表扬了我们，说我们对伤病员阶级感情深厚。

探险队里的小故事

使者"什巴特"

探险队中最漂亮的英国姑娘特雷西，是探险队的开心果，她给探险队带来了许多乐趣。特意在中国壮族地区按照当地习俗举行她本人的盛大婚礼，就是一个伟大的创举。

漂亮的英国探险姑娘特雷西

特雷西是英国的一位幼儿教师，离开英国时，她所在的幼儿园的小朋友们送给她一只可爱的玩具小狗——什巴特。小朋友嘱咐她，要她把什巴特带到世界各地与小朋友们见面，让什巴特架起世界小朋友友谊的桥梁。特雷西无论走到哪里，总把什巴特带在身上，即使下洞探险，她也小心翼翼地将什巴特放在怀里，她已带着什巴特走遍了世界20多个国家。

在靖西，特雷西带着什巴特与探险队的队员一起到县幼儿园与小朋友们联欢。她把什巴特介绍给小朋友们，靖西的小朋友们亲热地疼爱地抚摩着来自异国他乡的什巴特，唱着"请把我的歌，带回你的家，请把你的微笑留下……"优美的歌曲。

画圆的老人

2003年"五一"黄金周到来之前，中国著名的地质洞穴专家朱学稳曾经预言：百色的旅游春天即将来到。许多人都在编织着多姿多彩的旅游梦。然而，一场突如其来的"非典"把人们的梦想给粉碎了。"非典"伤害了许多人，伤害了广西百色的旅游业，也深深地伤害了我。

3月初到4月初，我有幸随朱教授带领的中英洞穴探险队到靖西、平果探险。过后，朱教授说，以南宁为圆心，南宁到靖西为半径画圆，是个很好的旅游区域。朱教授画的"圆"，画出了广西一片旅游的新天地。朱教授带的探险队披荆斩棘的身后，是一处处旅游新区：桂林的冠岩、乐业的大石围、靖西的多吉和二郎、平果的黎明岩和布镜湖等，无不浸透着朱教授和探险队员们辛勤的汗水。多少个日日夜夜，朱教授的敬业精神和严谨的科学态度在我的脑海里挥之不去。70岁高龄的朱教授，患有严重的前列腺炎，还坚持登山探险，逢洞必钻。有的洞深2公里多，洞里缺氧，一些年经人都不能坚持到底，而他凭着顽强毅力，坚持到底，获取第一手材料。朱教授关心他人比关心自己还重，在平果县黎明乡的黎明岩，他知道我的心脏不太好，进去一半便劝我先出洞休息。

朱教授知识渊博，虽是古稀之年，对地质原理侃侃而谈就像一本活字典。在靖西县壬庄乡二郎屯一处河滩上，有大小不一的坑穴，煞是好看。以前，人们不知道这些洞坑是怎样形成的。朱教授解开了谜。朱教授说，这是在河流的化学和物理共同作用下形成的，河水带下来的沙石经过漩涡的磨转，天长日久，形成坑穴，水的缓急不同，坑穴大小不同。按大小可分为杯穴、碗穴、缸穴，伸手下去，可以摸到每个穴都有一个"胆"。这些坑穴的形成，需要几十年的时间，它一直点缀着这条小河，为美丽的二郎风光锦上添花。

严格的科学态度是科学家们的作风，更是朱教授的人格魅力所在。每到一个洞穴景点，谈到景点优点的时候，当地群众都会脱口而出：冬暖夏凉。朱教授说，这是普遍的自然现象，所有的山洞都是冬暖夏凉的。在平果县的一个乡村，长着一棵木棉树，树上长着很多树瘤，有群众说这是当年红七军与白匪激战过的地方，树瘤就是弹痕形成的。于是，这棵树便成了革命传统教育的活教材。朱教授仔细观察了这棵木棉树后说，凡事不能牵强附会，要尊重科学，尊重客观事实。比如说这棵树在战争中被打中，着弹点是有方向性的，也会有时间性的，不会整棵树从脚到顶都长树瘤。应该说，这是一棵病树。朱教授一番话，说得大家心服口服。

作为一个老者，朱教授从不倚老卖老，他平易近人，态度诚恳，谈成绩从不说过头话，指出不足又毫不留情面。他在指出靖西县城环保工作存在的问题时，说得相当尖锐，使县领导深受启发。

这就是我所认识的朱学稳教授——一位德高望重、可亲可敬的老人。

有惊无险

在旅游业在世界各地蓬勃兴起的时代，人们对作为开路先锋的探险队员感激不已，他们功不可没。是他们历尽艰辛，冒着生命的危险，实地勘测，科学评估，才开创出一个又一个旅游新天地。记者有幸跟随专家们考察探险，开阔眼界，增长了许多知识，学到了险境生存常识。

有一次，我跟他们进了一个乱石嶙峋、钟乳石林立的山洞，被琳琅满目的奇景迷住了，忘我地拍照，掉队了，突然头灯又熄灭了，不知是灯坏了还是没电了。周围一片漆黑，伸手不见五指，我急得浑身冒汗，心慌得直打鼓。来之前曾经听说有人钻山洞迷路丢下白骨的恐怖故事，我不停地高呼"救命！"山洞虽然深，但传声很好，前面的人听到了我的呼声，回头赶了过来，不一会儿，前面传来了亮光，我才松了一口气。向导和一位英国年轻的探险队员来到我的面前，那英国青年拍了拍我的肩膀，安慰我不用怕。他拍了拍我背的一个铁盒，说备用电池就在里面，这时我才如梦初醒。他帮我装上了电池。头灯大亮。我太惭愧了，一个堂堂记者，在外国人面前出了如此大的国际洋相。我很伤心，我不能继续前行了，探险队员和导游把我送出洞口，让我在车上等他们。在这次探险活动中，我和这位年轻的科考英国探险家相识了，成了老少异国朋友，我永远忘不了他。因为他是我的救命恩人。小伙子今年才17岁，名叫迈克尔。

古龙山峡谷

这次探险的基本原则是到未经开发的、由群众提供线索的有价值的地方去，而靖西县湖润镇的古龙山峡谷群则是个例外。靖西县是百色市旅游业开发较早的县，乐业县的大石围天坑群还默默无闻之时，靖西的三叠岭瀑布、通灵大峡谷已名声大振。但与通灵大峡谷连在一起的古龙山峡谷群却仍是"空谷佳人"。去年，古龙山峡谷被发现，经过开发后，于今年"3·8"节前后作为旅游景点试营业。游人纷纷慕名而至，惊见其景观之壮美不亚于通灵，弥补了通灵留给游客的某些遗憾。

古龙山峡谷群地处广西靖西县湖润镇境内，是通灵大峡谷的延伸。峡谷由古劳峡、新灵峡、新桥峡、蚂蟥谷等主要峡谷组成，游程全长6.8公里，入口处是两株千年迎客枫，也称千年连理枫，走过迎客枫沿崎岖山路往下走，到一处高百米以上的崖壁下，有一潭清水，水从山底冒出，沿小河往下流。向导说，到丰水期，这里也是一个百多米高的大瀑布。即使是枯水期，山脚仍有泉水冒出，不知此泉水是不是从通灵峡地下河冒出。探险当天天气有些寒冷，英国探险队员却毫不犹豫地脱衣下水，游到泉口，潜水探看，结果找不到洞口。朱学稳教授说，只有炸开石头，才能探个究竟，看来揭开这个谜还需要再多等些时日。

峡谷两侧是一片原始森林，珍稀的远古桫椤树、无花果树和一些藤蔓环绕的古树密密匝匝。四处灌木丛生，飞瀑泻银，集暗河漂流、溶洞奇景、壮观瀑布、原始林区于一体。峡谷与峡谷之间由峡谷河流与三个地下溶洞贯通，构成世界罕见的三洞三峡连通的自然生态奇观。在峡谷中沿着明河走2公里，便来到一个大洞口前，清清的河水从洞口灌入，消失在地下河暗处。洞口排满了气皮艇，一股凉气从洞中飘出，令人心爽肺舒。暗河漂流之旅便从这里开始。漂流中除了寻求挑战大自然的刺激外，还可以尽情欣赏洞外有洞、情景各异、千姿百态的天成之美。此地下河经过三个洞穴，一段比一段长，一段比一段多水，三个洞穴的长度恰好是0.8公里、1.6公里、3.2公里。因三个洞穴的地下河未经疏通，漂流未能一气到底，中途要上岸扛着气皮艇走一段路再继续漂流，共用了3个小时，才到了漂流终点——三叠岭水电站。

多吉村多吉洞

无限风光常在人迹罕至处，这次探险的终点，是距通灵峡谷仅8公里的湖润镇的多吉村多吉洞，探险队发现了一处大规模的地下河出水洞，地下河长2.2公里，水洞通到邻县德保县，地下河最深处水深20多米，水势丰盈。洞体高大深邃，石笋、石钟乳、石瀑布、石花、奇石等构成五彩斑斓的世界。有的从坍塌的斜坡下吊，像是倒挂的森林。因洞口已筑起堤坝，洞内地下河水流平缓，虽然不深，河水清澈见底。中方探险队长陈立新用摄像机摄下了水中的透明盲鱼。洞内还有一些独特的洞穴动物，如花蛇、飞蛙、有彩色图案花纹的蛤蚧、翼长50厘米的大蝙蝠等，真是叫人大开眼界。

二郎村二朗屯

在距县城墙20多公里的靖西壬庄乡二朗村二朗屯，发现了一处生态环境保护得很好的风景区。这里古榕参天，藤绕蔓缠，林荫蔽日；有小桥流水的乡间小景，小河绕村而过，古式石拱桥横卧碧水之上，桥下流水潺潺；多级河滩形成的壮观瀑布群更是让人叹为观止。当地民风古朴，村民热情好客，听说有探险考察队到此，他们杀猪宰鸭，捧出香醇的土酒，招待远方的贵客。人们穿着艳丽的蓝衣壮民族服饰与老外合影留念，如过节一般热闹。

护龙村音泉洞

距靖西县城40公里的龙邦镇护龙村的音泉洞，临近平坦宽广的边境柏油公路，离边境贸易点排干约1公里，洞内有旱道和水道，洞长1公里多，上通5个天窗。有当地人自行进洞探险，还留下了颇有公益性的"游人请回，到此为止"的路示。该洞景象多姿多彩，与多吉洞相比，龙邦镇的音泉洞有望成为跨国洞穴旅游景点。同德乡卧龙洞内有个大厅，面积为21000平方米，是迄今为止广西境内发现的第二个巨型洞内大厅（第一个在乐业大石围天坑）。另外，在大甲乡大何村还有一个洞内大厅，有极佳的回音效果，英国探险队队员高兴地唱起英国歌曲，享受"洞穴卡拉OK"的另一番情趣。他们认为，这里可以开发为旅游音乐大厅——主意不错。

坡造镇布镜湖

从平果县城往大化方向走约20公里，便是坡造镇的布镜湖风景区。湖边有一座巍峨的穿山，鬼斧神工，远望仿佛山上嵌着大屏幕彩电，实况转播着山那边的精彩。有清清的泉水从山脚冒出成湖，湖水清澈见底，野生鱼类品种繁多。可见游鱼成群往来穿梭，七八斤重的大草鱼在悠闲地游动，向人们展示着它们在水中的小康生活。有渔民在湖里撒网打鱼，船鱼站有鱼鹰。更有四周奇峰异峦相衬，酷似漓江风景。湖河相连，湖即河之源，布镜湖向远处飘去，消失在山丛中。

堆圩乡平冶河

在平果县堆圩乡，走在平治河两岸，高达30多米的岸竹临水弄影，壮乡竹楼掩映在山水中，婀娜多姿的竹林和迷人的壮乡风光让探险队员们为之倾倒。河水与公路并肩穿过一个通天的大山洞。所构成的一座巨型天生桥，更是气势非凡，桥距水面约30米，而由巨岩构成的桥本身却厚达60米，附近的黑岩穿山洞穴奇特景象，也很有意思。平果县到大化县的公路从一个大洞中穿过，约100米长的洞中还有若干大小不等的洞中洞，如一只只神秘的眼睛望向洞内的行人。洞的这头还在平果县，到了那头豁然开朗处，就已是大化县了，好像洞中有高人使出了乾坤大挪移之神功，须臾便把我们带到了另一方天地。

黎明乡龙马岩

距平果县城约70公里的黎明乡有个龙马岩（敢沫岩），非常壮观，洞内多怪石，其状如龙如马。该洞洞体大，洞内大厅可同时容下上万人。洞高约100米，电筒的光都照不到顶，里面的石笋最高达30米以上，洞内空气很好。2公里长的地下河水面宽水流平缓，从入口至出口均可行船，是漂流的理想河道。令人叫绝的是，地下河岸边有天然的岸道，仿佛是大自然早已规划好的观光道，让想漂流的人漂流，想走路的人走路，水上漂的和岸上走的各得其所，相互欣赏，相映成趣。

这也是这次探险中最令人心惊肉跳的一个洞穴，经专家们评估后，该洞穴可以开发成为该县最优美的旅游景点。那些景点，除了有极高的观赏价值，还有极高的学术价值，也为地质研究提供珍贵的地质素材。洞里的龟、鱼和种类繁多的野生植物都有珍贵的药用价值。丰富的地下水源是人定胜天的重要法宝。

　　平果县城东南面有个没六洞，水源丰富，洞里有一种珍稀的鱼种，因这里的鱼没有超六斤重而得名。著名诗人、翻译家曹靖华曾有"尾尾没六洞中来"优美诗句。

　　这次探险考察，在靖西县，发现具有旅游开发价值的四个奇特大洞穴、一个洞内巨型大厅、一个景区；在平果，发现一个优美的大岩洞，两个景区。正像朱教授在探险结束汇报会上所说的那样——"如果以南宁为中心，南宁至边境靖西县为半径画圆，把中英联合洞穴探险队这次在靖西县和平果县科考探险的新发现做旅游开发，将画出广西一个崭新的旅游新天地，可与桂林漓江、阳朔媲美"。靖西县和平果县的洞穴探险特色旅游将大有可为。

夜宿老山

倒霉的事让我们摊上了。

4月19日，我和单位的老何、小何、吴司机驱车前往乐业。"北京"牌吉普在起伏不平的山路上颠簸三个钟头以后，便开始呻吟着爬上海拔2000多米的岑王老山。好不容易爬到山顶，车就熄火了，时钟正指向下午四点半。

吴司机万般无奈，把希望寄托在过往的车上。恰好有地区某局的两部货车跟来，还未等我们开口求援，前面的那位司机就骂开了："蠢仔，把车停在路中间，让路让路！"世态炎凉难料，我们不与他争，也不求他，赌着气把车子推到路边。

几年前，"外面的世界很精彩"，这里原是国营老山林场所在地，在这幽静的山林小站里、旅社，有饭店，如今"外面的世界很无奈"，总场已迁到山脚的利周，旅社、饭店没有了，只有十来户工人，我们人生地不熟，食宿无门了。

林场代销店的老头看到我们焦虑的神情，安慰说，"百色至乐业下午班车六点左右路过，你们可以先搭班车去，我帮你们守车。"说着，还拿出猎枪扬了扬，我们舒了一口气，安心坐在路旁等车。

直到夜晚10点钟，连幻觉也不曾有过喇叭声和马达声。班车不正常运行的情况是会有的，可这"不正常"偏偏落到我们头上，饥肠辘辘，唇焦口燥，我们只好自认倒霉了。

几位好心的林场工人建议我们去找分场党支书帮忙。我们问到哪里找，回答是：有猜码声的地方。

我们在有猜码声的小屋里找到了党支书闭赋昌。见到稀客光临，几位好客的主人纷纷让座。说是猜码，其实是干猜，并没有排场。我到过林场采访，深知这是消除疲劳之举，是林场生活的协奏曲。文书操着夹白话音的普通话说："班车不会来了，住下吧，我们有招待房，只是委屈你们几位了。"好话一句三春暖，人间自有真情在。见到支书，我们像见到了救星。

好客的支书找来了管理员老巫，帮我们安置妥当后，又帮我们接通了打往家里的电话。我们深感内疚，劳累了一天的支书此刻还充当我们的服务员，当知道我们还未吃饭时，他立即回家为我们点饭菜，烧洗澡水，太为难他了。

"好朋好友，黄豆下酒"，这是山里人的良宵夜。我们几个"山大王"能在支书家度过这样的良宵夜，倍感亲切。其实，支书的家不在这里，而是在60里外的新建分场，他能在自己的临时宿舍里如此盛情接待我们，实在难能可贵。香脆的炒黄豆、淳美的土酒、热腾腾的大米饭、冒蒸气的洗澡水，激起了我们心中的暖流……

恋上香港

今年元月中旬到香港探亲，转眼一个星期过去了。第一次来到这个陌生的世界大都市，就像刘姥姥进大观园，一切都感到很新鲜。在儿子的引导下，饱览了海洋公园、维多利亚公园。徜徉在维多利亚港的星光大道上观赏香港迷人的夜景，坐缆车飞越海湾到昂坪朝拜天坛大佛、鸟瞰香港机场，搭乘大缆车爬上山扫描香港全貌，乘地铁到铜锣湾天后庙上香……这里的不少景点，是世界级的。像海洋公园，世界第一，那海洋馆、鲨鱼馆、水母馆、海豚表演，海狮剧场、熊猫馆……处处令人叹为观止。

置身这座世界商贸中心城市，望着高耸入云、插筷子般密集的座座商厦，再徜徉在散发浓郁平民味、商埠味的西洋菜街、洗衣街、染布坊街、通菜街、白布街、黑布街、土瓜街、女人街、豉油街……我似乎读懂了香港的历史。起早贪黑的弄潮人，用血汗写就了香港的辉煌，把香港建成了举世闻名的大都市，成为世界经济的中心之一，我心中对香港人产生了敬意。

走进九龙旺角的女人街，就是繁华的闹市区，一条长长的街道，全是成衣交易的市场，这里印证了港人的勤劳和拼搏。每个摊位都是临时的钢架结构，由于市政的需要，钢架摊位每天都要拆装一次，尽管是小生意大动作，港人不厌其烦，一次又一次地拆装。他们卖的成衣是低档次的，最廉价的一件5元港币买一送一。香港的许多巨富，就是从小本生意的女人街走出来的。到过女人街的人，就不会望文生义，误认为这是男士止步的地方，因为在这条街上挤满了男女老幼，摆满了男女老幼的成衣。

果菜市场交易方式大多还是沿袭古代的，果菜以把、份、个论价，10元港币得6个一份的进口橙，比内地还便宜，3斤重的柚子7元港币，青菜则贵，餐馆10元港币一小碟上海青。这里没有单纯的专卖店，我们在高档商场买不到洗衣肥皂，却在药店见到了肥皂和牙膏；我们踏破铁鞋无觅处，却在一处书店买到晾衣服用的绳子。

先入为主的警匪片误导人们从哈哈镜里看香港，现实中的香港社会，是高度文明的社会，人与人和谐相处，彬彬有礼。如果有一个陌生人问路，总有一群热心人围过来帮指引。乘车购物，自觉排队，依次入座。入弹簧门时，前面的主动把门拉住，待最后一人进去后才安心离去。没有人闯红灯，没有人随地吐痰、乱丢烟头或纸屑，违背公共卫生的行为要受到政府的严惩。孝顺的儿子给我买了一部摄像机，开玩笑说是用老爸省下的钱买的。我问何故？儿子笑着说，老爸来香港改掉了随地吐痰的不卫生习惯，省下了罚款钱（据说随地吐痰一次要罚5000港元）。香港人的主语是广东话，一个星期来，我没有听到过一句粗口话，没有见过一次吵架，也没有见过一次抓小偷。也有警笛声声，但那是医护急救车或者是消防车急驶而过。

面积1100平方公里的香港算是弹丸之地，却居住着700万人口，人口密度很大，人行道上，人潮如涌，时时都像电影刚散场的样子。在来去匆匆的人流中，上下学的中学生、小学生是最引人注目的一道靓丽的风景线。看，一群群的小可爱们活力四射地走过来了。孩子们统一的着装是端庄的校服，男生西装革履，深蓝色的呢料上装，黑色皮鞋油亮油亮的，洁白的衣领上挂着紫色方格领带，潇洒极了；女生们上身着深蓝色衣服，脖子围羊毛围巾，下身是深蓝色短裙，白色的短袜加上亮锃锃的皮鞋，漂亮极了。他们迈着自信的步伐上学去了，这是冬令校服。香港学生背的书包也没有内地学生背的沉重，他们是愉快地上学，轻松地读书。

香港人多、车辆多是人所共知的事实，而香港公共交通秩序优良也是人所共知的事实。在那里一个星期，没有见过有人闯红灯，没有超车现象，没有堵车现象，也没有见过一次交通事故，更没有看见交警们大兵压境的紧张场面。有厚实的经济就会有良好的交通环境和优良的设施，香港的地铁、海底隧道，是世界一流的。

艺 考

在歌舞团里，新来的小青年总是问我，"你是广西艺术学院毕业的吧？"每次问，都勾起我一段美好的回忆，脑海里便显出了当年报考的景象。

1960年，《刘三姐》旋风不但席卷全国，而且风靡全球。中国有"三姐"和"阿牛哥"，外国也有"洋三姐"和"洋阿牛哥"。全国城乡的中小学乃至幼儿园也有"小三姐"和"小阿牛"，不知爱情为何物的娃娃们，津津有味地唱着"金丝蚂蚁缸边转""想妹一天又一天"。

那年我初中毕业，压根儿没有半个文艺细胞，单凭对"刘三姐"的崇拜，就异想天开地报考广西艺术学院附中。

"你演过戏吗？"主考老师问。

"演过。"我当面撒谎。

"演过什么角色？"

"演过……演过《刘三姐》中的莫进财。"我开始冒冷汗，再问下去，我会休克的。

"演个片段看看。"老师递过一把扇子。

凭着看得腻了的印象，我壮了壮胆接过扇子，踏着生硬的彩调步，扇子一摇一摇地，脖子一伸一缩地演开了："我奉了老爷命，讨债抢兰芬……"

"停！"老师大喝一声，命我停下。我想，是我的拙劣表演使他目不忍睹。

"你笑！"老师突然下令。

"要我笑？"

"对，要你笑，快笑呀！"

"哈哈哈……"我开笑了。

"哈哈哈……"窗外观众的笑声把我的笑声淹没了。

"你笑什么？"老师猝不及防地问。

我知道，我不会笑，不会创作各种各样的笑，也不知缘何而笑，是开心，是鄙夷，抑或是笑里藏刀？我突然急中生智："我没有醉……没……醉……哈哈哈。"这回，老师满意地点了点头。

接着，我跟着钢琴爬音阶，跟着老师拍手把节奏，看着老师递过来的歌本读谱。视唱练耳之后，老师要我唱一支歌。我最喜欢外国歌曲，选了平时最拿手的《牧童》。开始挺顺当，到结尾要把"一块儿坐在篱笆旁"推向高八度时，"旁"断了气，心中懊恼不已。

幸而在反应和想象力的考试中，我答得出乎意料的好，好得连自己都不相信自己了。老师从右裤袋掏出一张手帕，问"上面的图案是什么？"答："轮船。"问："什么号？"答："长风号。"问："开往哪里？"答："印度尼西亚。"问："去干什么？"答："接运被印尼当局排挤的华侨同胞。"老师满意地点头认可之后，又从左口袋掏出另一张手帕，上面的图案是一位骑马少年。老师连问："这少年叫什么名字？他今年几岁了？家住哪里？他家有几口人……"这是一道吓唬"老实人"的考题，因我不是"老实人"，居然一一答上。这个问题最简单，只要把自己套进去，就"任尔东西南北风"了——其实，我哪里配？马上的那位少年那么英俊，而我呢，一个穷苦人家的孩子，衣服补丁连着补丁，此次上考场，穿了套白衬衣蓝裤子，算是最"派克"的了。想到这，心里一阵寒嗖嗖的。

最后一关是集体表演小品。老师从考生中挑出一组人，出了题，给大家五分钟的准备时间。我们组演《搭车》。要求是，炎热的一天，有医生、干部、工人、解放军、老太太、抱小孩的妇女等到车站搭车，人们都很口渴，在车站开水缸前排队喝水，水很烫，车又快开了，怎么办？我们商量了一阵，确定了颂扬共产主义风格的主题就开演了。大家一个劲地让老太太先喝，老太太又执意让小孩先喝，让来让去，开车时间到了，谁也滴水未沾——这样演会砸锅的！还是演解放军的我出来解围："大家快上车吧，我带有水壶，渴不坏大家。"至此小品顺利完成。

一个小县，有80多人报考，得复试的12人，最后接到录取通知书的2人中有我。许多人愤愤不平，骂主考老师有眼无珠，竟然看中一个未曾碰过舞台边的乡巴佬！他们哪里知道，那两张手帕，那个水壶，不知起了多大的作用。

乐极生悲。又过两天，艺院寄来个补充通知说，由于国家遇到百年未遇的自然灾害，艺院附中"下马"……

起初，初中的班主任极力反对我报考艺院，说是浪费人才。还说如果我不听劝阻，执意考艺院，就让我"两头空"！手拿艺院的补充通知，心想班主任"两头空"的训示，我惶惶不可终日。

不久，当邮递员将高中录取通知书送到我的手上时，我才悟出那"两头空"是班主任爱生心切说出的气话。

后来，我考上了大学中文系，大学毕业后被分配到右江民族歌舞团任创作员，从另一条路走进了梦寐以求的艺术殿堂。

昨天的我

毕业分配，历史的误会，没有艺术细胞，却偏偏被分到艺术天地里，却颇对口，中文系——创作员。而那年月，正值党"百花齐放，百家争鸣"的文艺方针受到严重干扰，文艺路子越走越窄的时候，有何作可创？

幸好，舞蹈编导说，我的身材好；戏剧编导说，我有"英雄形象"。舞蹈试用，腰板太硬，唯一出路是"英雄形象"。于是，我当了《沙家浜》中的英雄王福根，每晚被枪毙一次。戏虽不多，却很壮烈，带着脚镣手铐，大骂"汉奸""走狗"，昂首挺胸上刑场。

壮族"王福根"普通话可以，形象好，胜任角色，颇得郭建光们的赏识。正在自我感觉良好的时候，出现了不愉快。到空军部队演出，舞台简陋，"王福根"还未走到台上，便被根木头绊倒，情景非常好笑，台下的战士没有一人敢笑——态度问题。而台上的"王福根"却忍不住背向观众笑个不停，以至"阶级仇，民族恨"调动不起来，痛骂敌人的台词被笑浪冲走了，"胡传魁"急了，怕被笑传染，顾不上所有的对白，喝声"给我拉下去毙了！"僵局才算结束。

笑台是严肃的"政治性"问题，我在失眠中考虑着如何应付即将到来的批斗。批斗并没有发生，据说领导经过主观与客观的辩证，还说我是"红五类"子女。

　　我感激，我要将功折罪。"王福根"每晚被枪打死后，又死里复生。脱下"王福根"服，穿上群众服；脱下群众服，穿上鬼子服，拼死地跑龙套，全不顾"形象"的尊严。不但如此，脱下戏装，还去帮做舞台效果，摇动洋铁片做雷声，挥起小铁锤砸火药片做枪声——在乡下，火药反潮，使胡传魁常死于郭建光的"无声手枪"之下。

　　我的汗水没有白流，我被提拔了，在安排《智取威虎山》角色时，我当上了"匪参谋长"，英雄要大块头，土匪也要大块头。可惜，当我把"蘑菇溜那路""么哈么哈"的土匪黑话背得滚瓜烂熟时，《智》剧就已停演。

　　在"三突出"的禁锢下，创作员除了应酬节日的万金油小演唱和三句半、天津快板之外，一事无成，惶惶不可终日。

　　毕业分配之时，正值"少年钟情""少女怀春"。而工宣队长、军宣队长给团里大学生上的第一课是"艺术青春神圣不可侵犯""不能爱团里演员，只能爱团外工农兵"，要提高到"挖社会主义墙脚"的高度来认识。

　　既然"误入花丛"，便要恪守"观花莫摘"的天条。团里有个"蓬莱元帅"，因违反"天条"受罚了，后来，同届毕业的同学，人家的子女上高中了，他的宝宝才上小学。我不是"蓬莱元帅"，但我不敢犯"天条"，我没有胆量，那时我是胆小鬼，是懦夫！

我在百色高中教过书

应聘

1989年5月，我意外地收到了一本红彤彤的聘书，是广西百色高中寄来的，说是诚聘我为该校的语文教师。我的心怦怦直跳——百高，广西有名的重点高中，如雷贯耳，能成为该校的一名教师，该是多么的荣耀，我诚惶诚恐地应聘了。

既然是信任，必然是寄予厚望和更多的期待，我当然不敢怠慢，虽然我有过几年的当语文教师的经历，还必须要做好充分的准备。9月，新学期一开学，我就走马上任了。尽管教研组长希望我直接进入角色，但我还是坚持先跟班一段时间。于是，每到语文课，教室后面多了一个座位，多了一名老学生。我还抽空借阅同事们的教案。

上完第一节课后，我感到一阵阵轻松，感到达到了预期效果，教研组长也表扬我讲课生动，课堂气氛活跃。其实，第一节课的效果都应该是这样的，新面孔、新感觉、新的认同感。课文展开之前，新老师自我介绍，讲讲自己学语文、提高写作水平的心得。我讲到了笨鸟先飞，讲到了强迫抄书是增强记忆的好办法，记歌词是提高写作水平的诀窍……

我始终认为板书和科学板书是教师的基本功，我不相信一节课从头到尾读报，黑板上没有一个字的教师是敬业的。

解决春困，多提问，有机穿插励志小故事或者某领导做报告念错别字的笑话。

百高的特点是学生多，班级多，教师少。教师超负荷、超课时是难免的。当然，学校非常尊重教师的劳动，给教师发超课时费。然而，批改作业是很难量化的，这就需要老师要有献身精神。批改学生作文是很头痛的事情，工作量太大，我只好轮流五分之一详批，五分之四略批，或者同桌学生交换批改，互相学习，取长补短，促进写作水平的提高。

拭目"议价生"

作为省级重点高中百高，求读者趋之若鹜，增设了多少班级，增加多少座位，仍然缓和不了供求矛盾，"议价生"应运而生。所谓"议价生"，就是中考分数接近百高分数线的、家长愿意资助学校实际困难的就读生。这部分学生的心理是很复杂的：有的是自愿的，他们分析自己的能力之后，怀着自信，相信自己有能力赶上甚至超过正式生；有的是被逼的，他们丧失了勇气，怕赶不上去，不愿花父母的冤枉钱，他们虽然来了，心里常常是愧疚的，面对正式生，就产生自卑心理……但是不管怎么说，他们都是祖国的未来，他们应得到更好的受教育的机会，得到足够的关心、温暖和鼓励。

我首先要求班上的同学们不要有"议价生"的概念，全班同学一律平等，忘记昨天，大家一起在新的起跑线上奋起，一起为百高争光，为百色争光。有一位"议价生"，她只差2分没有上线，到百高后，她忘记了自己，把新的学习环境当作新的起点，刻苦学习，奋起直追，成绩很快就赶上并超过了正式生，名列年级前10名。她还当上了班干部，性格刚毅，敢于管理，成了班主任的得力助手。当时的教导主任赵峰夸她是少有的能镇得住调皮男生的女班干。后来高考，她成了百色外语类的"状元"，考取了北京国际关系学院，以致很多同学惊讶地问："她为什么是'议价生'呀？"

当年在百高，这样的"议价生"还不少，一位女"议价生"考上了北京外国语学院，另一位女"议价生"考上了上海财经学院……

人们有一千个、一万个理由怀疑考试定终生、分数定前途的教育制度和人事制度，但又一时找不到避免人才"误诊"的途径。

阴盛阳衰文科班

如果说"议价生"的崛起是百高89文科班的一道亮丽的风景线，那么阴盛阳衰又是这个班的另一特色。这个班的女生，都有一股牛劲，不服输，很倔，很泼辣，这是她们前进的动力。但分寸掌握不好，或者得理不饶人，就会办坏事。她们会为在学校水池旁排队打洗凉水因为插队问题而打架，后经老师的劝解和教育，才平息纠纷。后来就没再发生类似的事件。

这个班有个女生梁同学，来自田东县的一个贫困山村，生活艰苦朴素，性格内向，不善言谈。有人误认为她有点迟钝，其实，她很有内才，常有惊人之见解，女同学都喜欢和她交朋友。有的同学见她衣服少，就把自己的衣服送给她，带她到家里来吃饭，她常常从农村家里带水果来给大家吃，同窗的情谊增进了学习的交流。梁同学有一股顽强的意志，学习雷打不动，她虚心好问，学习进步很快。她考取了四川大学图书馆系，毕业后，她进了广西图书馆工作。她不满足于现状，利用有利的工作环境，查阅资料，备考研究生，最终如愿以偿，考上了新闻研究生，成了中国最大传媒机构《人民日报》的记者。

这个班毕业的女生，有的当了记者，有的当了外交部的外交官，有的当了外企的商务代表，有的……她们是百高的骄傲。

当年高考，这个班有17人进京，大部分是女生。

温馨校园中秋夜

百高校园的中秋夜，到处洋溢着一派温馨的气氛，而景色最迷人的，要数校园的操场了。操场上，三五成群的师生围在一起，点亮了蜡烛，以纸当桌，摆上了月饼、芋头、柚子、苹果之类，大家一起赏月。吉他声、歌声、说笑声，交响在百高的夜空。同学们在谈论学习，谈论理想。

在89文科班的赏月人群中，坐着一个帅气的小伙子，他沉默不语。一会儿低头沉思，一会儿抬头望明月，双眼还含着泪水，唐代李白的那句千古绝唱，仿佛就是专门为他写的。此刻，他多么想家，他多么想念远在平果贫困山区的爸爸和妈妈。他考上百高，是他家祖祖辈辈的梦，是全村的大喜事。然而，他的考上，却换来了爸爸妈妈的愁眉不展——他家没有钱供他读百高。乡亲们纷纷上门劝说他爸爸妈妈，一定不要放弃，千方百计让他上百高。后来经过爸爸妈妈走村串户地借和乡亲们的帮助，他终于踏进了百高的大门。

他在学校食堂开饭，但从来不在食堂里吃，总是打饭回宿舍里吃，他不愿让同学们看见自己碗里的饭菜。第一学期的中秋节，他不出门，一个人待在宿舍里，他没有钱买月饼。

后来，他就时常找班主任，要求退学回家，班主任不同意。

他的困难，89文科班的师生看在眼里，全班的师生向他伸出温暖的手，大大地减轻了他学习和生活上的困难。第二年的中秋节，班主任有交代，全班人集中操场度中秋，要把平果同学带出来，不要让他一个人孤零零地待在宿舍里，同学们尽量多带些月饼水果之类，让平果同学尝个够，体现大家对他的温暖。

他在温暖的大家庭里幸福地成长，以顽强的毅力投入学习中，学习进步很快。后来，他考上了中国人民警官大学，成为一名受人尊重的警官。

另类的"五好之家"

　　我在这里讲述的，不是一个"五好家庭"的故事，而是由姓班、农、魏、覃、林五个好朋友的家庭组成的另一个友好的和谐的群体，人称"五好之家"。这"五好之家"的成员中，有公务员、医生、记者，有公司职员，也有个体老板。其中有5人已退休，有5个人还上班。10个人虽然来自不同的行业，但相处得非常融洽、和睦。

　　6年来，5个"老公我们"和5个"老婆我们"（他们极幽默，借壮话倒装结构来相互称呼）活跃在百色城的各个公共场所。他们的出现，使得许多新潮的事物不再是年轻人的专利。有的年轻人干脆称他们是"老前卫"。

　　庆祝一年一度的"情人节"，本来是年轻人的专利，可这些老人偏偏也要过把瘾：小伙子们给情人送玫瑰，"老公我们"也给"老情人"——"老婆我们"送玫瑰；小伙子给情人送巧克力，他们也给"老婆我们"送巧克力；小伙子请情人上茶座、上酒家，他们也要实行AA制，请"老婆我们"上"毛家""新世界""北部湾"，而且，"老公我们"还会在宴会上送给"老婆我们"最特别的礼物——一个深情的吻。

　　无论是2月14日情人节，还是"三八"节；无论是"七七"中国情人节，还是中秋节，哪个地方热闹，哪里就有"五好之家"成员的身影，他们或在草坪上畅谈，或在迎龙山上赏月，或在澄碧湖戏水……

　　6年来，"五好之家"已形成了一个惯例：每年2月14日、3月8日、农历七月初七，是"老公我们"向"老婆我们"表忠的日子、献"殷勤"的时刻。那3天，"老公我们"西装革履，请"老婆我们"上大酒家，凭着那张旧船票，一次又一次地登上那只客船，一次又一次地重复着昨天的故事。

　　压马路也不是年轻人的专利。"五好之家"的老人们，几乎晚晚结伴散步，或沿着江滨路绕百色城走一圈，或往火车站走一个来回，每晚走4~8公里，对"生命在于运动"坚信不疑。有一晚，覃老两口在火车站的进站大道与自家的公子相遇，老人不脸红倒是年轻人先脸红了，覃公子惊讶地问："老爸老妈，你们那么老还成双成对压马路呀？"老爸老妈反问道："难道压马路是你们年轻人的专利？"

　　"五好之家"也爱参加旅游观光活动，除了参加单位组织的旅游外，他们还自己包车到各地兜风。远的到云南、贵州，近的到靖西、乐业等，他们一路欢歌，满车笑语，九龙瀑布群、马岭大峡谷、大天坑、通灵大峡谷……处处留下老顽童们的足迹。老人们说，他们图的是拥有年轻的心态，搏出个60岁的年龄、30岁的心脏来！

　　这是一个相亲相爱的群体，"五好之家"中有谁生病住院，其余的成员定会隔三岔五地前往医院探视，问寒问暖，给病人以亲人般的温暖和战胜疾病的勇气。

　　"五好之家"从芸芸众生之中产生，它同样保存着芸芸众生中所有的矛盾，包括家庭矛盾、人与人之间的矛盾。所不同的是，他们之间产生的矛盾，从不求助于单位领导，更不会闹到对簿公堂。矛盾常常是"自生自灭"，化解在茶座上、宴会上、马路上。成员中有2人参加老人艺术团，经常参加一些演出活动。开始，另一半心里有些疙瘩，出现一些不愉快。"五好之家"便专门为这件事展开"该不该给另一半留一点空间"的讨论，问题随之得到解决，大家统一了思想，共同朝着"过好开开心心的每一天"方向努力。

　　轮流到某一家聚餐是"五好之家"增进情谊，加深了解的常规活动。这个活动不仅是勤俭持家的好传统，也是医好个人的一些毛病的妙方。有一次，大家到林家聚餐，因家庭主妇不在，大家下厨时笑话百出，那位"老公我们"不知道米放在哪里、盐巴放在哪里、味精在哪里，只好打长话到广东问"老婆我们"。大家说这餐饭很昂贵，贵就贵在电话费上。聚餐最头痛的就是后面收拾"残局"的事，但毕竟熬过来了。从那次起，林家"老公我们"改掉了不下厨、不扫地的懒习气，不仅学会炒菜做饭，也勤下厨了，爱打扫卫生了，家庭更和睦了。

　　在长期的交往中，我惊喜地发现，在我们这个友好集体中，每个人都有一套看家的本领——下厨，且下厨的本领都是如此娴熟，如此地道。别看下厨事小，下厨不但是维系我们友谊的纽带，也是维系家庭和睦的纽带。与我们相比，那些见吃就上，干活就让，衣来伸手，饭来张口，连最简单的家务活也不会干、也不愿干之人，只能是相形见绌。

　　我们这几个家的人，无论进谁的家，就像进自己的家一样，就是这家的主人。一进厨房，就会卷起袖子淘米洗菜，就会操刀切肉切鱼生片，就会擀面皮包饺子，吃完饭每个人都会抢着收拾碗筷、洗碗、打扫卫生。家里的油盐酱醋米摆在什么位置，碗筷放在哪个角落，每个人都一清二楚。

　　当然，人的能力有大小，智商的高低也有不同，但只要有点精神就够了。下厨，有上手和下手之分，像我这样的低能儿，每次只能当下手，服从分配。而我的上手朋友们，虽然没有领到几级厨师证，但都个个身怀绝技，有煎兰刀鱼专家，有切鱼生专家，有炒花生专家，有煮八宝饭专家，有煲鱼头汤专家……他们弄出来的菜，色香味上乘，不亚于星级酒家。

　　我的朋友虽然有下厨绝招，却从不保守自用，只要有人讨教，便会全盘倒出：炒花生七成出锅，加两三滴酒，保证香脆持久；酸菜鱼汤的鱼必须煎得黄透，然后加清水，再放酸笋汤色白浊，犹如牛奶，方为合格；牛尾巴加工，颜色偏黑为适，炒时猛火，加菜辣和胡萝卜方美味可口……

　　我还渐渐发现，酒量越大的朋友，下厨的功夫越到家，充当上手的往往是他们。当然，这也是由他们的需求所决定的，没有可口的佳肴，哪来的酒兴？而朋友中的侃爷们、故事大王们，则往往是每次聚餐的策划人、菜谱的总设计师、活跃气氛总调度。有了他们，每次朋友聚餐才得以皆大欢喜，圆满完成。不会下厨的男人不是好男人，不会剥瓜苗的男人也不是好男人，我们几个家庭聚会都爱吃一道菜：南瓜苗汤。无论在哪一家聚餐，大家围成一圈坐下剥瓜苗，剥瓜苗功夫越好的老公，老婆越喜欢。"五好家庭"能欢聚一堂，他们功不可没。

往事只能回味

屈指一算，2018年月2日，是我们结婚42周年纪念日，真是光阴似箭、日月如梭呀。这42年，是风雨同舟的42年，是磕磕碰碰的42年，是平平淡淡的42年。

人生该经历的亲情、爱情、友情，都经历了，也恋了爱了，也结了生了，但所有的经历都是大概的、粗线条的、简单的。即便是爱，也是没有平淡的、细腻的。我们没有花前月下的卿卿我我，没有手挽手量度马路有多长，更没有搂搂抱抱亲吻之类的热烈举动。在那个年代，任何一个亲密的举动都被误解成耍流氓。我们也恋爱，但表达的方式不是言语，没有面对面的语言表白，而是书信。我们是邻居，天天相见，却从来没有说过话，连见面都不敢正视对方一眼。我们的媒人是每个学期末学校公布栏的优秀生光荣榜。我们同在县城中学，我比她高两个年级。上大学后，我们仍然同一所大学，只不过她在外语系，我在中文系。大学毕业后，我们一起到解放军农场劳动锻炼，她在广东珠海，我在湖南江永。

当年的择偶标准，不是论男才女貌，而是论家庭成分，论突出政治。美女爱工农兵，爱官员，女大学生爱当兵的和工人，插队知青爱生产队长和记分员。还有一种传统的爱，那就是门当户对的富爱富，穷爱穷。我们的结合属于穷爱穷加上才爱才。因为穷，我们读书都很用功，因为用功，我们成绩都很好，当时高考，一个县能考上的寥寥无几，我们就是其中的佼佼者。我们两家，是从乡下到县城谋生的穷苦农民，同住在

145

县城商贸市场旁边的一个贫民窟里，她的爸妈靠捞河沙卖为生，我家靠爸爸打石头、妈妈挑水卖为生，她家有六口人，我家有五口人，两家都过着食不果腹、衣不遮体的苦难日子。我们比邻而居，同病相怜，和和睦睦。

我们的婚姻，学校老师们用四个字概括：青梅竹马。我们的婚礼，同学们也用四个字概括：俭朴得体。我们没有结婚照，没有披婚纱，没有婚宴。新房门口就摆放着一个茶托的水果糖、饼干之类，宾客前来送礼的大多是毛主席语录、日记本，也有送热水瓶和脸盆、茶杯之类的。

她长相平平，身高一米五五，我长相一般，身高一米七一，两人站在一起，就像是大人和小孩。来宾中有些多嘴婆在窃窃私语，我知道她们在评头论足，认为我堂堂一个歌舞团的创作员，怎么身在花丛不采花，找了一个三等残疾。后来的事实证明，我的选择是正确的，是对后代负责的。择偶不是为了带出去逛街，更不是带夫人出国访问，是为了子女有个好的人生。为这点，我很知足，很感谢她为我生了两个考上全国重点大学的孩子。其中一个是本市外语类高考状元，以至到毕业分配时，令我们这些没有任何背景的家长减少了许多纠结，没有为了子女找到好单位好工作而四处奔波、请客送礼求人帮忙。如果我选歌舞团的美女为妻，那就是另一种结局了。后来的社会现象给人一种印象：女的长得漂亮，婚姻好景不长；男的有钱有权，家庭最不安全。

我们都是穷苦出身奠定了后来的家庭模式：清贫俭朴型。我们为了节约买煤开支，两口子一起上山打柴，因为岳母是农村户口，没有口粮，我要骑自行车几十公里赶集买红薯当口粮。我在家里兄弟姐妹中间，是唯一懂得做木工的人，家里的衣柜、餐桌、板凳都是我自己做的，而且衣柜还做老虎脚型的牢靠的家具。我们虽然是国家干部，但全家人穿着很朴素，女儿上小学时，学校举行广播操比赛，被选为班级领操员，她没有运动服，我们没有钱买（现在讲有谁信）就用我的运动裤改装，女儿穿着她妈手工改装的运动裤当领操员，照样拿了全校广播操比赛第一名。

孩子妈沉默寡言，一开始就是家庭平衡的杠杆，把婆媳关系、婆婆

146

和外婆的关系（两家的老人都和我们一起住）处理得很融洽，家庭多年被评为机关单位的五好家庭。婆婆和外婆重病在床，屎屎尿尿都是她处理，她给人以好媳妇和好女儿的形象。她是个工作狂，作为市妇联主任，处处以身作则，做事严肃认真，口碑不错，是个合格干部。但是对子女来说，她却树不起好妈妈的形象，也许是工作忙吧。她不知道两个小孩是怎样长大的，她没有参加过一次小孩的家长会，没有给小孩做过一次学习和作业辅导，下乡时间一长，回来两个小孩认不出，叫她阿姨，那负疚的心藏在她那汪汪的眼泪里。

我们相处时间一久，我才发现她是个女人味很少的女性，她不会针线活，不会织毛衣，不会车衣服，我们结婚时买的衣车只是做摆设用的。她更不会撒娇，不会开玩笑，不会幽默，一脸的严肃，脾气古怪，有洁癖症。但是，这些对我们的家庭生活没有任何影响。给我们家庭生活带来不愉快的是她的绝对平均主义和女权主义，特别是在她当上市妇联主任后，不愉快的事越来越多。家里定下了家规，衣服个人自己洗，家务买菜、买米、下厨、清洁拖地板严格分工，她总管家庭理财。最让人受不了的是她把训人的职业病也带到家里来，真是让人受不了，这时候才想起大哥的忠告：找对象不要找和自己一样学历的甚至是比自己强势的女子，因为这样会有没完没了的家庭矛盾。

许多家庭的争吵是钱引起的，我们家不是，她是家庭财务总管，女人细心，精打细算嘛，我没有意见，哪怕她每月给我的零花钱少了些，但都是为了我好，为了整个家庭好。随着时间的推移，我们的工资逐年增加，多亏她圈内的朋友劝她，男人交朋友用钱多些，抠得太紧了男人没有朋友的。之后，我的零花钱也逐年增多，由开始的600元，到800元，再到1000元，再到1200元，现在是1500元。尽管如此，在珠海这个城市，1500元零花钱是很可怜的。只能是看菜吃饭，量体裁衣。同样是爱钓鱼的，我的钓鱼工具是最低档次的。但我绝不会为这些小事和她闹别扭。

"昨晚你和黄琳一起跳舞了？"有一次我下县采访回到家，她问。

"你怎么知道的？"

"你别管，我的情报网遍及每个角落，当心我阉了你。"

"妇联主任嘛，管半个天。黄琳说我坏话了？"我想，黄琳是她下一级的妇联主任，她的部下，下面有什么舞会 OK 之类的活动她肯定知道的。没想到简单的是"嘭叉叉"也要汇报上级。

"你老公这段时间经常去跳舞你知道吗？"她圈内的饶舌朋友向她告密。

"在哪里跳？""公园。""是我批准的，跳跳舞有益健康，比嫖赌强，我支持他去跳舞。"

"你不怕他变坏吗？"

"男人有钱才变坏，他没有活动经费，能翻天吗？"我没有小金库，只有她给的零花钱，我们没有因为钱而闹得不愉快。

"别看电视了，快点拿猪肉出去剁碎！"争吵常常由家务事引起。我最讨厌剁猪肉，我也讨厌破鱼肚，每次钓鱼回来已经很累，还要自己破鱼肚，理由是谁钓的鱼谁破鱼肚，谁叫我迷上钓鱼呢，钓得越多越自讨苦吃。

她的洁癖更是让人受不了，家里定下了许多清规戒律：进出房间要换鞋；进出浴室要换鞋；换洗的脏衣服臭袜子不得放在卧室里；不得在卧室里吃东西（包括饭菜和零食）；房间的地板桌面要经常扫、拖、抹；衣服袜子要天天洗，晒干后要折整齐后分类放衣柜内；不管冷天还是热天，要天天洗澡，屋内摆设不能随便移动……

退休后，我们随儿子住，儿子成家后，有了孙子，还接来了亲家一起住。在美国的女儿嫌我们住得有点挤，就为我们老两口在离珠海市中心30公里的唐家湾买了一处80多平米的住房，住一楼。地处很清静，有果园、菜园、花园。花香鸟语，环境很优雅，女儿是为我们退休后的晚年生活着想的。现在，我们种种菜，浇浇花，护护果树，养养猫，吃的是绿色食品，观赏三月桃花，过着"陶令不知何处去"的晚年生活。悠哉悠哉！

老人在珠海，真好！

　　按照国家公务员政策，男60岁，女55岁退休。我们老两口按时从各自的岗位上退了下来，过着不管事、钱照领的无忧无虑的"最美不过夕阳红"的退休生活。总的来说老年人的退休生活是丰富多彩的，具体情况则因各人的环境而异。在发达地区、在经济好单位，公益事业就活跃些，如组织老人上老年大学或老年活动中心，组织老人旅游、观摩各种娱乐活动之类。有的部门虽然经济环境差些，但领导也为老人们做了许多好事，让老年人有很好的晚年环境。就个人而言，经济条件好的、身体条件好的，就各地旅游去，条件差的就地娱乐娱乐：到公园散散步，打打太极拳，唱唱歌跳跳舞。有一种子女不在身边的老人，每年或每几年去探望子女，探亲加旅游，两全其美，夕阳照样红霞满天。我和老伴就是后面的那种老人。

　　特别是逢年过节，都是我们向子女靠拢的，因为子女的假期有限，我们的"假期"无限，不让子女宝贵的假期浪费在路上。今年我们老两口来珠海和女儿过年。到达的当天，女儿就关切地问："我交代你们带身份证和照片带了吗？"我们说带了。第二天一大早，女儿就带我们到市政府有关部门办老年优待证，然后又拿着优待证到公交部门办公交卡。这可把我们给乐坏了！这可是我们在别的地方享受不到的特权——我爱钓鱼，拿着老人卡上车不管去多远（境内），只收半费，本地户口

149

老人乘公交则全免；老人肾功能衰退，经常跑卫生间，免费；持老人证去珠海著名景点，珍珠乐园、石博园、武林园等免费。圆明新园则办老年人年卡每张20元，要是平时进圆明新园，一张门票就120元。此外，持老人证还可以免费进图书馆并免费借阅书刊；半费看电影；半费进体育场……

珠海对老人的人性化服务给我留下深刻的印象，这里的老人看病挂号、门诊、收费、取药优先，咨询服务、群众来访、法律办案等样样优先。在公交车上，给老人让座已成为人们的习惯，当你一登上公交车，首先映入你眼帘是一张醒目的公交广告："老人是个宝，大家爱护好；谁家没老人，谁人不会老。"会有一股暖流流遍你的全身。我经常乘公交车去老远的斗门钓鱼，肩背手提笨重的渔具，售票小姐不但不觉得厌烦，而是热情地招呼我上车，动员其他人给我让座，也不收我的半费（外地户口）我很感激这位说话细声细气的小姑娘。

我想，我要是有珠海户口就好了，这倒不是说这里有老人全免的许多优惠政策，而是这里的人有浓浓的尊老敬老的氛围，我们老人生活在这样的氛围里，一定更加健康长寿。

如今，能走动的老人满天飞，一走出家门，带上一张免费乘车证，一踏上公交车，立刻有人让座，帮提行李，我爱钓鱼，时时有人帮拿渔具放好。这是党的政策为老人营造了良好的生活环境，我们感激之余，也不再倚老卖老，以老压人，更不能为老不尊。有一个老人上车后，没有人主动让座，陪同老人的家人把一位青年女子从座位上拉起来，又扇巴掌又骂"没家教"！他们不知道那青年女子是个重症病人，即使不是重症病人，扇人巴掌者"有家教"吗？

京城掠影

我们这一代人，是唱着《我爱北京天安门》长大的，从小就向往着祖国伟大的首都北京，魂绕梦萦的都是北京的雄伟和壮观。1966年，我终于见到了这一雄伟和壮观，只是时间太匆匆了，来不及看个够。终于在1985年年底，右江民族歌舞团赴京汇报演出，我有幸以随团记者的身份，再次来到祖国首都观光，开阔眼界，增长见识。除了报道舞团在京演出之盛况，采访之余还留意一些在首都的琐碎内外见闻，亦颇有趣味，录于日记中，也是一种乐趣。

口水·烟头·公厕

在北京不能随地吐痰，违者受罚之事，我们早有所闻。因而，走在北京街上，我们是小心翼翼的。有一次，右江歌舞团的小曾，嘴里含有一口痰，不知往哪里吐。走过果皮箱时，他往果皮箱一吐，立刻来了一位老太婆，对他说："同志，这里不能吐痰，罚款五角。"小曾也不争辩，老老实实地付了钱。据说，态度不好，要被罚两元以上。

我们注意观察其他行人，看他们如何对待"新陈代谢"。原来，人们口袋里备有废纸，吐痰时将痰吐在纸上，再丢进垃圾箱或果皮箱里。有的人还专门备有小纸袋，更显得郑重其事。

有一天，我和歌舞团的老谭一起上街，老谭抽着烟，一路只顾谈笑。无意中随手将烟蒂丢在地上。迎面走来一位老头。"糟了，又要罚款了！"老谭猛醒，下意识地将手伸进口袋，准备掏钱。只见老头笑容可掬地说："同志，前面有果皮箱，请您把烟头捡起来，扔进箱里。"老谭乖乖地照办了。看来，还是以教育为主，并不全是罚款。

如今的北京城，几乎每隔百米就有座厕所。公厕有专人管理，经常保持清洁。我们广西有些地方不但公厕少得可怜，仅有的几间公厕也很不卫生。有人形容进这些公厕是"跳秧歌舞""走梅花桩"，因为里面溢满粪便，蛆虫遍地，臭气熏天，令人作呕，我的一位同伴感慨地说，比起我们广西有些需要具备"站桩功""秧歌术"才能进去的公厕来，进北京的公厕也是一种享受。我觉得并不过分。

关心人民生活，就是要关心人民群众的衣食住行。其中当然要包括油盐柴米酱醋，包括缸锅瓢盘碗筷，更应该包括厕所。人们每到一个新的地方，有无厕所、厕所的好坏是第一个重要的印象。

"首都声誉第一"，这句口号的内涵是很丰富的。净如洗的地面，那整洁划一的优美环境，那干净舒适的公厕，给人印象很好。

北京老人的功劳在北京

坐在"门前三包监督岗"的、坐在十字路口询问处的、戴着红袖章在路旁来回走动监督卫生的，大多数是老年人。这些老人，大多数是退休老工人、老职工、老干部，也有城市居民和离休老干部，他们把能为社会公益事业做些力所能及的事，当作晚年生活的一个组成部分，把多做好事当作一种乐趣。

在号召每一个公民为维护首都声誉、维护治安秩序做贡献的活动中，充分调动退休、离休老人的积极性，是个可贵的经验。它比招聘人员设立专门机构，或重金聘请临时纠察队之类，起着更好的作用。除了减轻国家负担、为国分忧之外，老人家做事责任心强，专心致志，讲究实效，效果更佳。

　　有人说，他们会从罚款中获得一定比例的提成，这也许是真的。但如果认为他们是为了钱而干这一得罪人的苦差事，或者是认为他们依赖这些收入过日子，那就大错特错了。他们都是些可亲可敬的老人，把教育后一代发扬中华民族的优良传统、保持中华民族的美德当作老一辈的崇高职责。为了负起这一光荣的使命，他们不辞辛劳，苦口婆心、耐心地教育后一代，让后一代人知礼节、知廉耻、讲文明、讲道德。在进行教育的同时，采取一些强制性的罚款之类的措施，是很必要的。

　　当你在北京的街道、马路、商店以及一切公共场所，看不到一片纸屑，看不到一个烟头，看不到一星痰沫，也看不到胡乱停放的车辆、物资，看不到强占路面的基建物资，呼吸到的是北京清新的空气时，你会由衷地感谢那些默默无闻的老人。

　　回到南方，我们见到一些地方也设有"门前三包监督岗"，这大概是从首都学来的吧。遗憾的是，这一崇高的岗位却成了扑克台、瞌睡台或吹牛台，"监督岗"前，烟头遍地，废纸乱飞。形成最大的讽刺是：在"此地不得摆摊"的标语牌前，五颜六色的杂货占满了人行道，甚至霸占了柏油马路；在"此地不能停放单车"牌前，各种单车东横西歪，无人问津。于是"监督岗"徒有虚名，搞形式主义，说明这些地方学北京经验没有学到本质，没有落到实处。这些地方的老人，没有充分发挥作用。

青年人苛求礼节

　　北京人本来就美，如今的北京人比以往任何时候都美。广大青少年，理所当然地成了美的世界的点缀者。就连那些老年人、中年人，也不再去留恋那"草鞋土布，蓝衣蓝裤"的年月，他们汇入美的人流，向着王府井、大栅栏、东单、西单选购合意的时装。

　　不再有"资产阶级"的大帽压将过来，人们三五成群，欣赏着过路行人的新衣着，啧啧地夸张着得体入时的新款式。有人在研究衣着和性格的关系，有人在追求衣着所表现的人的风度。

北京的青年一代讲究衣着，讲究风度，更讲究生活礼节。日常礼节用语"你好！""谢谢！""请！""对不起！""没关系！"等，已经成了他们的习惯用语。他们不但讲究礼节，有时候似乎还表现得有些苛求。

有一天，我在王府井百货大楼购买东西，不小心踩中了一个小青年的后脚跟，我"哎呀"地叫了一声。"哎呀？！"那青年重复着我的惊叫，怒目而视。当我醒悟到自己的礼节麻木失顿时，连忙向他道歉了一句："对不起！"

"什么对得起对不起的！"他怒气冲冲地走了。我望着他的背影憬了好久。不知何故，我得不到他的原谅。

后来，我在一辆出租汽车上找到了答案。司机是中年人。乘客有三人：我、一位老干部和一位男青年。我们在不同的站下车。男青年上车后不久就睡着了，等他醒来时，车已经超过他的下车站。"怎么搞的！"男青年抱怨地说。司机这才醒悟忘记叫站："实在对不起，幸好没超过多远，就劳你多走几步回头路吧！"青年人正要发作，老干部在一旁批评他："你本来就不该在车上睡觉。"他只好下车。司机将头伸出窗外，扬起手，连连说几声对不起，并不住地点头微笑。男青年这才回礼："没关系。"走了。

一路上，我和老干部一再责怪男青年不该乘车打瞌睡，司机却一再检讨是自己忘了叫站。我说，不就说一声"对不起"就了事了吗，干吗还要又扬手，又点头的？司机告诉我说，那不行，现在青年人兴的就是这个动作，光嘴巴讲"对不起"，没有这个动作，他们就不高兴。我说，北京的青年对礼节是否有点过于苛求了。并把我在王府井百货大楼的遭遇告诉司机。

"你别小看这一扬手、微笑、点头，俗话说，回头一笑泯恩仇。有时候，两部自行车相撞，只要有一方先扬手，点头微笑，说上一句'对不起'，剑拔弩张的紧张空气就会烟消云散。"后来，我也学会了这一礼节动作，应用起来相当有效。

国家机关办公大楼

在京期间，由于工作关系，我几次到过中华人民共和国文化部办公大楼。在我们的想象中，文化部，这个统管全国文化事业的首脑机关，肯定是高庭深院、岗哨林立的地方。实际情况并不是这样。

作为国家机关，那里确实是有警卫战士在站岗——大门口有岗哨，办公楼有门哨，但也并非是壁垒森严。那些警卫战士，来自天南地北，一个个和蔼可亲，只要你办妥正当手续，出示出入证，他们就会笑脸相迎，向你致敬，使你解除紧张的心理状态，就像去走访亲戚朋友家那样。

令我感到意外的是，我联系工作的地方，堂堂的文化部民族文化司办公室，竟是一间只有十平方米的小房子，里面放有几张办公桌，就已经很挤，还要安插一个值班床位。用句不文雅的话说，在里面工作，是会屁股碰屁股的。然而，司长、副司长、办公室主任和工作人员，就是挤在这样一块小地方里，干着振兴中华民族文化的事业。

"对不起，地方小了一点，让大家受委屈了！"办公室孙主任一面接待我们，一面表示歉意。"这就是我们的家。"当他看到我们脸上疑惑不解的神情时，补充说了一句。看来，他对这块小地方，很有感情。

"我们从边远山区来到首都，没想到国家机关竟也如此艰苦，真是受益非浅呀！"我感慨地说。

房间虽小，热气却很大。这种热气，不是指屋里的暖气设备，而是指家领导机关的领导干部和工作人员身上发出来的热气。他们待人接物，非常热情，又是让座，又是倒茶，又是递烟，没有一点大机关、大单位的架子。从他们身上，我看到了党的艰苦奋斗的可贵精神，看到了与民同忧乐，密切联系群众的优良传统。这种可贵精神，这种优良传统，在下面的一些小单位却很难找到，下面的群众称这种小单位为"小庙"。

地下室招待所

近年来，北京市的建设速度快得惊人，这种惊人，外地人的感觉尤为明显，市区半径迅速伸长，圆周迅速扩张，就像投石冲开的波纹。

向地面、向空间发展，是一般城市发展的共同趋势。在北京，还多了一种趋势，那就是向地下发展，首先是地铁扣响了古都的地层，接着是地下招待所、地下商店……在京住一个月，我换了三个地方，住的都是地下室招待所。其原因固然是那里收费比那些地面的大旅馆、宾馆低廉，但也想领略一下地下室的风光。

地下招待所的陈设和地上没有什么两样。作为较低级的招待所，南方人最不习惯的是没有洗澡间，没有室内拖鞋，而穿皮鞋去洗漱是极不方便的。

在地下室招待所住的第一个异样感觉是口干，就像是六月的火天气一样，成天喝水也解不了渴，而且也没有多少小便。我们惊奇地发现，晾在地下室的衣服，比在地面晒太阳、吹风干得还快，这是暖气设备起的作用。于是，我们觉得在蒸笼里生活一般，体内的水分在蒸发。

第二个异样感觉是，我从南宁市带来送亲友的香蕉，原来还没熟透，青皮的，搁地下室不到半天，香蕉全熟透了，皮也变黑了。送到亲友家时，部分已变烂了，可见地下室的闷热程度，不亚于夏日。

还有一种奇怪的现象是，我们带的袖珍半导体收音机，收不到信号。而我们在地下室看电视，其信号、其清晰度，倒和地面没有什么两样。

至今，也许还没有人正式研究住地下室的优劣利弊，而向地层发展、把人类生活移向地层，看来已经成为一种不可遏止的新趋势。随着形势的发展，人们期待着有关部门、有关专家，提供住地下室的生活指南。

北海搏浪

去北海的人，大多都要到银滩，到大海里去游泳，去感受人生，感受搏浪的滋味。

前年9月去银滩，是个风平浪静的日子，游起泳来很是轻松舒适。海水比河水的浮力大，人被细浪托在水面，就像睡在松软柔滑的蓝色地毯上。仰望蔚蓝的苍穹，又仿佛自己是躺在蓝色襁褓中的婴儿，无忧无虑、无险无惊，多么幸福、多么自在。然而，太过舒适、太过顺利、太过平淡，也往往会给人带来一种感情上的缺陷。

今年8月去北海，到银滩的那天，却是另外一番光景。那天，正遇涨潮，沙滩渐渐被潮水吞没，在沙滩上的太阳伞、太阳浴人群、海边茶座，都住海岸上撤。于是，来自全国四面八方的游客，有幸看到了"无风三尺浪"的壮观，领略了苏东坡"惊涛拍岸"千古绝唱的境界。原先平静的沙滩，一下子沸腾了，人们的心，也像海水那样起伏不平，有的欢叫，有的雀跃，一个接一个地跳入海潮之中，欢跃在一股股席卷而来的浪花之中，尽情地逐潮搏浪。我置身于搏浪的人群中，恍若回到了孩提时代，洋洋焉不知天年。

我坚信这是治疗各种慢性病的最佳疗法。一个浪头打来，打得你腰松骨酥，打得你舒筋活络。让那雪白雪白的浪花，冲出一个全新的我。也有来势汹涌的大浪，把你击得眼冒金星，一阵眩晕。当你醒来，觉得自己竟然能挺得住如此大的浪头，便对自己充满了自信，增添战胜一切困难和逆境的信心。你昏醉，遭此浪击之后，定会清醒起来；你懦弱，遭此浪击之后，定会坚强许多。

海水是什么味？朋友告诉过我，书本告诉过我，歌曲告诉过我。现在，搏了几个浪头之后，呛了口水之后，答案得到了证实，倍觉成方圆唱的那首歌是多么的亲切，多么的深刻："我驾着一只小船，飘泊在人生的海面，每时每刻都有风浪打来，海水为什么又苦又咸？"

面对着汹涌澎湃而来的巨浪，有的人不免胆战心惊，急急上岸了，有的被大浪击得头晕腰痛，挺不住上岸了。银滩是旅游区，安全是有保障的，离岸不远有一道警戒线，游泳者不能超出警戒线外。尽管如此，大浪淘沙，警戒线内，勇敢者和懦弱者总是相比较而存在。人们羡慕那些乘着快艇出海闯荡的游客，一会儿被吞入波谷，一会儿被抛上浪尖，弄潮人脸不变色心不跳，他们是真正的英雄。

此时此刻，我真正品尝到了海水那又苦又咸的滋味了。

颗颗童心飞迷宫

7月29日，全国青少年地学夏令营百色分营的队伍出发了。营旗迎风猎猎，歌声嘹亮。营员们像快乐的小鸟，飞向右江河谷，飞向矿山，飞向油田，飞向充满神话色彩的大自然迷宫……

向来安静的田阳县那坡小码头，今天来了一群头戴雪白夏令营帽的小客人。他们手持地质锤和放大镜，在右江边五光十色的石头上寻觅着各人喜爱的东西。"看，这块大石头沾满了阳螺、贝壳！""哟，这块石头满身是角，好看极了！"喧嚷声和敲击石头声响成一片。

"同学们，我们此刻就站在6000万年前的百色湖边，现在大家见到的，就是6000万年前百色湖里的生物化石。"指导老师解说的声音顿时使大家变得鸦雀无声，一张张稚气的小脸显出异样的神采，一双双明亮的眼睛停留在生物化石上，一颗颗童心飞向那远古而神奇的年代。他们思索着，幻想着……"过去的百色湖就是今天良田万顷、地下宝藏丰富的右江盆地。"指导教师又把青少年从幻想中拉回到现实中，并扬起手中的化石标本说："它为我们提供了丰富的地质资料，为我们提供百色地下煤层和石油的分布情况。"听了老师的话，同学们仿佛拾到了珍宝，将化石标本拿到河边洗了又洗，用干净的纸或布包起来，爱惜地存入标本袋中。

8月2日，同学们来到了广西有名的游览胜地武鸣伊岭岩，洞内形态万千的奇观，深深地吸引着小游客们。然而，他们并不像许多来自各地的叔叔阿姨们那样，游览完毕便飘飘欲仙而去，他们有特殊的任务，要在洞内上一堂大开眼界的直观教学课。

"同学们，你们听说过广西过去是一片汪洋大海吗？"指导教师提问。"听说过。"教师接着同学的回答声，风趣地说："那么，我们现在已经是太平洋海底的客人了。这伊岭岩还有桂林的七星岩、芦笛岩，凌云的纳灵洞，就是当年大大小小的水晶宫。"同学们听了高兴得跳了起来。举目望去，洞内的玉柱擎天、银帘垂空、瀑布飞挂、瓜果盈枝、孔雀开屏、壮乡三月三……真是景随意变，你想它像什么，它就像什么。但是，地理知识早就告诉同学们，这些在霓虹灯光下显现出来的奇景，只不过是极普通的石灰质岩石表现为不同形态的石钟乳、石笋、石柱而已，而这些岩溶地形，就是石灰岩经风化或地下水中的石灰质沉淀而成的物体。从书本知识到现在的形象直观，一种完全的知识已经牢固地印在脑海里，他们上了一堂难忘的地理课，获得了地学小论文的可贵的第一手材料。

百色高中一年级的叶晓红，是来自隆林各族自治县的壮族学生，是一位地学的爱好者。队伍参观德保铜矿时，要分三批轮流下井，可指导老师惊奇地发现，批批都有叶晓红同学。原来她嫌每次在井下待的时间太短，观察不够仔细，每次得到的矿石标本代表性不够，为了得到理想的矿石，她不辞辛劳，三进三出矿井。到营地休息时，她总拿着本子不停地记录，不停地运算数据，还多次向带队的朱工程师请教有关地学计算题。朱工程师感慨地说："叶晓红这种好学精神使我感到欣慰，我国的地质事业后继有人了。"

铸就历史的丰碑

1999年12月11日，仲冬的百色依然显得温暖如春，位于百色城东、城西、城南交汇处的迎龙山上，刚刚落成的百色起义纪念馆巍然耸立在蓝天下。纪念馆的四周花团锦簇，馆顶及馆前广场彩旗招展，悬挂在广场上空的十多个气球分别写着"隆重纪念百色起义70周年""百色起义精神光照千秋""弘扬传统、团结务实、奉献拼搏、争先创新"等长幅标语。

当天上午，纪念百色起义70周年大会暨百色起义纪念馆开馆仪式在纪念馆广场隆重举行，中央军委、中国人民解放军总政治部主任于永波上将，中央军委办公厅副主任杨福坤少将，总政治部秘书长程宝山少将，中共中央党史研究室副主任陈威，国家民委副主任江家福，国家文物局副局长郑新淼，广州军区政委刘书田中将，广州市副市长林元和，广西壮族自治区党委书记曹伯纯、自治区主席李兆焯，区人大常委会主任赵副林，区政协主席陈辉光以及百色地委书记刘咸岳、行署专员马飚等出席了纪念大会和开馆仪式。

广西各族人民盼望已久的百色起义纪念馆在20世纪与21世纪之交、在百色起义70周年的日子里落成开馆。

沿着青石板石阶拾级而上，首先到达的是纪念馆前那4080平方米的广场，它以远近闻名的凌云青石板铺砌而成。纪念馆与广场的四周，是面积100多亩的公园，园内有绿茵茵的草坪和芒果树，有人工瀑布，有音乐喷泉，还有五彩缤纷的花圃。林荫下，是弯弯曲曲、四通八达的石板路。整个园林建设给人以拥抱大自然的亲切感。与树相间的是各种路灯，有花坪灯、高杆灯、地角灯、泛光灯、彩灯……入夜，各种路灯大放异彩，璀璨迷人。

走进纪念馆大门，江泽民总书记亲笔题写的"百色起义纪念馆"七个大字金光闪闪。纪念馆两边墙上，分别是每幅近70平方米的浮雕《土地革命》《武装斗争》。从门口往里看，宽敞的大堂里有一幅108平方米的《百色起义》巨幅浮雕，浮雕以磅礴的气势生动地再现了当年百色起义的壮烈场面。纪念馆的四大部分内容分为7个展厅展示，即"百色风雷""革命英杰""邓小平与百色""建设新百色"。这无疑是重要的爱国主义教育基地，生动而翔实的历史教材就展现在人们眼前。

看着这雄伟高大的纪念馆，在赞叹之余，人们不禁要问：几个月以前，这里还是一片荒山野岭，百色人民究竟有什么神通本领，如此快速地筑起这座巍巍的历史丰碑呢？

65年前，邓小平、张云逸等老一辈无产阶级革命家发动和领导了威震南疆的百色起义，创建了中国工农红军第七军和右江革命根据地。百色起义是继南昌起义、秋收起义、广州起义之后的一次全国著名的武装起义，在中国革命历史上写下了光辉灿烂的一页，是中国革命的重要组成部分。

百色起义纪念馆的建设，得到了党中央、国务院、中央军委领导的高度重视。从选址到建馆的详细规划，广泛征求和采纳红七军老战士和百色各族人民的意见，选址在百色城东、城西、城南交汇处的迎龙山上，面迎滔滔东流的右江，俯看着平坦的右江平原和美丽的百色山城，将成为百色的重要一景和革命传统教育的重要基地，建馆的报告很快得到了党中央的审批。1996年11月1日，江泽民总书记亲笔题写了"百色起义纪念馆"馆名。

　　在百色地委和广西壮族自治区领导的重视和支持下，1998年12月29日，百色起义69周年刚过不久，百色起义纪念馆举行奠基礼。1999年3月2日正式破土动工。百色地委书记刘咸岳，行署专员马飚等为纪念馆铲下第一铲泥土。为此，不管是烈日炎炎的晌午，还是明月清风的夜晚，迎龙山上都是一片繁忙：平土、浇注、砌砖、垒墙。石料、水泥半夜来了就半夜验收、卸车；工程负责人有时出差南宁，忙完了事，马上坐夜班车回到百色。国庆七天假期里，工人们也顾不上休息一天。尤其是6月之后，纪念馆的建设更是进入了紧锣密鼓的阶段。为了赶在七八月份百色的雨季来临之前多做些工作，纪念馆广场、园林、绿化、路灯安装、水、电、路等施工队伍接连开进来，迎龙山上群情振奋，好一幅"大会战"的场景。据统计，工地建设者最多时人员达三四百人之多，过往的老区群众看见了都夸这是"兵团作战"。十几个施工队会集迎龙山上，他们各忙各的，但又显得那么合拍，使整个工程建设过程都稳妥进行。建设者们心中所想的都是同样一件事：建好纪念馆，为老区人民做出自己的应有贡献。

　　自治区、地区和对口帮扶百色的广州市都注视着百色起义纪念馆的建设，曹伯纯、李兆焯等自治区领导和广州市领导曾先后几次到工地检查指导。

　　建设百色起义纪念馆，不但是百色老区各族人民的心愿，也是曾经战斗在百色老区革命根据地的革命老前辈、老将军的心愿。当建馆的喜讯传到北京时，受到在京的红七军老战士热烈的拥护和大力的支持。红七军老战士莫文骅、吴西两位将军执笔，在百色地委行署上报自治区党委政府要求建造百色起义纪念馆的报告上签了意见。

　　吴西老将军还以他个人的名义给自治区领导写信，希望百色起义纪念馆一定要按质按量建好。

　　百色地区领导时刻牵挂着纪念馆的建设情况，地委和行署领导经常到工地检查指导，了解建设的进度和质量，并及时解决建设中急需解决的具体问题，确保工程按计划进行。

　　1999年10月5日，一座5000多平方米的百色起义纪念馆主体建筑工程顺利完工。整个过程从3月2日到10月8日，仅用7个多月的时间。一个新设计、新风格、新角度和现代光技术于一体的美轮美奂的百色起义纪念馆雄踞在百色城头迎龙山上，远远望去，像一只踞伏在山顶上的青蛙。青蛙是壮族的图腾，是壮族同胞心中之神，沿着左右江沿岸崖壁的巨图壁画上，有许多青蛙的造型，壮族人家的神台上，都贴有青蛙造型，壮族人家起新房，房基和立柱下，都放有剪纸青蛙垫底，意为有神灵支撑，天塌下来也撑得住。如今，这只青蛙雄踞在迎龙山上，捍卫着一方水土，让世世代代幸福安康。百色起义纪念馆，是壮族地区第一座革命历史纪念馆，滔滔东流的右江水从山脚流过，面迎一片开阔的右江盆地，鸟瞰美丽的百色山城。革命老区铸就的历史丰碑，让桂西古城焕发了新的光彩。百色起义纪念馆不但是革命传统教育和爱国主义教育的重要基地，也是国内外宾客前来旅游参观的胜地，更是百色老区各族人民缅怀邓小平等老一辈无产阶级革命家，决心把革命先烈开创的伟大事业进行到底、实现强国梦的力量源泉。

第四章 04

| 人物萍踪 |

陆荣廷和靖西九老亭

　　在广西的边城靖西县，许多人都知道有个"随饮马投钱"的龙潭，也知道有个"跃鲤三层浪"的鹅泉，更知道那个闻名遐迩的三叠岭瀑布。然而，如今40岁以下的人，很少有人知道在县城最高处的一个苍松参天的土坡上，在现在耸起水塔的地方，曾经有一处美景胜地，那就是靖西的父老乡亲们所熟知的"九老亭"。提到"九老亭"，自然不能忽略陆荣廷，更不能不说陆荣廷与"九老亭"之间的一段故事。

　　辛亥革命后，在广西主政的陆荣廷，草莽出身，发迹之前，曾在龙州、靖西边境一带闯荡，被招安之初，亦在边关任职，广交当地土豪劣绅、开明人士，就地娶妻纳妾。在靖西，陆荣廷与当地开明人士——豪绅谢玉隆、冯仁炳、谭晓东、黄仲达、李宗壁、黄仕业、陆钦实等交好，情同手足，靖西人称他们九人为"九老"。在陆荣廷迁职南宁、桂林、广州等地后，九老之盟仍天长地久，陆常常专程到靖西与这些兄弟叙旧谊。1919年，他取道龙州前来靖西会友，到化峒时，受到九老之一、化峒乡绅陆钦实的盛情招待。陆钦实早在陆荣廷流落边关时就认识，并共认同姓一家亲。在靖西县城的九老成员亦倾城而出，前往化峒迎陆荣廷。

　　在靖西县城，九老成员轮流宴请陆荣廷，敞怀大饮，排场之盛，自然不用说。而陆荣廷自从官攀高位后，觉得终日家中饮酒无兄弟陪伴没什么趣味，不如有个亭台楼阁，美景胜地，兄弟一起对饮、吟诗作对，方能兴高采烈。遂请当地风水先生，择了个龙脉风水地，命当地民工在县城中央起了个"斌园"。"斌"者，文武兼备也。又在园中央起了个凉亭，取名"九老亭"。"九老亭"牌匾为红底木刻金字，字体苍劲有力，不知何人所书。亭内正中还有个牌匾题"同登仁寿"四个大字，即为陆荣廷之手笔。

园亭立毕，九老每人在亭周围种植一株松树，相嘱曰：九松即九老之魂，如有一株不成活，必兆不祥。后来不知何故，九松成了十松，显示双数，如今株株成活，挺拔参天，屹立在县城的最高点，甚是雄奇。后来靖西省立中学、靖西新靖镇一小，先后在这里建校，学生们在课余，纷纷到"九老亭"游玩，在十大松树间捉迷藏。

九老中有位民权街的开明人士黄仕业，性情与众不同，常有怪论殊议。黄与左邻右舍有宅地争议，亦颇忍让，自在屋里书上一首诗，引以自嘲。诗曰："千年田堂八百主，田是主人人是客。万里长城今安在，不见当年秦始皇。"有一次，陆荣廷与九老相约：九老之中最先离世，由后离者共提厚理后事。唯有黄仕业提出责难："最后一个离世者谁来厚理？"众人茫然。后来，黄仕业果然成了九老中最后一个离世者。而九老之中的陆荣廷，当年虽立下"同登仁寿"之初衷，过了九年，即1928年，病死于故乡武鸣，时年69岁，未能达古稀之限。

昔人已乘黄鹤去，此地空余九老亭。九老亭建于1919年，至20世纪60年代初，因管理不善，自行毁灭，斌园不剩一砖半瓦，九老亭亦荡然无存。"九老亭"和"同登仁寿"的牌匾早已不知去向。念及至此，靖西父老心中无限惆怅。望着如今取而代之的靖西水塔，人们就想起了当年的九老亭；望着那十株参天的青松，人们就无限怀念那风景胜地九老亭。

蒋大为的书法和酒文化

著名男高音歌唱家蒋大为，歌如其人，歌豪放，人也豪放，每到一处，喜好交友。有一年他率中央民族歌舞团到百色演出，还未登台演出，朋友交了一大帮，而交的不是他的唱歌同行，偏爱结交书画朋友。

"我唱歌能唱到今天的程度，全赖书法神助。"蒋大为语出惊人，乍听惊讶，细品有味。

"如果我不练书法，我的歌声肯定很平淡、很呆板，甚至没精打采。书法强调入静，强调布局谋篇，这就是人们常说的前戏。音乐也是这样，每次登台唱歌前，我尽量先练一阵子书法，然后静静思考一首歌的谋篇布局。我学书法纯粹为了唱歌。"

蒋大为细数了书法与音乐的关系：书法与音乐都强调运气；书法有笔断意连，唱歌有声断情不断。有的演员，歌唱完了，还在台上呆站，或者手不知该往哪搁，这就是情断了；有的歌唱完观众站起来就想走，这是情断了，说明失败了。书法讲究神韵，歌声也很讲究神韵，书法有轻重缓急，音乐有抑扬顿挫……他的体会是，一个字，就是一首无声的歌；一首歌，就是一个有声的字。

百色地区书法协会主席凌奇松先生向他乞墨宝，他一再谦让："老师先来！"凌先生推托不了，挥墨开场两个字"心声"。蒋大为接着写下了"艺术之家"几个大字，是为百色演出公司题词的。又为凌先生写下了"笔墨绘春色",为地区群众艺术馆写了"振兴民族文化"、为右江日报社题了"右江之声"、为百色印社题了"艺苑千秋"等。那字体遒劲有力。传统行楷韵味,古色古香,一笔一画,有章有法,绝非一日之功。他说:"我写字很用心,唱歌也极用心。"

笔者早年随右江民族歌舞团上京演出,有幸与时为中央民族歌舞团团长的蒋大为相识。此次百色见面,已是以"老友"相称。又恰是一样爱好书法,遂以字相赠留念。我赠他"知音",他回我什么?但见落款处的"平湖兄惠存"前面,赫然立着四个大字——"书乐同源"。

蒋大为豪饮,但他不滥饮。他认为中国的酒文化源远流长,内涵丰富。在社会交际活动中,有以文会友、以歌会友,也有以茶会友、以酒会友等。而酒本身的功能就更大了,通气活络,调节心理,壮胆气豪。有的歌唱演员为了保护嗓子,戒酒戒辣,蒋大为则认为适度喝酒对唱歌有好处,就像吃饭一样,能吃一斤,吃七两就行,能喝一斤酒喝六七两就行。那一年,蒋大为率中央民族歌舞团到边防壮族地区慰问,慰问团所到之处,无不受到壮族父老乡亲的盛情接待。当地的壮族同胞爱吃狗肉,豪饮,但只爱喝自家酿的低度糯米酒,自称土茅台。在一次晚餐上,女民兵排长黄姑娘主动请战,要求与蒋大哥打擂台,斗喝"土茅台",蒋大为欣然接受了黄姑娘的挑战。壮族同胞喝酒,历来用碗不用杯,用大碗不用小碗,当地叫海碗,以示海量和豪爽。蒋大为心中有底,但地方行政长官有规定:斗酒要以不影响当晚歌唱家的慰问演出为前提。蒋大为笑着说:"没事,我越喝酒歌唱得越好。"于是,各人三大碗下肚,打了个平手,双方握手言和。当晚蒋大为登台演唱,效果果然特佳。黄姑娘对蒋大哥说,没想到大哥有如此好的酒量。蒋大为答道:"我也是少数民族呀!壮族姑娘好酒量,满族大哥酒量也不差咧!"

蒋大为说的是真的,当晚的慰问演出,他的歌激昂奔放、情深意切,博得边防军民的阵阵热烈掌声,那是嗓子受到乙醇激活的效果,也激活了边防军民的鱼水深情,再现了《骏马奔驰保边疆》的浓烈的场景。

乔羽和他的歌

乔羽这个名字，人们都耳熟能详。这个名字深深地印在几代人的脑海里，这个名字是因为他那顺口动人、过耳不忘的歌而牢记、而传唱。从20世纪50年代校园里弥漫着甜蜜的歌《让我们荡起双桨》、街头村尾缭绕着娓娓动听的《刘三姐》《人说山西好风光》，还有每年举行的大合唱音乐大赛，几乎被每个合唱队选为开赛曲的《祖国颂》那大气磅礴的"太阳太阳跳出了东海"令人热血沸腾的歌声，到60年代的《东方红》《我思念》，到80年代的《牡丹之歌》《难忘今宵》。那首《难忘今宵》问世后，一直担当起每年春晚谢幕曲的重任。一直到90年代的《爱我中华》，人人爱唱，老少咸宜。记得有一次有个美国的华人组织"我爱唱的华人歌曲"的调查，入选的12首歌里，乔羽的作品占了大半。

我是乔羽先生的终身粉丝，读小学唱的第一首歌是《让我们荡起双桨》，他的《刘三姐》更让我天天曲不离口；去国外旅游的国人，也常常惊喜地听到从华人区里传出的熟耳的《刘三姐》。读大学时学校举行歌咏大赛，我是班级歌咏队的指挥，我指挥唱的歌就是《祖国颂》。如此和乔羽先生神交多年，直到1984年年底，我才有幸与之邂逅。

那年年底，乔先生在中国歌舞剧院几位同行的陪同下，来到桂西山区采风，受到当地领导和群众的热烈欢迎。当地文化部门领导为了推动和繁荣地方文化事业，借东风组织一次文化讲座，邀请乔先生谈歌词创作的体会，我有幸作为一名学生参加这次讲座，聆听先生的教诲。

那时的乔先生，年近花甲，戴一副老花眼镜，面带笑容，慈祥和蔼，神采奕奕，精神矍铄。他说话声音洪亮，底气很足，说话时还辅以手势，更显得风趣幽默。

他说，在50年代，他在沂蒙山区体验生活，有一年，电影《上甘岭》摄制组的同志要他给电影写首主题歌，他欣然答应了。当他把写好的《我的祖国》初稿交给摄制组的同志看了，大家觉得不错。而有位同志说，歌词里好像是指长江吧？这样幼稚的问话，把听课的人逗笑了。乔羽告诉他，是指长江，但不只是指长江，中国那么大，不只是有一条大江，长江是代表，每个地方都有大江大河，不能只让在长江边的生活的人感到亲切，而是让祖国各地的人民，让守卫在边疆和祖国各地的战士都感到亲切，要让我们写的歌词与接受者的感情越亲近越好。

乔羽说，词作者要研究心理学，要研究演唱者的心理，要研究接受者的心里，引起的共鸣越大，歌词写的就越成功。歌词，应该是能说的话。大家都喜欢《我的祖国》中的两句："朋友来了有好酒；若是那豺狼来了迎接它的有猎枪。"这就是群众语言，说多了，就变成格言了。这两句话，被两位领导人引用过，一是陈毅元帅访问一个国家时在赞扬这个国家人民爱憎分明的优良民族传统时引用过；二是胡乔木在一次纪念左翼作家联盟成立周年大会上的讲话引用过，让他终身难忘。

乔羽先生还谈到了《我的祖国》里有一句话"姑娘好像花一样"被人批评格调低，不健康，但是我想，如果今天我把它改成"姑娘好像铁一样"，恐怕这首歌连一天也活不了。他那风趣的话令听讲座的人捧腹大笑。

在谈到歌词要大众化，通俗易懂，要朗朗上口，既不要太直白，又要含蓄深刻。他以《人说山西好风光》为例，他写"左手一指太行山，右手一指是吕梁"，而不一定要说山西好呀，是革命根据地呀，人家一听太行山、吕梁，就都明白了。

听了乔羽先生的讲座，就像听了一堂深入浅出、活泼生动的文艺创作课，使大家深受启发，受益匪浅。

壮乡大地古笛悠扬

"我上过大学，但学校投有课桌板凳；我有很多老师，但没有一个是讲师教授。我上的是社会大学，老师是民间歌手……"

这是古笛先生最近在百色市接受采访时说的一段话。我们早就听说古笛的名字，早就爱听他的歌《赶圩归来啊哩哩》《毛主席来到我广西》《红水河畔三十三道湾》。但直到今天，我们才知道这位中国作家协会和中国音乐家协会广西分会理事、负有盛名的壮族作家，只读了两年初中！

古笛先生曾多次到我地区采风，今年4月，他再次来到百色。当我们问到他对百色的印象时，他感慨地说："百色是少数民族聚居的地方，这里山好水好人更好，山美水美人更美，我对百色有特殊的感情。"正因为这样，他把百色当基地，从事民歌的探索。他写的作品，常留下右江、澄碧湖、红水河的美姿艳态，带着浓郁的壮族山区的乡土风味。20多年来，古笛同志和百色市的李学伦、欧阳可传、潘明训等文艺工作者携手共事，经常在一起归乐山上观澄碧、三叠岭下望飞瀑、三江口旁听渔歌、马隘歌圩索佳句、纳灵仙洞悟灵感……他的足迹遍及右江两岸、红水河畔。

古笛同志开朗健谈，和他在一起，你很难相信他已50岁出头。他是邕宁县南阳村人，当过解放军，扛过枪，打过仗。在部队文工团里拉过小提琴，作过曲，跳过舞，复员后当过中小学教员，在文化馆工作过。丰富的生活经历，为他提供了丰富的创作源泉。由于长期生活在

173

壮乡里，加上对源于民歌的《诗经》《唐诗》《宋词》孜孜不倦的求索，博采民歌中的精华，使他所写的诗和歌词在押韵、对偶、音律上朗朗上口，形成鲜明的个性，深得读者听众的喜爱。20多年辛勤的艺术实践中，他发表的作品数以千计，不少作品在全国、全军获奖。《毛主席来到我广西》《赶圩归来阿哩哩》《春插》《青山里流出一条红水河》《红水河畔阳春早》（与潘明训合作）《洗军衣》等在社会上广为流传，有不少灌了唱片。

古笛同志是个辛勤的耕耘者，他不但自己矢志创作，更注意对新人的培养。我们谈话间，还看见诗人手里拿着一张稿，原来是他刚收到一位业余作者寄来的歌词。此次到百色，他收到不少业余作者的诗稿，都给予认真审看、修改、指正。在德保、凌云等县，他还应邀给专业和业余作者上了几次课。当地的文化部门领导同志向他表示感谢时，他以诗作答道："人耕广野描新画，我犁墨海播诗花，但愿壮家风物好，世代辈出文明家。"诗人的殷切希望，将浇开百色市广大业余文艺工作者心中的诗花。

古笛长期扎根在壮乡的土地上，从孕育着壮族民歌的肥沃土地里吸取丰富的营养。

"靖西好，靖西美，山山水水歌声飞，春天来了难舍走，客人来了不想回。"今年3月24日，在靖西县城万人歌圩上，广西著名壮族诗人、词作家古笛，登台用靖西山歌调唱了这一首即兴山歌。聆听着他那深情而悠扬的歌声，听着家乡人对他的"不愧是我们壮族的歌手"的赞美，我想起了往日随他到壮族地区采风的一些片断。

十年前的这个时候，我有机会和古笛同志前往西林县三江口采风。古笛很健谈，一路谈笑风生，一会儿邀人对对子，一会儿谈古论今，他的广见多识，令我肃然起敬。

我们从西林县马蚌公社去三江口，穿过原始森林，走羊肠小道，步行六七十里山路。我们每人拄着一条拐棍，艰难地走在崎岖的山路上。

拐棍，既是我们爬山的好伙伴，又是自卫的武器。在穿过茅草没顶的荒坡时，几次碰上毒蛇挡道。开始，我们有些惊慌。向导说："见蛇不打三分罪。"古笛同志接上说："对，你越怕它，它就越猖狂。"大家顿时壮了胆，你一棍我一棒地把毒蛇打死了。

出发前，我们每人备了一壶开水，因沿途都能喝上凉爽清澈的山泉水，水壶反而成了累赘。古笛提议，把壶里的水倒掉，装上在沿途的小山村买到的"土茅台"或鲜美的蛳蜜，大家乐不可支。古笛即兴吟出"水壶酒壶蜜壶不亦乐乎"，要我对下联。走了一段艰难的山路，我正好有许多感受要抒发，于是对上了"田野山野荒野无所谓也"。

"对得好。把我们那种'万水千山只等闲'的行军劲头给对出来了。"他神采飞扬地夸奖。得到古笛的夸奖我心里也美滋滋的。他这种乐观主义的精神，正是在艰难的环境中所不可缺少的。此刻，我想起了他写的那两首脍炙人口的歌《毛主席来到我广西》《赶圩归来阿哩哩》，要不是他的足迹踏遍了壮乡的大地，能写出这样的好作品吗？

毛泽东同志早在42年前就指出，生活是一切文学艺术取之不尽、用之不竭的创作源泉。多年来，古笛先生一直坚定不移地沿着毛泽东思想指引的文艺方向前进。他热爱生活，深入实际，就像一只勤劳的蜜蜂，哪里鲜花开，他就"飞"到哪里。今年三月三，他兴冲冲地"飞"到靖西，参加了这里的歌圩盛会。在游览龙潭河的瞬间，看着一群群壮家姑娘到河边淘洗糯米，准备做五色糯饭，他激情荡漾，即得《淘米歌》一首：

> 水清清，情蜜蜜，
> 姐妹河边来淘米，
> 快蒸五色香糯饭，
> 装满提篮赶歌圩。
> 淘呀淘呀洗呀洗，
> 箩箩香糯赛珍珠！
> 红红的脸白白的米，
> 荡漾在一江春水里。

刘璐印象

壮乡"三月三"歌节期间，我在靖西县风光旖旎的渠洋湖畔见到了中央电视台著名的节目主持人刘璐，她正忙着拍摄一部反映少数民族风情的音乐专题片的外景。

走下荧屏的刘璐，身穿一套褪色的牛仔服，1.6米的身高，敞开的胸襟衬出半新的海魂T恤，透着一股豪爽气；脚上那双登山鞋似乎在告诉人们，刘璐不是来逛大街的，好一副要踏遍靖西山山水水的气派！几天来，她已经和同行背着摄像器材，先后跑了靖西几个风景点——旧州、鹅泉、三叠岭瀑布、渠洋湖。

当靖西县宣传部长农珍批把我介绍给她时，她笑容满面地走过来，一见如故地和我亲热地握手，一声"我们是新闻同行"把我的拘谨、愧疚驱个精光。

刘璐的年龄是个谜，看上去她永远年轻，一会儿表现老成持重，一会儿又像个顽皮的小孩，一会儿又表现得难得糊涂，对着自己满身的灰尘不解地自问："我的衣服为什么这么脏呀？""你刚才不是趴在汽车的尾箱搬器材嘛！"同行提醒她，她才恍然大悟地哈哈大笑起来。身为名人，她没有半点傲气和娇气。她什么活都干，搬物品，为摄像的同行撑伞，为了选择好角度，抢拍好镜头跪着作业，很投入。静下来看到膝盖上有泥巴，又不解地问："为什么我的膝盖粘了泥巴？"

她说，是广西电视厅的同行介绍她到靖西来的。有人问全国美景名胜那么多，为什么要从北京长途跋涉到祖国遥远的边陲？她解释说，一是题材的需要，二是来得太容易的成果不感人，经过一番跋涉、一番辛劳取得的成果最带劲，又能锻炼人。

"靖西山美水美人更美，靖西的父老乡亲很朴实。靖西的风景实在太棒了，这里早就应该成为旅游胜地。"短短的几天时间，靖西给刘璐留下了深刻的印象。

作为深受观众喜爱的中央电视台节目主持人，刘璐是很难得来百色地区一趟的。我冒昧请她给老区的报纸题个词，她面带难色："你又给我出难题了是不？不是我故意让你难堪，你应该替我想想，我一不是名人，二不是中央领导，是一个普普通通的节目主持人，随便题词是不恰当的，请你谅解。我明白你还有另一个用意，那就是想以此告诉读者，我到过百色老区的靖西县。这个问题好办，履行你的职责就是了。"

果然是快人快语，豪爽！靖西县委书记林庄在与刘璐交谈时说："我代表靖西56万壮族群众向您表示热烈的欢迎和深深的谢意。同时，我个人还有个小小的要求，到时候能否把这个音乐专题片播放的时间提前告诉一下，好让我预先通知乡亲们，把电视机的荧屏擦得亮亮的。"

百色老区人民翘首以待，希望能早日在中央电视台节目里一睹"小桂林"靖西的多姿多彩，聆听那悠扬悦耳的壮族山歌。

天山百灵传天籁

　　11月初，在地区影剧院里，我又见到了阿孜古丽——这位落落大方、欢天喜地的新疆人。

　　1987年4月，新疆各族人民的友好使者，乌鲁木齐民族歌舞团，从天山脚下来到右江河畔，给百色各族人民带来了一台色彩浓郁的新疆歌舞，在山城百色4天，连演8场，场场爆满。芳龄二十的阿孜古丽，给我留下了深刻的印象：两道浓黑的眉毛和略深的眼窝印记着明显的维吾尔族特征，那假小子的运动头，还留有草原戈壁的豪放和开朗。

　　她是我的第一个采访对象，我实在不忍心占用她的宝贵时间。4天演8场还不算，还要挤时间与当地的右江民族歌舞团互相交换节目。我到排练场地采访时，正见阿孜古丽手把手地教右江歌舞团的同行跳新疆舞蹈。在接受采访时，只见她汗水淋漓、气喘吁吁的。正是他们，用辛勤的汗水架起了新疆和广西各族人民的友谊桥梁。当我向她表示歉意时，她却乐呵呵地说："没关系，没关系，没有你来，我还找不到偷闲的借口呢！"

　　阿孜古丽为了证明她到过百色，请来了他们下榻的"百花园"招待所经理，还有右江歌舞团的演员，要我为他们照相留念，照了一张又一张，彼此相处得如此融洽，就像是一家人。

　　流年似水，当阿孜古丽今年再次出现在百色观众的面前时，她已经是一位光荣的妈妈。她变胖了，一改当年假小子的模样，留起烫过的披肩长发，显得庄重而成熟。

"哦，回国那么久，还未给小宝贝打电话呢。"她突然想起了一件大事，连忙在"百花园"招待所往遥远的乌鲁木齐打电话。当电话筒里传出她的小宝贝"呀呀"声时，她眼里闪出了幸福的泪花。小宝贝来到这个世界才4个月，竟有3个月尝不到妈妈那甘美的乳汁。

阿孜古丽告诉我，她没有产假。今年8月，小女孩出世才一个多月，团里接受了到日本访问演出的任务，并投入了紧张的排练。10月20日从日本回到北京。团里又接到了南下广西南宁为全国第四届少数民族运动会演出的任务。于是在北京演出4天，全团挥戈南下，先至文化名城桂林，义演了4天。接着，马不停蹄前往南宁，趁着民族运动会没开幕，又赶到百色还4年前欠山城人民的那份情长谊深的"人情债"。而欠家里的那个电话，也在百色一并还清。

作为一个声乐和舞蹈兼优的青年演员，阿孜古丽确实是太忙太累了。然而，于掌声处寻快乐，是她执着的追求。1989年8月，她荣幸参加了苏联"国际金苹果艺术节"；1989年年底她以一曲《烛光里的妈妈》艺压群芳，夺得新疆第二届青年电视歌手大奖赛一等奖。今年年初，又获得乌鲁木齐市青年红歌星大奖赛一等奖的第一名。

她的那位白马王子，原是同团的舞蹈演员，如今已调到新疆艺术学院任教。幸福的小两口给小女孩取了个美好的名字——玛尔巴哈，在维吾尔语中即"珍贵"之意。

"小玛尔巴哈身上流着我们献身艺术的血液，我要让她接我们的班。"阿孜古丽感慨地说。在她那憧憬未来的目光里，我仿佛看到了在蓝天与草原的接壤处，一群手持手鼓的维吾尔小伙子，正在围着已经亭亭玉立的玛尔巴哈翩翩起舞……

中日两国人民的友好使者

鹊桥仙　百色群峰〔日本　小原育夫〕

百色群峰，千姿右水，方谢红棉叶翠。
桐花蓓密似云烟。鸟雀跃，人何非喜？
涟漪互耀，烟波争细，八桂东瀛相谊。
筏同棹共合心时，欢笑语，腾云正起。

　　这是日本朋友小原育夫填词《鹊桥仙》两阙并挥毫泼墨赠送我的墨宝。作为中日友好见证，我将好好珍藏，世代留念。

　　我有幸与日本友人小原育夫认识，是在1998年春天。当时，正是广州和百色结成扶贫对子的时候。时任日本国驻广州总领事馆的总领事小原育夫从广州有关部门了解到广西贫困地区百色市的一些情况后，及时与本国政府沟通，议定了日本国在中国进行同步帮扶的利民工程计划，并委派育夫与中国政府有关部门商定，经过对中国贫困地区进行实地考察，实施利民工程计划。

　　4月15日，小原育夫和他的副手、日本国驻广州总领事馆副总领事猪口奈津子小姐在当地有关部门官员的陪同下从广州出发，直奔广西百色市。我作为记者有幸成为日本友人这次百色行的全程陪同者。

　　眼前的总领事先生，中等身材，稍廋，戴一副老花眼镜，逢人面带微笑。说话和声细气且抑扬顿挫，条理分明，逻辑严谨。他年过半百，却十分硬朗，身上透着一股干练。他性格随和，平易近人，与人说话都是用商量的口吻。这次到百色考察的主要是医疗和教育。

4月16日，总领事先生一行在当地官员的陪同下，来到了德保县足荣镇卫生院，等了好久才有人出来招呼，是一个副院长。副院长要向总领事先生介绍情况，总领事先生问院长在哪里？回答说送病号到县城医院。先生又问什么时候回来？回答说不知道。先生说那我们等院长回来再说吧。先生一向是办事一丝不苟的人，他认为院长掌握情况全面一些，回答询问要详细些。院长回来后，先生详细了解了卫生院建立了多久、有多少医务人员、技术力量配备情况如何、医疗设备配不配套、消毒设施完不完善、住院处有多少床位等问题。先生一面提问，他的助手一面做详细记录。

在告别足荣卫生院的时候，先生对在座的医护人员说，请大家放心，我们是为解决难题而来的，是为大家减轻负担而来的，是为解除困境而来的，大家要树立信心，努力敬业，医院的明天一定会一天天好起来的。

到了中午，日本客人和所有陪同人员一起前往靖西县。总领事先生从广州千里迢迢来到百色，一路颠簸，旅途疲劳，但他毫无倦意，途中兴致勃勃地和记者聊天谈见闻，谈感想。他问我："听说记者是靖西人？"我说："是的，离县城15公里，等会儿我们的车就会从我的出生地经过。"当车队就要从我的村庄经过时，总领事先生突然要求停车看看记者的家乡。陪同的副市长提醒说："总领事先生，我们考察计划中没有这一项呀？"先生幽默地说："我好奇。"大家下车后，先生径直往路边的村小学走去，一边东瞧瞧西望望，眼里闪着泪花，喃喃自语："学校教室太破旧了，课桌板凳太矮太烂了，孩子们就在这样的环境中成长？"他又把视线转向学校后面的那片油桐林，春天的油桐叶伸展着绿油油的叶片，欢迎远方贵客的到来。我对先生说，我们的村名就叫爱桐村。先生对大家说，桐油是很好的工业原料，要是能做到规模种植、计划种植，是很有发展前途的。

离开爱桐村，我们就往靖西县城赶路，我们还要到靖西中医院参观考察。一路上，副市长妒忌我了："今天记者开心了，交上好朋友了，要好好表现呀，要对得起总领事先生哦。"

我说："一定一定。"

总领事先生回去不久，百色市的好多地方旧貌换新颜。我的爱桐村也建起了一座崭新的利民小学。

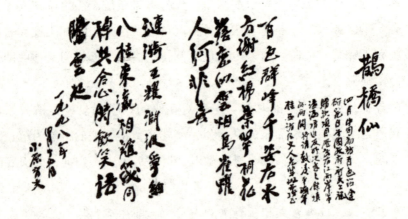

百色高中盖起一栋雄伟的实验大楼，德保足荣卫生院改观了，靖西中医院改观了，还有许多医院、中小学都改观了。

现在，每次回到家，都忍不住打开老朋友小原育夫先生赠我的墨宝看看，眼前就浮现出先生和我在爱桐村时的情景，那桐花密似云烟，不就是我村后坡的桐花吗？百色的父老乡亲们"欢声笑语腾云起"不就是总领事先生小原育夫和两国人民共同的美好愿望吗？

中日友好的使者小原育夫先生，我们永远想念你，衷心地祝福你永远健康长寿！愿中日两国人民世世代代永远友好下去！

你好，阿詹巴妮

一提起外国人，我总觉得疏远而陌生，你却使我感到亲近熟悉。你在广西田东县招待所接受我的采访时，我试着用广西靖西壮语和你交谈，没想到交谈几句，你当即宣布，我们可以不用翻译。并称如果我去泰国，准保不会迷路！对，我在大学学语言学时，老师说，我们同是汉藏语系的壮泰语支，所以我们都有共同的地方。我指着五官，你说"搭（眼）、巴（嘴）、侯（耳）……"我们称序数"1、2、3、4"。同样是"能、松、山、虽"，称颜色"红、黄、白……"同样是"念、闲、考……""几赖"就是多少，"恩"就是钱，"夺"就是够，"龙"就是跌倒……我们对亲戚的称谓、水果的称谓以及许多事物名称的称谓都相同，有许多共同的基本词和词根。我说"冬雅"（肚子饿），你马上说"今扣"（吃饭），说完彼此开怀大笑。你说话是那样的柔声细气，笑起来是那样的脆甜。

我对你的钦佩与敬慕，更表现在我们一起去考察的登山途中。5月13日，我们一起到田东县思林乡定广村敢养岩洞考察壮族嘹歌发源地的风貌，登山时，你毫不示弱，一直走在队伍的前头。你，标准的东南亚人的肤色，身材高瘦而不显得文弱，戴一副白边眼镜，肩挎泰国挎包（像壮锦挎包），淡褐色的高尔夫裤衬着黑色的太空衣，不着袜的双脚插在一双半旧的宽口女式皮鞋里，给人一种常年在外奔波的感觉……望着你这身朴素的打扮，谁能相信，你是泰国名门望族的小姐，是泰王室几

183

个公主的导师。

我称你"阿詹巴妮"（"阿詹"泰语意为"老师"）不是出于恭维，也不仅仅出于礼貌，是我对同龄人的由衷的敬佩。你是曾两次赴美国留学的博士，是亚洲名牌大学文学院的负责人，是游历世界各地的知名语言学专家。我称你"阿詹"是诚心诚意认你为师，希望能从你那里学到更多的东西。

你的坦率和平易近人使我们的谈话无拘无束，你说，在泰国，为了事业无暇顾及家庭的独身女子为数不少，特别是在高级知识分子阶层。文学院140名女教师，不结婚的占50名。你们考察团4位女士，除了41岁的阿摩拉成了家并有了一个小女孩外，其余3人都不打算结婚。当我为独身女子的晚年生活表示忧虑时，你恬淡一笑，说泰国的亲戚关系非常好，独身女子到了晚年，会受到晚辈亲戚的良好照顾，孤独无援的情况是罕有的。

泰国是世界有名的水果王国，国家经济收入除了旅游业，水果出口占了很大的比重。我们的话题自然扯到了"芒穆"（泰语和壮语对芒果的称谓）。去年8月，中国广西百色行署副专员李进杰带了一个芒果考察团到泰国考察，在清迈、曼谷、北柳等地受到泰国人民和有关专家的盛情接待，学到了许多水果种植的新技术。如今，泰国的良种芒果已在当年邓小平发动百色起义的地方——右江河谷生根、开花、结果。芒果联结着两国人民的深情厚谊。百色，后来成为全国闻名的芒果之乡。

泰国水果专家刘巴博教授说泰国有很多水果如龙眼和荔枝是中国传过去的，但经过科学改良后，水果发挥了巨大的优势，成了泰国的主要经济来源，这对我们中国，不是很好的启迪么？如今，广西正在大力建设芒果基地和各种水果基地，我们学乖了。我们虽然起步晚，但一定能赶上去。

巴妮教授，你翻译了许多中国的书，介绍给泰国读者，又翻译了许多泰国的书，介绍给中国读者。你答应回国后将有关译作赠寄给我，我感到无比欣慰和荣幸。我感激你为发展中泰友谊做出的巨大贡献。

你好，阿詹巴妮；你好，中泰友谊的使者。

梅花香自苦寒来

4年前，15岁的黄梅以优异的成绩考上广西的重点中学百色高中，同学们纷纷向她表示祝贺，投以羡慕的目光。她的爸爸和妈妈自然也高兴得合不拢嘴。在百色，人们嘴边常挂着一句顺口溜："进入百高门，半个大学生！"这所每年都有80%以上的考生考上大学的重点中学，太令人向往了！

对别的人考上百高，人们无暇去说长道短，而对黄梅考上百高，人们的话题就多了，那简直是奇迹，因为她参加全国、全区的各种运动会耽误了许多功课和复习时间，她的老师、教练和父母都为她捏着一把汗。然而担心是多余的，黄梅靠着她的勤奋，靠着她那厚实的学习基础，正儿八经地考上了百高。

知徒莫若师。黄梅的业余教练百色市体委田径教练马松贤问百中的同学："你们知道黄梅的书包里装有什么吗？"同学回答："当然是书咯。"他又问与黄梅一起去参加运动会的运动员："你们知道黄梅的跑鞋袋里装有什么吗？"运动员回答："当然是跑鞋了"。他们回答的都不对！黄梅去学校时书包里装的是书和跑鞋；黄梅去参加运动会时跑鞋袋里的装是跑鞋和书。

书鞋混装给黄梅带来成功，但也给她带来不安。一天，妈妈脸上泛起了愁云，婉言道："小梅，考上百高不容易呀，你就把跑鞋扔了吧？"

爸爸也说:"一心不能二用,你说,书和跑鞋,你到底要哪一样?"黄梅说:"两样我都要。"此时,黄梅想起了《孟子·告子上》里的名句:鱼与熊掌,二者不可兼得。她想,我才不听孟老先生的,换成我,两样都要。不是她不知辩证法,也不是她不体谅父母的苦衷,社会上的种种议论,她听得多了。什么爱好体育的是四肢发达、头脑简单,搞体育是因为成绩不好而被逼上梁山的,成绩不好是因为迷上了体育……她要现身说法,为体育爱好者正名!

在百色中学读初中时,她一面专心学习文化知识,一面刻苦训练。因德智体全面发展,被评为百色地区"三好学生"和自治区"三好学生"。

考上百色高中后,她仍旧一面读书一面训练,每个寒假暑假,都提前一个星期回校训练。1990年,黄梅参加自治区田径比赛,夺得了100米、200米、300米赛3块金牌。同年参加在青岛举行的全国中学生田径赛,夺得4×100米接力冠军,并以48秒7的成绩破了全国中学生纪录,还获得4×400米第二名,为百色高中争了光,也为全国"田径之乡"百色市争了光。

小荷才露尖尖角,早有蜻蜓立上头。黄梅高中还未毕业,广西大学、区体工大队、区体校早已盯上了这朵含苞待放的梅花,展开了一场人才争夺战。在征求百色高中和家长的意见时,百高认为黄梅是块读书的料子,考全国重点大学没问题,还是留在百高好;而家长的意见是早就明确了的,那就是要她与跑鞋"拜拜"。剩下就是由黄梅在鱼与熊掌之间的选择了。她何尝不想那红光闪闪的大学文凭?但她更舍不得那魂萦梦绕的田径场,既然两者不忍弃,势必两者可兼得!她的教练马松贤建议她先去区体校,继续念完高中课程,再转入区体工大队,业余读函大。同样也有文凭,这两者可兼之举,终于说服了黄梅的家长。

黄梅的文化考试成绩列在广西体育系统总分第一,被武汉体育学院录取为函授生,每次考试,她都名列前茅。与此同时,她的100米和200米的专项成绩不断提高,在参加1993年全国第七届运动会四次预选赛中，她过关斩将，取得了第七届全运会的决赛权。可惜，由于决赛前的紧张训练，使她扭伤了脚。她伤心得哭了，区队教练冯振仁、高艳清等此刻最理解黄梅的心情，几位教练轮流安慰这位百色来的小姑娘。教练们考虑到黄梅训练时交接接力棒的技术比较好，做出了大胆决定，要黄梅好好休息，参加4×100米最后的一搏。对教练的冒险决定，黄梅既感激，又不安，暗下决心，不辜负教练的殷切希望，为广西4400万各族人民争光。

惊人的一幕出现了。广西的田径运动在全国来说不算出色，而接力赛却独领风骚，特别是女子4×100米接力，在全运会上连续夺冠。但是到了第七届全运会，广西姑娘遇到川妹子的有力挑战。川妹4人当中，有2人成绩在11秒3以内，而且有1人最近刚破了亚洲百米纪录，其阵势咄咄逼人。广西娘子军则临阵折将，黄佩兰和陈艳春受伤不能上阵，教练启用黄梅，用心良苦，一是锻炼后备军，二是新人出现产生令对手摸不透的心理效果，三是充分发挥黄梅交接棒好的长处（接力赛跑慢些不要紧，最要命的是交接棒）。广西队据前二棒顺风的天时，先由2名老将出阵，将川妹抛在后头，第三棒是黄梅，力敌四川的百米亚洲纪录创造者刘晓梅。

场上双梅争艳，好不精彩！那刘晓梅两足生风，直追黄梅，黄梅不慌不乱。刘晓梅跑得再快，临到交棒不得不减速求稳，黄梅虽然跑得慢些，临到交棒，不但不减速，反而搏命地狂奔，抢先进入接力区，漂亮的交接棒，定下了广西女队夺冠的大局。场上观众惊呼："广西什么时候冒出个跑得这么狂的小个子！""德保矮马真厉害！"在全国民运会上出尽风头的百色德保矮马以吃苦耐劳和善跑著称。民运会后，"德保矮马"成了百色籍运动员的代名词。

继全国七运会之后，黄梅又参加了去年12月在香港举行的东亚青年田径锦标赛，夺得了100米、200米、4×400米接力三枚金牌，18岁的青春再创辉煌。田径行家们把黄梅列入了200米赛最有希望夺魁的新秀行列。1994年新年伊始，黄梅又投入了紧张的训练，迎接今年世界青年田径锦标赛的选拔，广西和百色的父老乡亲们期待着她有更惊人的表现。

如果现在有人问黄梅：挂鞋之后干什么？这一问未免提得过早，她今年才19岁呢。其实不用问，黄梅的亲友们、喜爱黄梅的教练们有口皆碑：黄梅是个有出息的姑娘。她早已开始设计人生，并正在寻找自我价值，那书鞋混装的举动，就是最有力的证明。训练之余、竞赛之余，人们看到她在看书；在火车上，人们也看到她在看书；领到奖金后，她买了好多好多的书。她的宿舍的书架上，除了大学教科书，还有领袖著作，有几十本的世界名著丛书，欧美部分的、亚非部分的，此外，黄梅也不乏有女孩子们共有的专利——爱跳舞，爱唱歌。

天生我才必有用，黄梅的未来会更加美好。

爱唱国歌的小伙子

　　1987年初夏的一天，广西举重队教练谭汉永到自治区体校看学生训练时，被一个矮小少年与众不同的举动深深地吸引住了。只见那少年每举起一次杠铃，就停下来哼一段国歌，神情是那样的认真和激昂。此情此景，使得谭教练兴奋不已。他知道，这少年正在做"国歌梦"，这少年就是他当年的影子。

　　这少年，就是来自桂西山区田东县，喝右江水长大的12岁的杨斌。在名师的指点下，悟性极好的杨斌很快走上了一条由鲜花铺就的成功之路……

　　今年5月9日，是杨斌一生中难忘的一天，他作为中国代表队的举重运动员，参加了在上海举行的第一届东亚运动会男子举重54公斤级的角逐，摘取了这届运动会的首枚金牌。领奖台上，他第一次圆了"国歌梦"。

（一）

　　1987年年初，百色地区体委派张绍勋教练到田东县举重训练点物色苗子，在那里，张教练发现了杨斌。经过一段时间的考察，张教练认定杨斌是棵好苗子：瘦肌型、勇敢、灵活，能吃大苦、耐大劳，不服输。张教练随即与图东县体委主任朱新伟、举重教练张少弟一起去杨斌家家访，征得家长的同意，把杨斌招到百色地区体育中学业余举重队。

根据杨斌好胜、不服输的个性，张教练把他与一个来自石山地区的、爆发力好且样子活像猛张飞的体中学生编在同一组、同一训练台（两人当时同属36公斤级）。这个学生就是杨斌后来的队友、好友闭忠祥。练习馆里，两人比耐力、赛技术，共同交流运气方法。举杠铃时，闭忠祥能举50公斤，杨斌肯定要举50.5公斤，每次举赢之后，他就高兴地哼起国歌，整个身心陶醉在掌声、鲜花和国歌的梦境中。

不久，这两个好同学、好朋友一起被选送到广西区体校，又一起进入了广西举重队。在人才交流的热潮中，闭忠祥"流"到了贵州省举重队。今年9月举行的第七届全运会上，两好友相会在北京，分别代表广西、贵州在举重场上较量，两人仍然体重一样，同属男子54公斤级。比赛一开始，贵州的闭忠祥就摆出咄咄逼人的架势，要的重量起点很高。广西的杨斌没有被逼慌，他沉着应战，超常发挥，两次破亚洲纪录，稳坐冠军宝座。闭忠样则因操之过急，胃小口大，差点拿不到名次。在这场角逐中，还有一位由广西"流"到河南队的百色籍运动员林园拿了铜牌。百色电视观众引以为豪的是，在有十多名举重运动员上场比赛的级别赛中，百色大力士占了3个，红七军的后代真不赖！而杨斌则说，是这两位百色老乡把他"逼"上冠军宝座的。

（二）

冰冻三尺，非一日之寒。今年才18岁的杨斌，已有6年举重龄，一年365天，他没有假日、节日。星期天，除了上文化课，天天泡在练习馆里，按照教练制订的训练计划严格训练。远离家门的孩子谁都想家，杨斌想家的方式与别人不同。他想家，并不是要请假回家看望父母，而是勤写信，希望父母能尽量抽时间去看他，陪他训练，看他比赛，既能亲人团聚，又不耽误他宝贵的训练时间。举重比赛在百色举行，他父亲从田东赶到百色，为他助威。去年广西举行第七届运动会，他父亲又从田东专程到自治区首府南宁，当他的"啦啦队"队员。平时，父亲也尽量抽空去南宁看望他，给他以家庭的温暖，给他以信心和力量。

（三）

其实，杨斌不但从父亲那里得到父爱，使他感激的是，他还从张教练、谭教练那里得到了严父慈母般的爱，正是教练的呕心沥血，使他成长为一名举重健将，走上一条洒满阳光的成功之路。在百色体育中学训练时，张绍勋教练给他开的"药方"是：正确技术和成功率的训练，心理素质的培养。开始，杨斌在训练中暴露的弱点是，抓举提铃时两腿膝盖内夹，容易造成向后摔。为了纠正这一点，张教练在训练场地画了一个正方形，限制杨斌提铃抓举定点定位，克服夹腿的毛病。经过一段时间的正确技术训练，杨斌克服了夹腿和后挪的毛病，提高了抓举的成功率。到了挺举训练，情况又大不相同，每次提铃，杨斌就出现动作前倾、向前抢步的现象。这是力量不足的表现。于是，在整个冬训期间，杨斌全力以赴，投入加大运动强度的力量训练之中，每天挥汗如雨，练出一身瘦肌，保持着匀称的体型，以致让人看上去常常误认为他是体操运动员。

（四）

到了广西体校和广西举重队后，杨斌受到了更系统、更科学的严格训练，他的进步更快了。更值得他自豪的是，他的教练是当年驰名世界举坛的举重宿将谭汉永。有名师指点，他更是如虎添翼。谭教练有谭教练的教法，他抓训练注重基本功，讲究实效，特别讲究力量的效益。他强调，两个人潜在的力量相等时，要靠技巧、靠找到那千载难逢的力点取胜。同样是谭教练的徒弟，杨斌的领悟总是与众不同。为了找到那千载难逢的力点，别人是满头大汗地重复着举那笨重的杠铃，而杨斌却是拿着条细小的竹竿。对着镜子不停地"轻举"，不断地校正动作、姿势和运气的方法。他这与众不同的举动令谭教练惊讶不已，连声说："奇才，奇才！他把气功原理用到练举重上了。"

针对像杨斌这样特殊的对象，谭教练施教以体质、技巧和文化素质的交叉训练；平时，他又根据广西选手抓举挺举的特点，着重训练杨斌的挺举技能，使杨斌的技术不断有新的突破。经过教练的辛勤栽培和岁月的千锤百炼，杨斌终于成长为一名抓举、挺举全面发展的举重选手。

（五）

今年11月13日，又从澳大利亚墨尔本传来了喜讯：在1993年世界锦标赛上，杨斌以122.5公斤的成绩夺得54公斤级金牌，并以265公斤的总成绩夺得该级别的第4名。

杨斌的未来不是梦，他的"国歌梦"或许还将在奥运会上成真！

射鼠上瘾的男孩

　　"嗨，强仔这次在巴塞罗那什么奖牌也没捞着，还有什么好侃的。"25届奥运会结束不久，我到百色澄碧河大桥头的居民大楼看望梁强的母亲梁金凤。一见面，这位看上去比实际年龄还年轻的中年妇女不无遗憾地说。看来，她是个要强而直率的女性。

　　"我国领导人在这次运动会之前就多次强调，我国运动员不在乎拿多少枚金牌，最重要的是参与。况且，强仔能参加这次奥运已经是很了不起的事情，是你们家的光荣，无须去计较拿不拿奖牌。"我安慰强仔的母亲。

　　"强仔是很顽皮的，没有国家的培养，没有百色教练、广西教练的教育和扶植，他现在还不知是个什么样呢！"梁金凤感激地说。

　　"家庭教育也很重要，大家都感谢你为国家、为广西、为百色各族人民养育了这样一个有出息的好儿子。"我向梁强的母亲表示敬意。

　　5年前，刚上百色市第七中学读书的14岁的梁强被百色地区业余体校射箭队的教练黎斌看中，便开始了他的射箭生涯。他虽然长得瘦小，但黎教练偏偏喜欢他的机灵劲。初进业余体校，梁强还是身在曹营心在汉，他特别喜欢游泳和钓鱼，对射箭训练没有耐心，时不时就借故跑到河边游泳或钓鱼。为此，黎教练想出了一条稳住他的妙计：抓住射箭靶场就在游泳池边的有利条件，买了一些小鱼放到游泳池里，训练空隙，就和梁强在游泳池里游泳，或就地钓鱼。梁强兴趣很浓，觉得在游泳池钓鱼比在河边钓好玩。这一招当真灵验，果然把梁强那颗"野"惯了的心给拴住了。

黎教练很快便成了梁强的好朋友，就连过春节也把梁强拉到自己家来过。从此，梁强更听黎教练的话，训练更认真、更刻苦，组织纪律性也大大增强。

"黎教练对强仔要求很严，我作为家长也主动配合，一个唱黑脸，一个唱红脸，又打又摸，轮流开导，使他不断长进。"梁金凤说。

过了一段时间，梁强突然情绪低落，训练提不起精神，竟有一个下午不来参加训练。黎教练认为梁强旧病复发，一气之下罚他停练一个星期，要他好好反省。

黎教练在家访时才从梁金凤那里知道，原来是梁强最要好的队友谢少波被调到自治区体工队了，他心里一方面为失掉了一个好朋友而感到难过，一方面很不服气，为什么阿波得调自己不得调？因而出现了一阵子的情绪低落。

"你很快就可以和阿波在一起，你也有能力超过阿波，现在你比阿波瘦弱，你要加强臂力训练，把身体练得再棒一些。"黎教练找梁强交谈，抓住他争强好胜的特点，给他鼓励。

"你想去跟阿波，就得拿出点本事来！"饭桌上，梁金凤也不失时机地教育强仔。她疼爱强仔，但不宠儿子。就在强仔5岁那年，家庭出现了破裂，丈夫与她离婚。大女儿判给了丈夫，强仔判给她，强仔成为她唯一的安慰。当工人的梁金凤工资微薄，她辛勤积攒，缩衣节食地供强仔上学读书，要把强仔抚养成人。后来，她又与一位汽车修理工结婚，家庭恢复了平衡，家境虽然不宽裕，但却给强仔造就了一个奋斗自强的逆境。

我环视了一下梁金凤那间简陋的房子，目光被一面白墙上的斑斑点点吸引住了。

"就是那个牛仔弄的！"梁金风佯怒道。原来，在黎教练和母亲的开导下，梁强振作了精神，决心要赶上和超过谢少波（谢曾在莫斯科的世界射箭邀请赛中创佳绩，并参加了亚运会的射箭比赛）。梁强回到家里，把家里好端端的伞给拆了，卸下伞架的钢枝当箭，一有空就对着墙壁猛射，还到地摊看修伞师傅有没有剩余伞枝，收集多一些伞枝苦练射箭。留下了这个"弹洞前村壁"的永恒纪念。

桥头居民大楼的大娘阿婆们非常喜欢梁强，夸他是个灭鼠的能手，是为民除害的小英雄。原来，梁强为了加强眼力、基本功的训练，利用星期天的休息时间，专打来进犯居民楼的老鼠。尽管居民楼的光线很暗，他仍能十发九中，使老鼠几乎是有来无回。

功夫不负有心人，就在谢少波到广西射箭队后的第二年，梁强也被选拔到广西射箭队。两个好朋友又得以朝夕相处，赛场是对手，平时是好友，暗中竞赛，相互促进。广西射箭队教练付涛对来自右江革命根据地的两位年轻人寄予厚望，也倾注了特别的厚爱。在付教练的精心指导下，梁强的射箭成绩突飞猛进，参加全国室内射箭比赛由第95名跃为1990年的第4名。1991年8月在北京举行的国际射箭比赛中，梁强夺得了全能金牌，《中国体育报》当月18日头版的显要位置上，留下了这位壮乡骄子的勃勃英姿。

去年的全国射箭达标赛，实际上是我国参加奥运会的射箭运动员的一次选拔赛，这次比赛他成绩不理想，全能第10名，淘汰赛第8名，团体赛第5名，参加国家队奥运集训眼看成为泡影。关键时刻，还是付教练帮了他的大忙，付教练诚恳地向国家队总教练和领队做了争取工作，列举梁强近年在全国比赛中的佳绩，一次失利并不能说明他的本来素质，强调梁强"基础好，思路敏捷、悟性高，训练也很刻苦，且善于把教练传授的道理转化为自己的东西……"不久，梁强和教练付涛、队友黄忠眭入国家队参加奥运会集训，并在后来奥运前夕的全国选拔赛全国锦标赛、国际邀请赛和世界锦标赛中捷报频传，拿到了参加巴赛罗那奥运会的入场券。

今年4月底，正是进军巴赛罗那前的紧张训练阶段，在一次训练中，他被队友一支掉下箭台的箭打中脚踝，脚筋骨痛了好几天，但他没有落下每天的训练，带伤参加比赛。直到他脚伤好后去西班牙之前，他才在给母亲的信中透露了这件事，使得梁金凤鼻子阵阵发酸。受伤时不告诉母亲，是为了不使母亲难过；伤好后才告诉母亲，母亲悲喜交集——强仔越来越懂事了。

梁强是个孝顺的儿子，每个月都给母亲写信报平安，每参加比赛前来信预告，比赛后来信汇报成绩，名字能上报纸的，就将整张报纸寄给母亲，让母亲分享快乐。每次得奖，都把奖金分别寄给母亲和外婆。有一次，梁强回百色探家，看到家里简陋的设施，便安慰母亲说："妈，我要拼命地攒钱，为你买个大彩电，给你解闷。"梁金凤笑着说："乖仔，妈不要你攒钱买的大彩电，就等着要你得奖的大彩电！"

梁金凤跟前夫离婚后，要梁强跟她姓梁，取名梁强。当我问她为什么给儿子取名梁强时，她说："我希望儿子在人生的道路上自强不息，在事业上奋发图强。"

"这也正合了奥运会的精神——更快、更高、更强。"我附和道。

"对，对，我就是希望强仔更强，他才19岁呐！"梁金凤说。

血写的青春

虽已是阳春三月，但田阳县玉凤乡却还是寒意十足。20多天来，在毛毛细雨中，一队队男女老幼，迈着沉重的脚步，沿着蜿蜒的乡间小路，向岭平村六勒屯的一座新房走去。他们是来吊唁一位为维护社会治安、挺身与歹徒搏斗而英勇献身的山村青年。他，就是只走完人生旅程25个春秋的共青团员黄海飞。

人们不会忘记1990年3月9日，这天是玉凤圩日。中午1点多钟，海飞和妻子正在杂货店买盐巴，听到有人叫"有扒手"，他急忙跑到街上，穿过熙熙攘攘的交易中心。只见一个上着绿军装、下穿灰裤子，鬼头鬼脑的高个男子虽被人发现叫喊，但仍继续伺机行窃。这时，此人一手遮挡人们的视线，另一手伸进排队买饼干的老人的上衣口袋。幸好老人及时发觉，紧紧护住口袋，扒手才未得逞。贼心不死的扒手，贼眼一转，看见有个30多岁的中年男子在人群中买馒头，又将罪恶的手伸进了他的口袋，把钱扒了出来……黄海飞看得真切。

"抓扒手！"海飞大喊一声，一个箭步冲上前去。早有防备的窃贼回过头来，瞪着血红的眼睛叫道："你干什么？"海飞愤怒地抓住罪犯，欲扭送当地公安派出所。罪犯仗着身材高大，负隅顽抗，被海飞猛地一推，跌撞出一米多远。罪犯站好后，气势汹汹地叉开马步，摆出格斗的架势。海飞猛扑过去，用铁钳般的双手从左侧紧紧抱住罪犯，欲将其制伏在地，但罪犯个大力壮，没有被海飞摔倒。这个罪犯为了脱身，恶狠狠地吼道："你放不放手，不放手就捅死你。"嫉恶如仇的海飞答道："死也不放手，跟我到派出所去。"窃贼狗急跳墙，突然举起包藏匕首的挎包，连袋带刀狠狠地向海飞戳去，尖刀穿过海飞身上的毛线衣、衬衣，穿过右腹部直接插进致命的肝脏……善良、正直的海飞腹部一阵剧痛，不由自主地松开手，凶手趁势挣脱逃走。海飞忍着剧痛，奋力高喊。"抓扒手！"他拼着最后一口气，站起来摇摇晃晃地向凶手追去，可是由于伤势过重，海飞追了没几步就在田边倒下，再也爬不起来……

海飞的好友黄忠耀怒不可遏，冲上去堵住凶手逃路，对准凶手狠狠地飞起一脚。凶手困兽犹斗，挥舞匕首乱刺乱戳，黄忠耀臀部被戳开一个大口子……

凶手落荒而逃。

玉凤街上，人流如云。海飞遇害，忠耀负伤，突如其来的暴行惊呆了人们，也难免产生一连串疑问：如果人人操起扁担，如果有更多的人挺身而出……

那天，是县公安局干警集中学习日，派出所除留一人值班，其余的都到县城学习去了。

玉凤有治安队，但没有发挥应有的作用。

留下的是声声泪，滴滴血。

大梦初醒的人们三五成群地涌向乡卫生院的门前，久久不愿离去。

黄海飞有一个幸福的家庭，诚实正直的父亲黄忠祥是个老党员，母亲是十分善良勤劳的农村妇女。海飞还有个温柔善良的妻子和一个未满周岁的小宝宝。多好的一个家庭！

人们在他的遗物里，发现有一本翻烂了的《雷锋日记》。1979年夏天的一天，海飞正和同学在学校运动场上打球，突然传来"有人落水"的呼叫声，他第一个奔向河边，衣服都不脱就纵身跳入水中，凭着熟练的水性，把正在水中扑腾挣扎的6岁孩童黄天仕救上岸来。那年海飞才14岁。

　　去年"双抢"大忙时节，村民黄覆田的小腿生疮，不能下田犁耙。海飞二话不说，套上自家的牛，下田帮他家犁田耙地，不计任何报酬。

　　1987年3月，他到县城参加魔芋栽培技术学习班。一天，几个赌徒来到住地招引他的学友参赌，他挺身制止。一个赌徒抓起砖块凶恶地朝他身上砸来，幸好海飞眼明手快，用手掌挡开了砖块。面对赌徒"打死你！"的恐吓，他严正痛斥，那些人只好灰溜溜地逃走了。

　　1987年9月的一天，从田东义圩来赶玉凤街的一位老人。神色紧张地指着一个小偷骂："他扒了我的钱。快抓住他！"海飞和屯里的韦日欢、黄汉兴三人截住小偷，帮老人追回被窃的30元现金……

　　噩耗像巨大寒流，冷却了整个山庄。六勒屯60多户人家，家家停炊，男女老少涌到海飞家，把三开间的房子挤得水泄不通。按照农村习俗，老奶奶、老爷爷是不能为后生吊唁的。可那天他们都来了。黄海飞经常帮挑水，帮上街买盐油的那位老奶奶哭哑了嗓子。"海飞啊，世间伤心事莫过于白发送黑发。你干吗先奶奶去了呢？老天啊，你就拿我这条老命把海飞换回来吧！"

　　海飞22岁的爱妻，站在潇潇风雨中。大嫂扶住她，告诉她哭一下，心里会好受一些，她说："海飞是抓坏人被害死的。我不哭，不哭！"可大伙离开后，她却失声痛哭起来。自结婚以来，小两口恩恩爱爱。为了尽快脱贫致富，他们种好田地，上山植树造林、打砖建新房。可新居才落成20天，海飞却为了人民的利益，被罪恶的凶手夺走了年轻的生命。

　　尽管一个多月过去了，凶手仍逍遥法外，但人们坚信，法网恢恢，疏而不漏，罪犯终将受到应有的惩罚。

再见！地雷

　　黄岳飞站在祖国南大门高高的庭毫山上接受记者的采访，不是坐着谈，而是站着谈，挎着军用水壶，谈累了，就喝口水。他头顶蓝天，脚踩大地，那1.7米的个子，那魁梧的身躯，那经过阳光的深加工而铸成的古铜色的脸膛，俨然一尊顶天立地的金刚。

　　他是刚从广州回来的，在广州军区举行的表彰大会上，他荣获了"个人标兵"的光荣称号，接受了部队首长的亲切接见，还接受了新的战斗任务。会议一结束，他就火急火燎地往回赶，回到他的排雷队营房后，又不顾旅途疲劳，马不停蹄地直奔庭毫山哨所阵地。

　　"边防第二次排雷不是排完了吗，排雷队应该休息休息了吧？"记者问。

　　"来不及休息了，边境第二次排雷告捷仪式将在我们庭毫山举行，作为东道主，我们清理会场的任务很重，会前各项准备工作要细致认真，马虎不得。"黄岳飞满头大汗地回答，并不时地向他的战友们招手致意。排雷队的官兵为了迎接这次祝捷大会的召开，正在大汗淋漓地挥锄舞铲，清理场地，每个人的脸上都洋溢着喜悦。这喜悦，是他们载誉归来的队长带给他们的，是即将举行的祝捷大会带给他们的。

　　"我是在第二次边境大排雷排完最后一颗地雷后，才去广州参加表彰大会的。7月18日，当庭毫山101号雷场的最后一颗地雷引爆的硝烟在空中散尽后，战友们欢呼雀跃，相互拥抱。他们跑过来向我欢呼：队长，我们胜利了，你可以放心地去开会了。"那晚，黄岳飞激动得彻夜未眠。

1963年8月，黄岳飞出生于湖南省岳阳县。1982年，他参加高考，因3分之差落榜。他却因此而圆了当兵梦。在黄岳飞的六个兄弟姐妹中，他排行第四，父亲望子成龙，给他起了个名字叫黄四龙。长大后，黄岳飞觉得龙是中国人的属性，中国人是龙种，凡是中国人都是龙，不管你名字里有没有龙字。而他一生中最崇拜的是民族英雄岳飞，立志长大后当一个像岳飞一样精忠报国的民族英雄。参军后，他就改名成黄岳飞。在中学读书时，他最爱读的是范仲淹的《岳阳楼记》，为自己的家乡出了这样一位万世流芳的名人而感到无比自豪，他把《岳阳楼记》背了个滚瓜烂熟，而且，把里面的那句名言"先天下之忧而忧，后天下之乐而乐"抄下来贴在床头，把这句名言定为自己的人生坐标。

"小时候我最爱下军棋，最爱军棋里的工兵。工兵埋雷，最大的官也被炸死，工兵排雷，为部队开路，为胜利奠基。工兵是地雷的克星，当兵就要当工兵，当工兵最带劲。"参军后，黄岳飞如愿以偿地当上了工兵，参加了排雷队，并成为排雷队队长。

黄岳飞觉得当工兵带劲，他那位妻子、在岳阳妇联工作的军嫂却为这个"带劲"食不甘味、睡不安枕。她在给黄岳飞的信中说："一颗米养百样人，你干吗非要当工兵，让我的心每天都吊在嗓子眼上？"当黄岳飞把他在边境地区所见到的、并且亲自救助和安置的乡亲被地雷炸死炸伤的情景，把他的战友在边境巡逻时遇难的故事讲给妻子听时，妻子感动了，她理解了丈夫那句"我与地雷势不两立"那句话的深刻含义。这次黄岳飞从广州开会回到庭毫山，妻子也从家乡带着7岁的儿子赶到庭毫山，儿子皓皓闹着要看、妻子也要看看有她一半的那枚闪闪发光的军功章。

在长达4年的中国边境两次大排雷的行动中，被部队首长一致看好的黄岳飞都被委以重任，两次担任排雷队队长。他身先士卒，带领全队官兵排雷48处，面积达515.4万平方米，排除各种地雷65586枚，开通边境贸易通道65条，为边境父老乡亲恢复耕地面积287亩，为维护边境的和平安宁环境做出了历史性的贡献。

　　4年来，黄岳飞的排雷队官兵无一伤亡，排雷器材无一损坏，黄岳飞本人亲手排雷1586枚，9次排除险情，创造了边境排雷史上的奇迹。在当地边民中流传着"排雷队英勇无畏，死神远远往后退"佳话。佳话的后面还引出了两个真实的故事。在一次排雷中，一位战士的前脚踩中了一枚地雷，正欲抬后脚前迈，被眼尖的黄岳飞看见了，说声："别动！"那位战士惊出一身冷汗。在黄岳飞的指导下那位战士轻轻地抬起前脚，慢慢后退，险情被黄岳飞成功地排除了，一场灾难得以幸免。有一次，排雷队接受了支援地方村村通公路大会战的任务，在一次实施爆破中，引信失灵了，导火索一拉就爆，却无一人伤亡，只在每个战士胸前留下一个个梅花般的石头印。真神！

边境地区的边民永远忘不了那年的一件事：9年前，一位边民上山劳动时被地雷炸死，其亲属前往收尸，又被地雷炸伤，从此，再没有人敢去收尸。边境大排雷开始后，黄岳飞把为驻地边民收尸办好事列入了议事日程，并切实做好排雷的安全防范，每次执行任务，带领排雷队小心探索前进。后来到了那位边民的遇难地，由于遇难多年，只见白骨一堆。黄岳飞派战士去买了纸钱、金罐、蜡烛、香火，按地方习俗将遇难边民安葬好。黄岳飞在他的墓前说：老乡，安息吧！从此边境无冤魂。边民们感动不已，对排雷队千恩万谢。

有道是"冰冻三尺，非一日之寒"。黄岳飞和他的排雷队排雷不靠鬼神保佑，更不靠所谓的运气。靠的是严谨的科学态度，靠的是苦练过硬的技术，靠的是胆大心细。黄岳飞当年高考时圆不了大学梦，他靠自学考上了军队院校，毕业后，填报的两个志愿都是工程类。在学校里他学到了理论知识，到排雷队后，他抽空向老工程兵请教。在驻地，他虚心拜全国民兵排雷英雄吕华朝为师。他白天排雷，晚上刻苦钻研排雷教科书和资料，书写经验总结。他先后总结出了"不同地形爆破八法""雷场侦查四要领""爆破方法判定四要素""爆破班组协同五步骤""安全携带爆破器材三环节""把好安全实施作业三关口"等十多种爆破作业和排雷清障经验和方法，被边境排雷部队广泛推广和应用。同时，他的"专利"和"安全经"被有关专家手记了下来，成为攻克有关科研难题的重要参考资料。

格力"希望小学"

　　一提起朱江洪这个中国大佬的名字，谁人不知，何人不晓？名闻海内外的格力集团的创始人、全球空调产品销量第一的格力空调的老板。但我敢肯定，不管是谁，总会有不为人知的一面。比如，没有人知道我和他是同一年大学毕业的，同一年分配到百色的，差别只是他是学理科的，我是学文科的，不能同在一个工厂而已。我们还是半个月的同学，那是一起参加"一颗红心，两种准备"毕业分配学习班，我这不是套近乎，是实话实说。他还两次接受过我的采访呢。我们是货真价实的老乡，他和我一起在百色待了18年，2007年后我到珠海定居，现在我们一起在珠海安度晚年，这难道还不算老乡吗？

　　既然是老乡，在这里我就不讲他的敬业精神，不讲他的企业管理新理念和争抢先机的新思路，我只讲他的故乡情，讲他对百色浓浓的亲情。一个企业在发展壮大后，要考虑些什么呢？当然是如何回报国家，如何回报社会。这是立业的根基。

　　1988年3月，以朱江洪为团长，由广东、香港十多位企业家组成的"港粤希望之旅访问团"访问百色。此行的目的十分明确，那就是让企业家们到处走走，到处看看。让他们知道什么是革命老区，什么是贫困地区，找出发达地区和贫困地区的差距，探索缩小差距的路子和办法，制定切实可行的、靠谱的脱贫致富好路子。当然，除了有内因的努力，还要靠国家的扶持，还要有企业的赞助。

　　朱江洪带着企业家们到百色城外的拉域村参观考察，看到低矮的房子、简陋的校舍、破旧的课桌椅，大家心情非常沉痛。在座谈会上，老板们慷慨解囊，凑了60多万元，提议将这笔资金投资兴建希望小学，取名"格力希望小学"。

朱江洪一行捐资60万元为百色拉域村兴建"格力希望小学"

伯乐相矮马

序幕：在南宁市举行的第四届全国少数民族传统体育运动会的冲击波仍在激荡着，在运动会上出尽风头的德保矮马仍在奋蹄着。一切，就像发生在昨天。

开幕式，一支矮马童军威风凛凛地驰入会场，沿着跑道奔腾。铁骑过处，掌声雷动。主席台上坐着全国人大常务委员会委员长万里同志和前国务委员李铁映同志。

主席台西边的观众席上，坐着两位年纪50开外的"马痴"。他们一个是中国农科院畜牧研究所研究员王铁权，一个是广西德保县畜牧局副局长、畜牧兽医师陆克库。此刻，他们的脸上流光溢彩，随着那远去的得得马蹄声，思绪追寻着那逝去的一幕幕……

镜头1：日历翻到10年前初春的一天。

那天正是德保县巴头乡巴头街的圩日，但见圩场上人来车往，好不热闹。穿行在人群中间的，还有那一驮驮的小巧玲珑的小马驮，那体小力大的马儿根本不理睬那压在背上的重负，悠闲自得地溜达。

人群中有两位中年人特别爱马，他们仔细地观察着每匹来往的马，摸摸这匹，拍拍那匹。时而翻看这匹马的牙床，时而测量那匹马的体高；时而眉飞色舞，时而手舞足蹈，如获至宝。他们就是刚从部队转业回来不久的陆克库和专程到巴头乡考察的畜牧专家王铁权教授。

206

"这匹马体高102厘米，这匹106厘米……"王教授如数家珍般指着每一匹马，然后问陆克库："还有更矮的吗？"

"有，我家里有一匹比这匹更矮。"人群中走出一位老者说。陆克库与王教授立刻跟随老者到远离圩镇的家去看马。一量，果然体高只有86厘米。马主人介绍说，别看它这样矮小，它已经是有6岁马龄的"马妈妈"。可不是，"马妈妈"身后还紧随着一只小马驹呢。

王教授兴奋不已，连声说："不枉此行，不枉此行。按国际标准，体高106厘米以下的成年马仅属矮马。"他激动地拍着陆克库的肩膀说："老陆，快查查看，你们这里到底有多少这样的活宝！"

镜头2：陆克库躺在床上，翻来覆去睡不着。一年来，他肩负着王教授的嘱托与同事朝入壮村，暮宿苗寨，踏遍了德保县的山山弄弄，终于查清了全县共有106厘米以下的矮马1000多匹。

在畜牧研究所的王教授接到喜讯，更是彻夜不眠，奋笔疾书，一个惊人的论断形成了：德保矮马的发现，为世界增添了一个新的矮马源流。德保矮马与英国谢特兰矮马是世界上不同源流的矮马体系。

王教授又拿出纸和笔，给德保县有关领导和陆克库写信，信的主题是：保护资源，尽快繁殖。

镜头3：陆克库亦喜亦忧。喜的是，家乡的矮马是大自然的恩赐，虽然没有像外国有些国家矮马那样的科学人工矮化育种，却自然形成矮种。如大力发展，不但能打破英国矮马垄断世界市场的局面，还可造福于贫穷山区，造福于乡亲们。忧的是，乡亲们有一种"马矮三尺，人矮三分"的旧观念，不重视对矮马的繁殖。更令他心里淌血不已的是，去年他与王教授在圩集上看到的那匹仅有86厘米的小母马，竟因主人饲养不善病死了……

为了保护矮马资源，陆克库毅然上书，建议县领导采取措施，以国有民养的办法，建立矮马保种基地。

镜头4：1983年6月，自治区畜牧局拨款1.4万元，选购了6匹优良矮马，在德保县巴头乡多美屯建立起第一个矮马保种村。

1986年，德保县共向北京、天津等十多个大城市出售了100多匹矮马，保种基地也迅速发展为11个屯。

然而，每卖掉一匹矮马，就像剜掉了陆克库的一块心头肉。在国内市场，每匹矮马只卖得几百元人民币，而在国际市场，一匹矮马可卖得9000~10000美元。于是，陆克库又把眼光转向国际市场。

镜头5：德保矮马的冲击波最终冲开了国家科研大门。1986年，中国农科院将《矮马矮小性及开发途径》列为"七五"攻关项目的专题，试图对矮马长期矮化的过程，给予科技干预。

这个项目由王铁权、陆克库等5人负责实施。为此，陆克库3次带着78匹矮马的血型进京。那年秋天，陆克库按血型精心挑选了一批公母马集中进行选配试验，使矮马的定向同质选育由设想走向现实。

1988年3月15日，第一匹经同质选配的小马驹坠地了，陆克库心中的一块石头也落地了，他兴奋得一口气喝下了一斤家乡的"土茅台"酒。

镜头6：1990年6月16日，《矮马矮小性及开发途径》的研究通过了国家验收。验收报告指出：德保矮马的矮小性是由其本身的遗传基因所决定的，并非是闭锁的环境造成。通过体型、血型进行同质选配后，使矮马的基因"纯化"、致矮的方法是有效的。

德保矮马为何得以繁衍两千多年而定型不变？这个千古之谜终于被解开，并为对中华民族的瑰宝——80厘米高的中国古代的"梁下马"的研究提供了宝贵的资料。德保矮马，将成为中华民族的珍贵遗产而载入史册。这里面，凝聚着王铁权、陆克库以及畜牧研究者的多少心血啊！

镜头7：望着远去的矮马童军队伍，王铁权和陆克库转过脸来，两个人不约而同地打招呼"马博士！""马局长！"然后两人笑得前俯后仰。他们没有料到"矮马旋风"一下子刮得那么猛，刮得人们都"痴了"。他们两人"痴"不要紧，竟使得那么多人跟着"痴"——"痴"到连姓都改了：王铁权被人们喊为"马教授"，陆克库被喊为"马局长"，前来采访他们的记者被喊为"马记者"，就连电视连续剧《中国有条红水河》里，因为有"赛矮马"的镜头，那位导演也被喊为"马导演"。

镜头8：德保矮马很快得到了英、美、德、日等国矮马协会承认。他们纷纷来函要求引种和购买。

尾声：尘土飞扬，万马奔腾，全国第四届民运会会场的跑道迅速向前延伸，越来越宽广，变成一条铺满阳光的金光大道，引导着德保矮马冲出国门，驰向世界……

恩师如慈母

敬爱的李桂芳老师：

教师节又到了。我这个年近半百的"小学生"，提笔给已退休多年的您——"小学教师"写信。

人们说，越是上了年纪，越喜欢想想旧时的事，您相信吗？那么，让我们来共温小学的岁月吧。

那年，全国刚解放，但地处中越边境的边城靖西，仍有敌机来骚扰。那天早上，警报响后，您手牵小同学跑向学校附近的防空壕。我只顾望天不看路。一脚踩空跌进乱石堆里跌得满头流血，将我背到医院的是您，帮我出医药费的也是您，后来，每天带我去医院换药的还是您。

一天，您去家访，母亲客气地将壮家的水烟筒递了过去——您还是一位姑娘，不会抽烟，不知为啥，却欣然接过烟筒吸了一口，呛得您眼泪直淌，您却因此引出了母亲的串串话题……

我是全校闻名的鼻涕虫，您给我发的"三好学生"奖品最奇特，别人得的是作业本，我得的是一叠手帕，您说这奖品是专门为我而设的，谁叫我是鼻涕虫呢！您叫我今后别再用衣袖抹鼻涕——这就是您当时给我最美的祝福语。

那年冬天某日，我冒雨上学，被淋得像只落汤鸡。您把我叫出课堂，带到您的寝室，生了一盆火，命我脱掉湿衣。面对女教师我忸怩了半天。您嗔怪道："小小辣椒，这里又没有外人，真淘气，快脱！"于是，您坐在火盆边烘衣服，我被"强令"躺在您温暖的被窝里。

那年，学校教育还用戒尺，您高高举起、轻轻放下的举动，令我们心中暗喜。我们知道，戒尺虽然落在我们的掌心上，却深深地痛在您的心里。看到您那含泪的眼睛，我们不敢再撒野，用勤奋来表达感激。最难忘是那一天，您带我们去郊游，一位女同学不慎落水，被卷进河中的激流里，说时迟，那时快，只见您纵身一跳，游到河心将女同学救起。平时，我们只知道您是一位温柔、可亲而文质彬彬的女教师，哪里知道来自农村的您，还是一位水性很好的村姑——不，就在您纵身一跃的霎那间，我们看到的是一只翱翔的山鹰。

李老师，我一生读过许多书，听过许多故事，然而，只有您在我心中留下的真实的故事，才是最永远的。我心中竖起无数座丰碑，但只有把一生都奉献给教育事业、甘当无名英雄的您在我心中竖起的碑座，才是那样崇高，那样顶天立地。

最后，祝李老师晚年幸福，健康长寿！

学生们与李老师合影

女篮中锋

5月21日，是全国亿万同胞沉痛哀悼四川汶川地震死难同胞哀悼日的最后一天。同日的14时，香的弟弟从深圳打来电话说："哥，姐走了……"声音在颤抖，苍凉而悲切。我知道，香是要走的，她得了消化道癌。但是，我没有料到，她竟然走得如此仓促。然而，令我感到非常欣慰的是，她竟然如此会选择走的日子，这一天，全国都为她哀悼，有那么多的四川的兄弟姐妹和她做伴一起上天堂，她不寂寞。

那年清明节，我们一起回老家靖西扫墓，期间，她问我："你不是说你原来的农村老家很穷吗？现在变化很大吧？"我说："没有多大变化。"

"趁这次回来，能带我去看看你的老家吗？"

"当然。"

我向亲戚借了一辆摩托车，把她带到了离县城15公里一个小山村，那是生我养我的地方。几十年了，村貌没有多大的变化，只是茅草房都变成了瓦房，新添了一些砖房。前些年，我以记者的身份奔走呼喊，为村里集资了一笔扶贫款项，修通了乡村公路，为村里家家户户铺设了电线。还带了一位日本朋友去看了我的村庄，不久，一所由日本国资助的利民小学落成了。我在老家已没有更亲的人，只有叔伯兄弟，我们在亲戚家吃了家乡的玉米粥，她吃得很开胃，也很开心。回县城的路上，她对我说，难怪你读书那么用功，穷则思变呢！

中华人民共和国成立前的那一年，我们举家从穷乡下逃到县城谋生，和阿香同住在靖西县城新生街，我们是街坊，她是我的邻居阿妹，我们一起读书，一起玩，读书我比她高两届。不知为什么，她不爱和女孩玩，偏偏爱和我们男孩子一起，渐渐地性格男性化，打起篮球来，就像男孩一样，那三步上篮动作，美极了。我们经常一起在公园打篮球，一起到龙潭游泳。她最爱打篮球，体育成绩最好，其他学科成绩平平。因为有篮球天赋，她到南宁读体育中学，后来成为广西女篮的主力队员，我读大学时她已经是广州部队女篮主力队员。在篮球赛的传统中，中锋都爱穿8号球衣，她后来成了球迷们所喜爱的女篮8号。

我对她说："你能成为今天有名的女篮中锋，有我的一份功劳呀！"她说："不错不错，多亏有你这位大学学生会体育部长做我的最佳陪练，谢谢。"我们曾经拥有浪漫的豆蔻年华，每个假期，我都陪她到靖西公园体育场练球，我陪她打篮球，她陪我踢足球。日久生情，但我不敢喜欢她。因为两家贫富差距太大，她爸是国家干部，她妈开裁缝铺，在当时来说算是有钱人家。而我家5口人，靠爸爸打石头卖、妈妈挑水卖维持生活，上顿不保下顿，她却一点也不嫌弃我。一个女孩子，成天和我们穷孩子一起玩。她妈妈钟阿姨也很喜欢我，到市场买菜，鸡肉、猪肉、青菜什么的，都分一半送到我们家，但都被我妈妈谢绝了。她家也有5口人，除了爸妈，就是她和两个弟弟，而她最得钟阿姨的宠爱，钟阿姨希望她和我做朋友。我大学毕业后，到解放军农场锻炼，钟阿姨给我买了手表，给我做了新衣服。我爸妈则非常反对我们交往，每到吃饭时间就轮番骂开了："你有金山银山呀，真不知天高地厚，你养得起人家吗？"

父母的反对并没能阻止我们的友好往来，我们仍然和往常一样一起去打球去游泳去郊游去登山。有一天，她神神秘秘地问我："麻雀酒好喝吗？"我说："不知道。"其实我听说过麻雀酒是补药，只适合体弱的人和老年人饮用，我不知道她为什么这样问我。后来有一次我们一起回家度假，她送给我一瓶袖珍装麻雀酒。过了几天，她约我去她家聊天，说只有她一人在家，太无聊。我吃完中午饭，兴冲冲地去她家了。只见她家的门紧关着。我就敲门连叫她的名字，没有回应。又轻轻推门，门没有上闩，我就推门进去，直到里屋，她的卧室门敞开着，她在床上呼呼大睡，全然不知道我的到来。望着穿着睡衣睡得甜甜的她，我忐忑不安地退了出来。我真弄不明白，又约我来聊天，又自己睡大觉，什么意思嘛？我又想起了她给我送的麻雀酒，再不敢往下想，我把疑问埋在心底，失魂落魄地回到了自己家。

由于我父母始终不愿接纳她，我们只能有缘无分地持续珍惜着那段纯真的友谊。后来她与战士歌舞团的一个男高音歌唱家组成了家庭。改革开放年代，她从部队转业了，加入了开发深圳特区的大军，成了拓荒牛，几经拼搏，当上了深圳市旅游公司的副总。就在她壮心不已要大干一场的时候，那位歌唱家下海了，离开战士歌舞团，离开她去了美国，在美国和一个东北妹组成了新家。从此，一个生龙活虎的女篮中锋似乎换了一个人，她用拼命的工作来淡忘回忆，来抚平离异的伤口，最后积劳成疾，身体彻底垮了，她的晚年并不幸福。

我们虽然不能一起生活，书信电话却常来常往。晚年偶有机会一起散步、唱歌、跳舞。有一年，我去深圳看望在那里打工的儿子，住了一段时间。她怕我寂寞，尽量抽时间陪我玩。早上，她陪我去荔枝公园散步、学拉丁舞；晚上，我们去KTV唱歌，我们一起玩得很开心。有一天晚上，我忍不住向她提起当年她约我去聊天却自己睡觉不理人的事，她触电似的涨红脸："都说冲动是魔鬼，幼稚要受惩罚，谢谢你，毕竟是比我多读几年书，觉悟比我高，要不然，我们都没有今天。凡事有得必有失，你没有恨我一辈子就好了。"

在她的最后日子里，我们恰好一起回靖西老家过清明节，她与我的家人一起去公园的广场跳了一晚的交谊舞。她和我老伴是同学，她先和我的老伴跳，然后和我跳，我们边跳边聊，有说有笑，大家玩得很融洽。虽然都是花甲之人，大家总觉得活不够，人生苦短。我和家人4月11日回百色，她5月1日回深圳。5月9日晚，她和我在QQ上聊天，才一会儿，她说好累好累，我劝她早点休息，没想竟成诀别。一个讨人喜欢的、生龙活虎的女篮中锋，就这样匆匆地离开了我们。

七 姐

人世间，有亲情、爱情、友情。再往细的说，有同窗情、同事情、战友情、乡情、邻里情等。有许多许多的情，是随缘而来，也就是缘分。缘分不一定是爱情，但有许多的缘分，挥也挥不去，赶也赶不跑。

作者和七姐在教师节陪班主任逛公园

她叫七姐，是我的同学，因在班上她年纪比我们大些，在家中她排行第七，我们都叫她七姐，很少叫她同学。我和七姐的同窗经历，也许是世界上少有的——小学同班、初中同班、高中同班、大学同校同系，毕业后到解放军农场劳动锻炼，又在同一个农场。这不是一种很少有的缘分吗？

七姐从小学起就显露了卓越的管理天才，从小学到大学，她都是班长，是班主任的得力助手。她是班长专业户，或者说是班长终身制。小学时她又是少先队的大队长，她是第一个给我佩戴红领巾的人。期末学校给学生颁发奖品，她特意给班主任出谋献策说，凌平湖的奖品要换成手帕，让班主任笑得前俯后仰。领奖台上，丑死我了，但是我还是感谢七姐，她处处为我着想，谁叫我是全校连手帕都买不起的鼻涕虫呢。

七姐平时很关爱班上的同学们，像对自己的亲弟妹一样疼爱呵护。对我这个家境贫寒、拿助学金上学的弟弟更是关爱有加，或时常给我带点好吃的，或带我上医院看病。我们一起上大学那年，先在旅社住一晚，冲凉时，她问我带有肥皂吗？我说带了。她问什么皂？我说洗衣皂。她说不行，不能用洗衣皂冲凉，会伤害皮肤的。她给我买来了香皂（那年代好像没有沐浴露），一股暖流传遍我的全身。我的好七姐，我的亲姐姐。

在大学里，她时常抽空到男生宿舍来看我，把我的脏衣服和被单拿去洗。那个和她最要好的女同学和她一起洗。她的女同学过后还同我开玩笑说："你的床单上为什么有地图呀？你们男生都是邋遢鬼！"

同学们怀疑我和七姐姐弟恋，其实我最清楚，七姐的婚姻大事早就定下来了。她还小的时候，她妈和邻居就给她定下了娃娃亲，她和邻居阿哥君哥关系一直很好。后来君哥去当了兵，他们保持密切的书信往来。

"文革"初期，我们学生到农村参加"四清"运动。有一天，我突然收到七姐从学校发的电报：速回校。我不知发生了什么事，向工作队告假获准。我赶回到学校，被告知七姐已病重住院，我赶到医院，被眼前的一幕惊呆了：眼前的七姐已经不是我所认识的七姐，满头的乌发掉光了，木呆呆地躺在病床上，见了我，她泪如雨下："你的君哥狠心地抛下我走了。"我向别的同学打听详情，原来是君哥在一次执行任务中牺牲了。她去参加追悼会时，三番五次地要求打开棺木盖，要再看君哥一眼；而每次打开棺木，她都要挣开亲人的拉劝，要钻进棺材里陪君哥一起走。其情其景，令周围的人无不为之动容。由于悲伤过度，一夜之间，七姐的头发全落光。由于假期短，我只能陪可怜的七姐几天，又回农村去了。

当时的教育制度，大学生毕业不能马上分配工作，要先到农村或者部队锻炼，合格后才分配工作。我和七姐一起到了湖南的一个军垦农场，她在学七连，我在学五连。我们两个连队的营房相距6公里，她几乎每个月都翻山越岭来看望我，给我送来她做好的新袖套，还要拿我的脏衣服回去洗。我很不愿意七姐为我奔波操劳，但她总是乐此不疲，我十分感动。每次七姐到营房来看我，战友们老远就故意喊："凌平湖，你的那个来了！"

"去你的，那是我姐。"我不理会他们。有一次我忍不住问："七姐，老天爷为什么把我们安排在一起，总是形影相随的，别人会有吗？"她笑着回答："你去问老天爷吧。"平时睡觉时，我都向老天爷问这个问题，老天爷没有回答。我想起了那首校园歌曲《同桌的你》，我们虽然没有同桌，没有歌里面那种情景，但从小学到中学，我们是同班的你，因为你总是班主任得力的助手，是同学们敬爱的大姐姐，所以，你年年当班长，是我们永远的班长。到大学后，我们是同校的你。到军垦农场后，我们又是同场的你，是同一个团的战友。这种人生命运的巧合，全国少有，全世界都少有。

毕业分配后七姐被安排到南宁的一所大专学校当老师，嫁给了一个同行的老师，后来，两人都走上了学校领导的岗位。现在老两口儿孙满堂，共享天伦之乐，恩恩爱爱，家庭和睦。退休后，除了照看外孙、料理家务、看看电视，还特别紧跟潮流，玩玩微信，组织同学聚会，和亲友同学聊聊天、散散步，过着悠闲自在的生活。

校　花

　　母校龙潭中学100周年校庆的邀请函来到了。不管有没有邀请函，我都会参加的，100周年校庆呀，那可是大庆大喜的事情，能不参加吗？更何况，据可靠消息，我们那位多年不见的同学，当年的校园刘三姐，人见人爱的校花韦静也来参加这次校庆活动，我们一伙望眼欲穿的老阿牛哥们那股踊跃劲自不消说，个个乐不可支。

　　然而，在校庆的宴会上，人们举目四望，却见不到韦静的影子。我们可爱的校园刘三姐，美丽的校花韦静，因患乳腺癌，过早地离开了我们，她虽然顽强地走过了人生60大关，却无法走到校庆100周年。今年的宴会，没有了往年的欢乐气氛，我们班的宴桌上，空着一个座位，摆上一双筷子，一碗饭，一杯酒，同学们在悲伤的气氛中轮流过来和她碰杯，为她送行。

　　同学们还清楚地记得，上次的同学聚会，年过半百的韦静美丽依旧，风韵犹存，那双青龙眉、丹凤眼依然炯炯有神，那身段依然那么苗条，皮肤还是那样的白皙细嫩，地地道道的妙龄女子的模样。联欢会上，她还是那么活波可爱，舞姿还是那样的优美，歌声还是那样的动听。宴会上，大家尽情地开玩笑，把时代的段子诸如"摸着老婆的手，好像左手摸右手，一点感觉都没有；摸着同学的手，一股热血涌心头，后悔当年没下手"都搬了出来。说着说着，她突然转过身对所有的男同学说："你们都是胆小鬼，当年为什么没有人追我？"

　　哦，当年？男同学们都傻了。谁敢呀，在她的面前，别说是所有男人，就是所有女人都会失去自信心的。就像我，当年虽然和她同在校园《刘三姐》剧组，但由于形象欠佳，只演了个莫管家的角色，谁敢高攀呀？只有那个演阿牛哥的高年级同学和她有来往，那不是生活中男才女貌的问题，那是拍戏角色的需要嘛。只可惜阿牛哥高考体检时被查出有肺结核，被取消了高考的资格。后来，校园《刘三姐》风潮慢慢冷了下来，韦静就真的没有追求者。这都是漂亮惹的祸，这就是漂亮的最高境界——范爷漂亮到没有男友，韦静漂亮到没有追求者。

　　"其实，我真的很感激同学们，感谢大家喜欢我，多年来一直疼我亲我爱我护我，我感受到有男同学在暗恋我，只是不肯把爱大声地说出来。"韦静说得太对了。我不否认，我就是众多的暗恋者之一。韦静就像赵树理小说《小二黑结婚》中的小芹，"小芹去河边洗衣服，青年也去河边"……而在今天的学校里，韦静到图书馆借书，男同学们也去图书馆借书；韦静到凉亭复习功课，男同学们也到凉亭复习功课。放学路上，总有一群男同学紧跟在她身后。

　　男同学们总是争先恐后地向她献殷勤，当大家知道她每年寒假要到南宁度假，就争着到车站帮她排队买车票。当时交通不发达，经常一票难求，我亲身经历了穿着单衣，冒着严寒，通宵达旦排队帮她买车票的滋味。韦静很感激，但是只是停留在感激上，因为男同学们谁都能做到这一点。

　　后来，有人给我传授了一个爱的良方：找来一张芭蕉叶，在上面写上你心爱人的名字，晚上把芭蕉叶垫在枕头下面，睡前默念着心爱的人的名字100遍，枕着爱人的名字入眠。第二天起来见到她，见她含情脉脉的看着你，说明心灵感应术灵了，她被你的神箭射中了。我照此办了，找来了芭蕉叶，写上韦静的名字，晚上默念了上百遍的"韦静"才入睡。第二天起来上学，我见到了韦静，一切如常，并没有见到她含情脉脉，她甚至连看都不看我一眼。我一连试了好几次，都看不到那含情脉脉的影子。我失望了，情绪低落了好久。

有位叫阿松的男同学更是搞笑，他平时调皮捣蛋，邪念特多。我们中学离县城4公里，每次放学，我们都要经过一座小桥，叫三圆桥。每次过那小桥时，阿松就在韦静后面轻声地念咒语："掉下去，掉下去呀！"我狠狠地捶了他一拳："你怎么那么坏呀，幸灾乐祸。"

"你傻呀，你那芭蕉叶不管用，那是迷信。我呢，只要她掉下去，我就来个英雄救美，到那时，她不嫁给我都难。"阿松神秘兮兮地对我耳语，脸上露出了一丝可怖的奸笑。

后来，阿松的英雄救美梦一直没有做成，却引出了一段美救英雄的佳话——当时，学校成立有文艺宣传队，经常利用节假日时间到农村、到边防哨所慰问演出。有一次去边防途中，阿松要求停车方便，因为天黑，看不清路况，阿松不管三七二十一，车刚停就往下跳，跳空了，掉到半山腰晕了过去，急坏了一车人。有人提出喝女孩尿可以救急。女同学们面面相觑，不知如何是好。只见韦静从背包里取出口盅说："请大家答应我一个条件，为我保密。"说完就下车去到隐蔽的地方……真是药到病除，阿松喝了那灵丹妙药，很快就醒了过来。一场美女救英雄的好戏圆满落幕。直到后来，阿松始终不知道谁是他的救命恩人。

韦静助人为乐是受当医生父亲的影响，平时到农村或部队慰问，她都抢着拿道具服装，提照明汽灯。她另外的可爱之处是相貌和性格反差大，不是林黛玉，而是女汉子，直爽泼辣，爱和男孩子在一起玩，和男同学打篮球、踢足球，生起气来，还带出几句时髦的脏话。更让人匪夷所思的是，她好奇心强。毕业前，她悄悄地带了几个女同学，去偷看男同学的应征体检。恰恰是好奇，她给同学们传递了错误的信息，以致在毕业宴会上，喝得半醉的阿松想借敬酒之机吃她豆腐，被她扇了一个巴掌。

后来，我们参加高考，韦静没有像大家预料的那样报考艺术院校，而是报考了医科大学，她父亲是当地著名的医生，威望很高，当地人都把她父亲当成救命恩人，她要继承父业，做一名救死扶伤的白衣使者。她如愿以偿考取了医学科大学。

　　在大学里，韦静遇到了许多新同学，与中学时不一样，这里她遇到了众多的追求者。她的班长更是对她穷追猛打，让她几乎喘不过气来，她有点招架不住了，慢慢地投入了班长的怀抱。他们相爱了，两人出双入对，招来了医学院多少双羡慕的眼睛。有一个星期天，韦静和几个女同学一起去公园，意外地见到班长和一个年轻女子手拉手在公园散步，同学提醒她，她不在意。她想，人世间除了爱情，还有亲情、友情，男女朋友在一起玩是正常的，而且，班长是爱她的。然而，让她堵心的是，过后一个星期天，她上街买东西，见班长手挽着一个女子的手迎面走过来，见了她不但不停下来打招呼，还斜着眼睛示威似的从她跟前走过。把她气疯了。是班长神经出问题了吗？

　　不行，韦静要出这口恶气，她急忙坐上了去外语学院的公交车，到学生楼下喊阿松，说有急事找他。阿松听出是她的声音，立马三步并作两步地跑下楼来，韦静上前拉着他的手："书呆子，看那么多书有什么用，走，陪我逛街去！"

　　"你说什么？我这不是在做梦吧？"阿松不相信自己的耳朵，英雄救美的梦没做成，哦，太阳打西边出来了！阿松想：这回，可以不用英雄救美了，美女自己送货上门，真好。

　　"陪我去逛街！"韦静再重复一遍。

　　她主动拉起他的手，两人坐上公交车，直奔朝阳百货大楼。在那里，韦静遇上了班长和那个女人，她挽起了阿松的手，昂首挺胸地在他们面前来回走动着，直到班长他们知趣地消失在人群当中。

　　大学毕业后，韦静被分配到市医院当医生，阿松到市重点中学当英语老师，命运之神把他俩带进了婚姻的殿堂。后来，他们生有一儿一女，建立起温馨的幸福家庭。韦静除了是一位好医生，还是医院的文艺骨干、工会积极分子，代表单位参加行业技术练兵比赛或演讲比赛，每次都拿大奖。同学们都深深为她祝福。

　　校花韦静过早地离开了我们，祝她一路走好。

第五章

05

| 人间百态 |

另类公民

　　另类公民，也是公民。既然是公民，就应该和所有的公民一样，享有同等的权利。理论上是这样，事实上要复杂得多。事实上就是有一种人，他（她）们就是另类，他（她）们是最弱势的群体，他（她）们是两性人，命运决定他（她）们一辈子要在茫然、纠结中、不知所措中度过。

　　农嫣然是市体校的学生，是学举重的。她很刻苦，又勤奋，是块好苗子，老师和教练都看好她，注重培养她。她性格开朗，同学们很喜欢她。体校一毕业，她就被选入了市体校的女子举重队。不久，全国举重运动会要举行了。她由于成绩优秀，被选为参赛选手，就在比赛的日子快到的时候，和她同宿舍的队友私下向教练反映了一个情况，说最近农嫣然晚上总是喜欢和她一起睡，爱抱着她睡，到了半夜，顶到她后面，老师觉得奇怪，问是真的吗？那位女队员说是真的，好几次了，她不好意思说，但又睡不着觉，只好来向老师反映。

　　老师找农嫣然来问话，农嫣然低着头不吭声，红着脸流下了眼泪。经过老师做工作，她同意跟老师去医院，医生把检查结果告诉了老师。老师为她保密，把情况告诉了她的父母，她父母一致认为不可能：我们看着她从小长大，抱着她尿尿，一定是医生搞错了，我女儿怎么可能是男的呢？老师更不愿相信，眼看今年能为市里拿回金牌的就是她。但是农嫣然还是被退役了，回农村家里了。

　　因为是两性人，农嫣然失去了为国争光的机会，失去了做人的机会，失去了公民的权利和义务。

射击队的故事

市体委今年决定在市国防中学成立一个射击队，国防中学全体师生欢呼雀跃。这回，学校培养人才的路子更宽了，被选进射击队的同学，又多掌握了一门知识。而体委之所以把射击队设在国防中学，是因为该中学的学生大多是来自某兵工厂的子女，政治把关容易，该兵工厂又生产子弹，为射击训练创造有利条件。射击队流传着一句话："要出好成绩，多实弹射击。"兵工厂可直接为射击队提供必需的子弹，比较直接，无须通过多渠道获得。

然而，射击队训练了一段时间以后，为了多练多射，放宽了子弹使用的管理限制，出现了一些有趣的情况。比如学校附近有个庞大的山羊养殖场，由于管理不善，时不时有山羊跑出来，跑到荒山野林中，时间久了，变成了野生的，凶猛野蛮，抓捕有困难。他们就请学校射击队去帮助捕猎。开始射击队感到有点为难，后来考虑到要处理好周边单位邻里关系，加上训练子弹有些结余，就愉快地答应了这件事。这样做既能为养殖场办好事，又能平分打到的猎物，改善职工生活。从此以后，加强了山羊的管理，后来也没有发生什么事情。

有一次，射击队正在进行射击训练，有几个老鹰从天空中飞过，几个过路的农民叫了起来："打老鹰！打老鹰！"被教练拒绝了，说老鹰是国家保护动物，不能打。农民说，什么保护动物呀，我们村的小鸡鸭鹅都被他们吃光了。说话的几个农民，教练都认识，他们的家就在附近，他们也有子女在国防中学读书，也有子女参加射击队。这时射击队里也有学生说，老鹰为什么要保护呀，我们要不要发展养殖业呀。教练再次强调，不管怎么说，国家的政策一定要遵守。

射击对有一正一副两位教练，正的姓唐，副的姓付。唐教练是退伍军人，分管小口径队，管队员特别严厉；付教练分管气步枪队，是个业务精技术好的教练，曾经在省级射击比赛中获得好名次，队员们喜欢他，想向他学本事。正好有一天训练时，一只老鹰俯冲到稻田里抓起一只鸭子就飞向天空，付教练眼疾手快，举起手中的气枪向老鹰射去，没打中。老鹰丢下鸭子飞走了，付教练和几个老师、学生跑到田里，只见鸭子死了，水田被鸭血染红了。付教练对学生说："我们把鸭子拿回去，如果没有人来领，我们就加菜。"

他们一直等到天快黑，不见有人来找鸭，就把鸭杀了，加菜了。他们吃到一半，有个村民找上门来了，说鸭子是他们的。付教练立即站了起来，请村民坐下："对不起，对不起，先坐下，喝两杯，等酒足饭饱了，我们付给你钱。"村民笑着说："我是来要钱的，既然老师这样热情，我就不醉不归了。"

射击队里有3个顽皮的学生，早就手痒痒要打老鹰，为乡亲们做好事。他们偷偷地带枪到老鹰出没的地方埋伏，不料天公不作美，突然下起了一场暴雨，把他们淋得落汤鸡似的。雨停后，他们找一处偏僻的地方烧起了一堆火，然后脱光了衣服，在火堆旁烤衣服取暖。他们万万没有想到，衣袋里都装有子弹，有子弹掉下火堆里了。有个小个子突然惊呼起来："子弹！子弹！火堆！火堆！趴下！"几个人吓得脸色苍白，趴在地上，嘴里还念念有词："上帝保佑，上帝保佑！"不知要轮到谁遭殃。过了几分钟，不见有什么异常，他们急忙跳起来，正要四处逃窜，突然枪声大作，就像打仗一样，他们个个面无血色，死人一般。再过几秒钟，枪声停了，他们摸摸自己的心脏："啊，还活着！"什么也没有发生，大家长长地舒了一口气。

世上没有不透风的墙，过后他们的事情终于被学校射击队发现了。这三个学生因违反纪律差点造成重大事故被射击队开除了。

射击队吸取这次教训，加强了对枪支的严格管理，由专人负责在非训练时期将枪支锁在保管仓库里，此举是为了安全起见，主要针对步枪射击队。而气枪队强调纪律的同时，还要强调自觉性，枪支弹药的管理可以灵活一些，鼓励多练多出成绩。这样一来问题就来了，国防工厂地处偏僻的山谷，有原始森林，鸟、蛇、鼠之类的野生动物特多。偏偏气枪队的几个成绩优秀的队员，都是打鸟的爱好者，又是灭鼠灭蛇的好汉。他们有节制地用晚上的个把钟头去，带上手电筒、气枪和铅弹，到森林里打鸟。

最刺激的是打山鸡，美丽的山鸡晚上排队在树枝上睡觉，手电筒照上去也不受惊，它们挤作一团是为了取暖。气枪的声音也很小，每打一枪，也不惊动它们。一个同伴被打下来后，大家自动挤过来填补空位恢复原来的队形。打竹枝上的麻雀也是这种景象，不论牺牲多少个同伴，其他麻雀，都会补上空位，直至全军覆没，真可笑！更搞笑的是那伯劳鸟，当地叫红屁股鸟，因其尾巴根部有一撮漂亮的绒绒的红毛而得名。每到傍晚，伯劳鸟成群结队地飞入甘蔗林里，三五一伙地停在甘蔗叶上。天一黑，就各自将头埋在翅膀下面安然睡觉了，密密麻麻几乎每张叶子都有，弄得射击队员们动了怜花惜玉之心，不忍打破它们的好梦，撤回宿舍睡觉了。斑鸠夜宿是成对的，被打下一只后，另外一只就飞走了。

几个气枪队的优秀队员是教练的爱将，平时也帮周围的群众灭鼠、杀蛇，射击队的口碑不错，教练对他们宠爱有加。对于他们秘密夜猎，平日也略有耳闻，但因他们没有影响休息，没有影响训练，每次比赛都为队里争得好名次，加上当时还没有加大环境保护宣传的力度，夜猎的事就没有加以追究。

官爷司机众生相

改革开放的大潮，极大地推动社会的快速发展，广大人民群众欢欣鼓舞。然而，也不可避免产生了一批腐败分子，在腐败官员的庇护下，繁衍了一批新的特权阶层，他们是官爷的司机。这批司机也自认为高人一等，因为官的命贵，官的生命安全操纵在他们的方向盘上，官爷们也不怠慢司机。司机薪水比同行的高，官员参加什么活动，得什么红包纪念品之类，司机也得。官员的纪念品往往是重重复复，多了的就扔给司机。另外司机了解他们的不少内幕，官爷还要另外付司机的封口费。渐渐地，一个仗势欺人的平民特权阶层产生了。

"你们睁眼看看这是谁的车！"

某小学校门外停着一辆小车，阻碍着来往的车辆和行人，一位交警过来指挥车辆靠边。车里走出一个戴眼镜的中年男子，向着交警大吼"你也不睁眼看看这是谁的车！"哦，那位交警傻眼了，是市委书记的车，带平光眼镜假斯文的中年男子就是书记的司机，交警不出声了。于是，堵车了，司机送子上学，又到附近的粉店吃完粉，大摇大摆地回来把车开走，堵车才结束。

有一天，一辆小车闯红灯了，被交警扣了车牌，那个样子像戈尔巴乔夫的司机若无其事地笑了笑，开车走时伸头出车窗："辛苦你们明天给我送回车牌。"交警也火了："滚！"执勤交警明知道这个是狗仗人势的政协主席的司机，照样照章办事。谁知道第二天一早，交警队长接到政协主席的一个电话后，立马将车牌送了回去，还在主席的面前做了一番深刻的检讨。

"妈的，你填我是办公室主任不行吗？"

人们把司机职业称为玻璃命，而为官爷开车却绝对是一件美差。每次官爷参加剪彩之类的庆典活动，官爷得礼品司机也得一份，得红包司机也得。礼品是有透明度的，不管多贵重，司机必定享有同等待遇（官爷最怕后院起火）。红包则没有透明度，等级制度森严，部级、厅级、处级、科级的红包分量绝对不同。有一次某官爷带着秘书和司机去参加一个剪彩活动，秘书是新来的涉世未深的小伙子，在签到时如实地填写了个人的职务，司机从秘书的手中接过红包便大骂起来："妈的，你填我是办公室主任不行吗？"秘书傻了，连称："下次改，下次改。"然而，就为这么一次签到，司机认为吃了大亏，和秘书翻了脸，从此"鸡犬之声相闻，老死不相往来"。

由此可见，官爷司机多了不起，是一人之下、万人之上呢，领导也让三分，他根本不把秘书放在眼里。

一人得道　鸡犬升天

有的政府官员，总认为司机是他们的保护神，对司机百般依赖、百般呵护、百般包庇。不但包庇司机本人，还包庇家人亲友。家人或亲友升学、找工作，甚至是违法犯罪的，官员亲自出面帮忙或开解。有个官爷的司机，养了个不肖儿子，专干一些鸡鸣狗盗之事，闹得机关院内鸡犬不宁，左邻右舍经常登门告状。每遇告状，司机总千方百计为儿子辩护，他越辩护，邻居积怨越深。无奈，司机向官爷诉苦。官爷慌了，这还了得，司机心情受影响，开车精力不集中，会出事的！官爷立马召开一个家长会议（封口会议），兴师问罪："你们有证据吗？诬陷罪是要负法律责任的。"邻居面面相觑。从此，这位官爷的威信一落千丈。官员对自己司机的关心，可谓是无微不至，甚至帮司机介绍对象。有个官爷，司机很矮，找对象有点难，官爷前后介绍了几个，女的因虚荣心，沾官爷豪车的光，勉强玩几天，骗了钱就跑了。那个不知怎样坐上官位的官爷，还给司机出了歪主意："你傻呀，霸王硬上弓！"后来，成了，女的肚子大了，奉子成婚了，生子了。再后来，内战不断，家暴也来了。结局：离婚。谁之罪？

破坏军婚罪名不成立

蓝庆当了十年兵，还算争气，当了个营长，为家乡父老乡亲争了光。更争气的是，他貌不惊人，个子比较矮，居然在部队驻地附近谈了个水灵灵的上海姑娘小凤。今年青年节，部队在驻地为他们举行了一个别开生面的婚礼，并给蓝庆新婚假，一对新人沉浸在甜蜜幸福之中。

谈恋爱期间，蓝庆没有带小凤回老家探望过父母，只给家人寄了两人的合影照片和小凤的艺术照，乐坏了老人家，父母盼见媳妇望穿了双眼。这次，蓝庆要带新娘回老家，一是遂父母之愿，二是给这偏僻的瑶寨山村增添光彩。

在热恋的时候，小凤问兰庆的老家在哪里，蓝庆说："巴头市。"

"包头市？哦，你是城市人。"

"我不是城市人，我是贫穷的乡下人。"

"不管你是城市人还是乡下人，我都愿意嫁给你。我要嫁的是你的人，而不是要嫁给你在的地方。"

"你说的是真心话吗？"

"我小凤嫁鸡随鸡、嫁狗随狗，说到做到，海枯石烂，永不变心。"

"这回，我就要见到我几回梦里见到的包头市了。"在车子上，小凤感慨地说。

"是巴头市，不是包头市。"蓝庆急忙纠正说。

"我知道就是那个城市，你们少数民族说话就是漏风。"

走着走着，小凤觉得有点不对劲，包头不是往西走吗？怎么车子是一直南下的？看着一上车就睡觉的蓝庆，小凤不敢说出心中的疑问。车子先是向南，两天后偏西南方向，路越走越不好走，人烟越来越稀少。汽车在云贵高原的山路上颠簸，这里的景色就像歌里面唱的山路十八弯。何止是山路十八弯，简直是蜀道九九盘。蓝庆被颠簸的汽车震醒了。

"这是去包头市吗？"小凤好奇地问。

"是巴头市，我的家乡巴头市。"

"没听说过。"小凤说。

"那我就把巴头市的故事讲给你听吧。"蓝庆本来不想过早地把家乡的情况讲给小凤听，怕她难过。时至今日，还是揭开那个城市之谜吧。"我的家乡巴头寨就在边境线上的一个瑶族小山村里，小时候，我们小伙伴在一起玩，爱谈论大城市生活，一心想做城市人。有个小伙伴出了个主意，说今后我们就把巴头寨叫作巴头市，我们不就是城市的人了吗？以后，凡是有人问我们是哪里的，我们就开玩笑说是巴头市的。"

终于到了！汽车在边境小县城的车站停了下来。虽然是小县城，但是阔别十年，变化得让蓝庆一点也认不出来了。而此刻，他无心观光，他们要立刻转乘小班车，赶回朝思暮想的瑶寨。再坐一个多钟头的小班车，远远就见到那群山环抱、隐隐约约埋在竹林里的小山寨。

下车后，新郎新娘还要带上大包小包的行李走一段路才到家。

"你后悔吗？如果你认为我骗了你，现在后悔还来得及，反正我们还没有孩子拖累。"蓝庆看着小凤疲惫不堪的样子，心疼地说。

"去你的，晚了。"故作生气的样子："反正我早就表了态，我嫁鸡随鸡、嫁狗随狗。我生是你的人，死是你的鬼。"蓝庆忍不住给了小凤一个甜甜的吻。

唢呐声声，锣鼓喧天，"巴头市"的亲人们早就等在村口迎接他们的到来。这是盘古开天地以来"巴头市"出了第一个大官，第一次迎来了大城市的大美女媳妇。到处张灯结彩，酒桌早已摆好，单等新郎新娘洗漱完毕，换完新装，婚宴隆重举行。

酒足饭饱后，小孩们讨了红包，抓了喜糖走了，老人们也陆续散去，最后走的是闹洞房的后生们。宁静代替了喧闹，山村的夜晚就剩下纺织娘那不知疲倦的歌声。

入乡随俗对小凤来说不是很为难的事，她虽然生活在大城市，但打工妹的生活使她保持着农村姑娘的勤劳和淳朴，第二天天刚蒙蒙亮，她就起来挨家挨户给三姑六婆家的水缸挑满水。吃完早饭，又跟家人下地给玉米培土，虽然有点累，但作为瑶寨媳妇，她不能给蓝庆丢脸。

在回上海前，蓝庆要带小凤到县城玩几天，领略边城风貌，用时髦的话说，就是旅行结婚吧。不巧的是，正碰上县里开"两会"，住宿安排紧张，新郎新娘只好屈驾住到客房没有内设卫生间的小旅社。也许是几天来日程安排太紧，小两口累得不得了，冲完凉上床就睡，电视也顾不上看，一觉睡到天亮。白天他们总是早出晚归，无暇留意左邻右舍住店的旅客，也没有机会打招呼或者聊天。

在他们隔壁的那间客房，住着两位常住旅客，他们是浙江来的师徒俩木工师傅。那一老一少，老的年过半百，少的二十出头，两人都是沉默寡言，和当地人没有什么来往。师父唯一的爱好就是看夜市录像，徒弟总是每天冲完凉，泡完脚，上床就睡。师父每次出门前总是交代徒弟：不要把门栓死，录像好看的话，我就看到天亮，如果不好看，我就半夜回来。

恰好在那晚半夜，新娘小便急，昏昏沉沉起来上厕所。为了不影响新郎睡觉，也不开灯，开了门顺着昏暗的灯光上厕所去了。尿尿完毕，又半睡半醒地回房间，她当然一点也不知道，因为不开灯，她进错了门，而且上错了床，钻进被窝就睡，她实在太困了。

那小徒弟没有睡得很死，他知道有人进来，而且是个女的，还上了他的床，他慌得直冒冷汗。他想，最近晚上有站街女出没，有内地的，也有境外的，因为找钱，她们在街头揽客，街头揽不到，就偷偷地到旅社找，万一被她敲诈了怎么办？他企图不理睬她，但那女的总是靠过来，他挪一点，她也挪一点，挪到床铺没有位置了，他只好僵住不动。他不知如何是好，他毕竟没有过这种经历，没有任何思想准备，他触电了，冲动了，他不能自控了。

她则完全沉浸在新婚的甜蜜和幸福之中，尽情地陶醉，突然，她一摸他的脸——见鬼了，怎么变得那么瘦，再摸他的头——头发这么短！她受了惊吓，本能地发出了一声长长的尖叫"啊——！"

蓝庆被尖叫声惊醒：活见鬼了，那熟悉的声音怎么会从隔壁房间传出来呢？他一骨碌跳了起来，穿好衣服出来，推开隔壁房间的门，拉了电灯开关，妈呀，他被眼前的景象惊呆了：半裸的小凤和一个傻里傻气的小青年正在忙着穿衣服。他不由分说，一个箭步冲上去拽住青年人就劈头盖脸地打。

"你为什么打人？"青年人蒙了。

"就打你，打你这个大坏蛋，你好大的胆子，竟敢强奸我的老婆。"

徒弟觉得自己做错了事，不敢还手，只是一味求饶："大哥，别打了，我错了。"

蓝庆在气头上，越打越气："我今天就打死你，你敢强奸军人的妻子！"

"军人的妻子。"徒弟一听到这四个字，瘫软在地上。打闹声引来了看热闹的旅客。这时师父从录像厅回来了，看到徒弟被人打得鼻青脸肿，他急忙上前推开蓝庆："你凭什么打人？"

"这浑蛋强奸我老婆，该打。"

"别说了，别打了！"小凤理智地喊了起来，推开众人，跑回自己的房间偷偷地哭。

"小浑蛋你听着，我要告你强奸罪，告你破坏军婚罪。等着，咱们法庭上见！"蓝庆怒气冲冲地回到房间，他在思考着怎样安慰满面泪痕的小凤。

"蓝庆，我们就别告了好不好，越告就把事情闹得越大。这事本来就是我的错。"小凤把事情的经过原原本本地告诉了蓝庆。

"你怕什么事情闹大，事情本来就已经闹大了，不几天就会满城风雨，不告，就会损坏你的声誉，损坏了军人的荣誉，我们要告，我们要告赢。只要你按我说的做，我们一定能告赢。"不管小凤怎样劝，蓝庆都坚持要打这场官司。

官司是打了，最后的判决是"破坏军婚罪名不成立"。这是知情人早就料到的结果。经过法庭调解，一致认为，这只是一场误会，双方达成谅解，原告撤回了上诉。

接着让蓝庆心寒的是，小凤猝不及防地问他："万一怀上了怎么办？"

"打掉！"蓝庆斩钉截铁地说。然而过了几天，蓝庆却又主动找小凤商量："我家里几代单传，爹娘盼着抱孙子，如果是男的，留下；如果是女的，经过亲子鉴定不是我的种，送人。"

"不行，不是你的种也不能送人，我要，我的错误我自己承担，孩子没有过错。现在摆在你前面的只有两种选择，要么离婚，要么原谅我，我早就做好了一切思想准备。望你深思。"

经过一段时间的思想斗争，蓝庆投降给了爱情，他太爱小凤了，太了解小凤了，他尊重她的选择，他选择了包容。

枕头的故事

　　我是在去昆明看世博会旅游时才听到"全陪"和"地陪"这两个新名词的，那是旅游活动带团的专用名词。顾名思义，全陪是出发地旅行社（旅游公司）派出全过程负责带旅游团的导游，即从哪里启程，安全地回到哪里；地陪是旅游活动地旅行社（旅游公司）及景点派出的导游（讲解员）。

　　那年，我们百色市夕阳红旅游团专列从广西百色出发，前往云南昆明参观世博会以及各个旅游景点，带队的全陪是百色旅游公司的帅小伙小伟。到了昆明，接团的地陪是阳光旅行社小鸟依人的美女导游小罗。据说他们是老搭档了。小伟语言表达能力强，知识面广；小罗口齿伶俐，能歌善舞。他俩就像是电视台的节目主持人，导游过程中配合默契。关爱老人，体贴入微，又都性格开朗，幽默风趣，深得老人们的喜爱，使我们在旅游的过程中过得十分愉快和开心，并对这两个未婚的年轻人寄予深深的祝福。

　　在回程的路上，小伟给我们讲了一个美丽的故事，那是他原本不想讲的故事，但看着长辈们那充满期待的眼神，他还是讲了。

　　原来，到达昆明的那天晚上，他们两人遇到了带团以来没有碰到过的最令人纠结的难题：夕阳红旅游团人数突然多出了两个人，是一对老夫妇，在百色出发前，他们说身体有点不舒服，退了票。我们到昆明时，那老两口突然冒了出来，他们比我们先到。原来是他们家人考虑到老人身体不宜坐长途车，改乘飞机。这事老两口没有向小罗通气，以为大城市住宿不成问题。没想到世博会正是旅游高峰的季节，昆明市所有的旅社宾馆都安排满员，当然那对老夫妇就没有了床位。

老人的安置问题是最大的问题，小伟和小罗紧急商量对策。按规定，带团的导游是一定要和旅游团的人住在一起的，特别是老年人的团队，更是形影不离。怎么办呢？经过商量，他们达成了一致意见，他们两人腾出一间房来让老人住，他们俩挤一间房，把困难留给自己。

两位老人的住宿问题解决了，但接着问题就来了，一个床位怎么能睡得下一男一女两个未婚青年呢？接着，争吵就来了：

"我是主人，你是客人，客人优先，你睡床上，我睡地板。"小罗说。

"我是男士，你是女士，女士优先，你睡床上，我睡地板。"小伟说。

"我不同意！"小罗坚持己见。

"我是领导，你必须服从命令，我是从全局工作考虑问题的。"在旅游活动中，全陪是总负责的，此刻，小罗搬出了王牌。

小罗没话说了。但她心里还是过意不去，小伟是客人，自己是主人，小伟还是旅游局的领队，怎么能让他睡地板呢？

小罗在床上翻来覆去地睡不着，还把睡着的小伟惊醒了。

"怎么了，睡不着呀？"

"人家心里不平衡嘛。"

"那好，你睡地板，为了完成好明天的导游任务，你一定要睡好觉。"在小罗的面前，小伟简直无计可施。但说来也怪，轮到他睡床上，他也翻来覆去，久久不能入睡，有一种难以言状的愧疚感。

"领导，你也睡不着了，为什么？"在地板上睡不着的小罗好奇地问。

"人家心里就是愧疚嘛。"小伟学着小罗的口吻说。

"那我们干脆都不睡，两人坐着聊天到天亮。"小罗说。

"不行，我们明天还要带老人去世博会参观，今晚一定要休息好。"

"那干脆，我们都睡地板，我去找枕头来做三八线。"小罗说。

"这个办法好，我同意。"小伟说。

"后来呢？"听故事的老人们听得津津有味，关切地问。

"后来我们一觉睡到天亮，睡得很香。"

"什么事都没有发生吗？"

"没有。哦，老人家还那么好奇吗？"

"当然，都说老人变小孩嘛。后来真的什么也没有发生吗？"

"没有，绝对没有，我对天发誓，"小伟说，"但是，我的故事没有说完，更精彩的还在后头呢。"小伟故意神秘兮兮地。

他们俩真的很困。一觉醒来，小罗想到的第一件事就是打开窗户，把清晨新鲜的空气迎进来。她刚一推开窗户："哎呀，我的太阳帽！"原来是一股风把她那美丽的太阳帽刮出了窗外。小伟闻声赶了过去，一看，哎呀，太阳帽挂在窗下面的树枝上了，因为他们住的是五楼。

"不要紧，我下去帮你拿！"小伟说着，噔噔噔地下楼去了。只见他使出了猴子爬树的高招，爬到了树顶，伸手到树梢把太阳帽拿到了，小罗为他冒了许多汗。过了一会儿，小伟回到房里把帽子送到了小罗手上。

"后来呢？"老人们的好奇心总不会泯灭。

"故事讲完了。"

"她不会说声谢谢吗？"

"没有，她好像很生气，嘴里还嘟囔着什么枕头枕头的，好像说我是大傻瓜。"

"为什么？"

"你们猜呀。"小伟说。

"哦，让我们猜猜。"老人们突然兴奋起来。

一位穿着时髦的老人抢着说："她可能说树那么高你都爬得上去，枕头那么矮……下面我不敢说了。"

"不是这样的，她是说枕头太矮，影响了小伟休息，她很难过，想向小伟道歉。"

老人们各有各的答案，莫衷一是。

小伟笑着说："老人家，不用费脑筋了，我是开玩笑的。如果大家真的想知道答案，下一次来昆明再问小罗吧。"

暗　示

"刘昆死了，刘昆死了！"前几天的一个早上，市公路局大院内响起了阵阵鞭炮声，人们兴高采烈地奔走相告。

刘昆是谁？怎么死了还有人幸灾乐祸地放鞭炮？

事情还得从头说起。刘昆就是公路局局长那个含在嘴里怕化了、捧在手里怕摔了的宝贝大公子，是社会公认的劣迹斑斑的害群之马。他的死会换来一方平安，这是大家所庆幸的，就连局长和夫人本身，除了脸上露出一丝悲哀之外，也没有更大的震动，而是平静地请单位的几个人将刘昆的尸体运到火葬场火化了事。儿子的死，儿子解脱了，刘局长也解脱了，他长长地舒了一口气。

刘昆是出了名的粉仔，是几进宫的人物，刘局长几次亲自送他进戒毒所，又几次接了回来。每次回来后，好了一段时间，又和原来的粉友混上了，又进宫了。刘局长事务缠身，刘夫人是中学老师，每次放学回来，被家务、批作业、写教案、备课压得喘不过气来。两人根本没有多少时间管教儿子。后来，局长和在郊区农村的弟弟商量，把刘昆送到农村让弟弟帮看管，弟弟同意了。但是，弟弟也管不住侄子，不但管不住，侄子来了之后，整个村庄也不安宁了，今天这家的钱不见了，明天那家的鸡被偷了，连局长弟弟的存折也不翼而飞。大家心里猜到几分，就是没有证据。这点，局长心里也清楚，局长给刘昆办了多少银行卡，都填不满刘昆的无底洞。

刘局长觉得对不起弟弟，对不起乡亲们，又把刘昆从农村要了回来。吸毒是要花很多钱的，没有钱就偷，就犯法，甚至铤而走险。刘局长深知这个道理，每次吃饭都用这个道理来教育儿子。儿子也很悔恨自己，但就是改不了毒瘾，改不了偷抢。为了不再伤害家庭，不再伤害左邻右舍，他想出了一个办法：以毒养毒。他和贩毒团伙挂上了钩，干起了偷偷卖毒的勾当。他以帮邻居买菜为由，从楼上吊下一个菜篮，菜篮里装有青菜，青菜下面有毒品："阿叔，你的菜买来了，过来拿吧！"接着就有一个中年人过来拿菜，往菜篮子里放上钱就走了。

以毒养毒就这样开始了，但这场交易很短命，不久就败露了，刘昆进了监狱，因为是初犯，数量也不多，关了三年就放回家了。那天晚上，刘昆失眠了，翻来覆去睡不着，听见隔壁阿爸阿妈在讲话，阿妈说："这回好了，干脆我辞掉工作，留在家里陪儿子，他在里面受了三年的教育，回来后我们再严加管教，儿子会变好的。"刘局长却对儿子的改造没有信心："都怪当年你没有听我的，当年我下乡当工作队队长，没有时间照顾你，劝你先打掉，我下乡回来再要，你偏不听，硬是把孽种生了下来。"

刘昆听到这里，从床上蹦了起来，直冲进爸妈的寝室，把老爸从床上拉起来："谁说我是孽种，谁说我是孽种！"接着，一把将刘局长掀翻在地，骑在老爸身上，武松打虎似的，劈头就打。刘局长被打得直流鼻血，急得直喊"救命！"左邻右舍闻声赶来，将刘昆拉开，将刘局长急送医院。经检查伤势不重，取了药就回家休息了。

第二天早上起来，刘昆来到阿爸的床前跪下认错："阿爸，我错了。"刘局长一股热血涌上心头，泪流满面："我们苦口婆心对你讲了多少回了，你总是右耳朵进左耳朵出，越陷越深，连对老爸都动武，多不应该呀。一个人来到这个世上，要做个对社会、对人类有用的人，即使没有用，也不能危害社会。如果不但没有用，还反过来危害社会，人活着还有什么用。"

　　刘局长一番语重心长的话，使刘昆深深地陷入痛苦之中，过去的一幕幕浮现在他的眼前，他感到天旋地转，痛苦到了极限，痛苦到没有活下来的信心。阿爸的话句句像子弹，射中了他的心。他想，阿爸说的全对，也许是对他人生句号的一种暗示吧。想着想着，他身不由己站了起来，走出屋子，慢慢地，慢慢地往前走，一个强烈的念头钻进他的脑海里："这就是暗示！"

　　他毫不犹豫地从四楼的阳台上往下纵身一跳，出现了开头的那一幕。

第六章 **06**

|南腔北调|

用歌谱对话

有位作曲家在广西"三月三"歌节到来前夕，到壮族村寨采风受到壮族老乡的盛情接待。壮族同胞待客的方式一般有两种：一种是以茶代酒，一种是以酒代茶。前者是滴酒不沾的，后者是豪饮者。反正主随客便。茶待客不是茶叶泡的茶，而是糯米花泡的米花茶。因为怕麻烦老乡，去哪里都没有先打招呼，被采访的东家没有一点思想准备，作曲家的突然到来，忙得东家在家里团团转，找不到米花，就叫女儿到邻家借。

"对不起，打扰了！"作曲家抱歉地说。接着作曲家听到邻家传来了小女孩和邻家主人唱歌似的对话，赶忙打开歌本把他们的对话录了下来。他边录边想，厉害了，我的老乡，早就听说壮族是能歌善舞的民族，这回亲身领教了。听，他们连讲话都用歌谱讲。他连忙向老乡请教，隔壁他们唱的是什么内容。老乡惭愧地说，他们不是唱歌，是讲壮话——

"333 34。"（有没有米花）

"33。"（没有）安静了一阵子后，听见从里屋跑出来的脚步声：

"36 36。"（有啦有啦）

"131。"（够不够）

"12 12。"（够咧够咧。）

"31 6。"（没有够吧？）

（1——6！）"够——啦！"

方言笑话

　　现在国家经济繁荣了，交通也发达了，人与人之间的交流就多了，语言沟通显得越来越重要，运用和推广普通话势在必行。而地方方言的根深蒂固，使得普通话学习有些困难，普通话说得走调了，就闹出一些笑话来，特别是领导干部说不准，笑话传的更广。

　　有个地方开会要做典型发言，要发言的人较多，为了节省时间，采用口头发言和书面发言两种形式。大会主席派秘书下来征求发言者的意见，秘书问："代表同志，你是要狗头还是要猪面？"代表傻了，不知如何回答才好。原来，秘书是少数民族地方的人，说普通话 ZS 不分，GK 不分，把"口头"说成"狗头"，把"书面"说成"猪面"。DT 不分的，把"肚子饱了"说成"兔子跑了"。有一次"八一"建军节，部队到驻地给老百姓放电影。放映前，部队放映员征求群众意见："大家要放大便还是小便？"放映员是少数民族的，说普通话 BP 不分，即、便、片不分，引起全场大笑。通病就是吐气和不吐气分不清，硬把"太阳"说成"代阳"，把"表彰大会"说成"嫖娼大会"。

　　有一次，广西的一个农业代表团到广东考察，受到了广东政府部门的盛情接待。广西代表团考察结束，在欢送会上，广东负责接待的领导征求广西老大哥的意见："这几天大家辛苦了，我们接待不周，伙食怎么样？"广西代表团的团长连声说："正和喂狗，正和喂狗。"广东的领导蒙了：是不是听错了。后来一想，有道理，广西近年来发展快，我们落后了。其实，广东的领导没有听错，是广西的团长说话方言太重，"正合胃口"说成"正和胃口"，普通话 GK 不分。

有两个好朋友，一个是汉族的一个是壮族的。他们一起游玩，太阳很大，就躲到树下乘凉，抬头一看，是一棵大山楂树，他们正好口渴。汉族朋友提议爬上树摘果，壮族朋友表示担心，说："有多有多！"汉族朋友高兴地说："有多就好嘛！"说着就嗖嗖地爬上树摘果，结果被一群马蜂蛰得嗷嗷叫，从树上摔了下来。原来壮话的"多"是指"马蜂"。

有一天，壮族朋友用半汉半壮的话对汉族朋友说："昨夜强盗米我屋，偷去我家三张五，妈妈下好看，跌下三层好。"壮话"米"和"人"同音，都说"扣"音。"五"和"棉胎"同音，都说"哈"音。整句翻译出来令人啼笑皆非。

一天，一个说壮话和一个说广东话的好朋友要去河边钓鱼，过桥的时候说广东话的先走，说壮话的朋友把他叫住："得了得了！"广东朋友说："得了就快走呀，还啰什么唆。"说着就往前走，走到桥中央，桥断了，广东朋友连人带渔具掉到河里。爬上岸后，广东朋友拼命追打广西朋友："小子设套害我！"其实，是广东朋友误会了，广东话的"得了得了"和"壮话"的"断了断了"同音，广西朋友原是一片好心的。

南北万里遥，"黑话"竟雷同

一位在黑龙江省当兵的老乡，在探亲期间向我谈起了一件事，在东北服役的时间长了，对东北的许多种"黑话"（秘密语）渐渐有所了解。而且，他惊奇地发现，东北的许多"黑话"，竟与地处祖国南部边陲的家乡靖西县的壮族"黑话"相雷同。

东北人爱说这么一句秘密语："早这肖小找子跑不掉地倒道。"把这句话中的同韵音节"早、肖、找，跑、掉、倒"抽掉，就剩下这句密语的真正含义"这小子不地道"。靖西人爱说壮话"你宁彼兵夺定"，抽掉了"宁、兵、定"等同韵音节后，剩下的"你彼夺"（你去哪？）有一些供不同社会集团使用，真正起"黑话"，"暗语"之类作用的秘密语，这类秘密语在东北有，在靖西壮话地区也同样有。比如，东北说"东方"，秘密语为"红得刚复，"因为"东"是"得红"切，"方"是"复刚"切，反过来就成了"红得刚复"。秘密语和本义语之间，前者属叠韵，后者属双声。靖西壮族人说"今扣"（吃饭），秘密语是"更运铿又"，因为"今"是"更运"切，"扣"是"铿又"切，连起来就是"更运铿又"，前者属双声，后者属叠韵，秘密语本身一、三为叠韵，二、四为双声。

靖西还有一种秘密语，就是所谓的"反话"，如把"碑轮"（去玩）反说成"奔雷"，把"多虽"（读书）反说成"堆锁"，这与汉话把"东方"反说成"当风""电彤"反说成"定演"是一样的。但是，当几个

250

壮家小伙子相约去玩耍，为了不给父母知晓，往往只需说反话中的头个音节"奔"，即说"奔勒！"就够了。"奔"在壮话中是"爬"的意思，使人们把"奔"误解成"爬"，就起到了保密的作用。而如果把"奔雷"全部说出，保密的系数就要小了。靖西还有一种"反话"，把本义语变成秘密语后，保留声母，只是换韵，表面是全句反过来，中间也夹杂有句子成分的"反话"。这是当地秘密语中较深的一种，就是本地人也一下子难听出其本意来。例如，壮族人打招呼："你唎今表雅承雅？"（你吃过晚饭了吗？）这句话的秘密语是"恼唎交便央承央？"秘密语与本义语之间，"你、恼""今、交""表、便""雅、央"声母相同，韵母不同。其中的句子成分"交便"是"今表"（吃晚饭）的反话。

在我们民族众多的国度里，流传在民间的秘密语是五彩缤纷的。而在我国的最北端和最南端，两地相距万里之遥，民族不同，境域不同，其秘密语的形成和形式竟如此相似，这种巧合不能不说是一个谜，这个谜还有待语言学专家们去解开。

成语与环境

　　语言，是社会环境的产物，而作为构成语言的特殊成分——成语，无不带上某种地域和环境的特色。

　　泰山，是汉民族的骄傲，因而产生了许多与泰山有关的成语典故，而在其他民族，表示相同意思的不一定喻以泰山。比如，"稳如泰山"，壮语中与之含义相当的是"能觉推斗"（壮音，意即坐在大石磨上还拄拐杖，稳得不得了）。这是因为壮民族居住地域没有泰山，只有以本民族日常生活中不可少的大石磨来比喻"稳"。

　　中国是竹子的故乡，人们住以竹楼、睡以竹席、食以竹笋、行以竹筏、书以竹简……因而常常望竹生情，产生丰富的联想，胸有成竹、势如破竹、罄竹难书、立竿见影、滥竽充数等。对于外国来说，竹子是外来的，而且由于土壤、气候等环境因素限制，竹子种的也不多，"雨后春笋"一语，俄国只能用"грибыпоследождя"来表达，译为"雨后的蘑菇一般"。汉语"势如破竹"，俄语则说"сногсшибаниеиз Бабаха"，译为"没有任何可以阻挡"。有些成语为某民族所独有，因为它只产生于某地域流传的典故，或缘物，或缘地名或缘事，如汉族成语"合浦还珠""逼上梁山""黔驴之技""得陇望蜀""图穷匕见"之类，是世界上其他民族所没有的。

　　上述实例说明造词的基础和能力，往往受环境制约。因此，掌握成语产生的环境和历史背景，对于准确地运用成语，有效地从事翻译工作，有着很大的帮助。

靖德壮族山歌碎谈

百色是多民族地区，具有鲜明特色的壮族民歌和兄弟民族民歌一道汇成了无比壮阔的歌海。靖西，德保一带的壮族民歌，就是浩瀚的歌海中闪光的一束浪花。

靖德民歌多种多样，造语灵活生动，韵律严谨。较常见的押韵方式如下：

1. 腰韵。上句的末字和下句的腰字押韵。

土豪劣绅潘头目，耿耿恩土内屯屯。（壮话音）

（土豪劣绅众头目，个个抱头逃纷纷。）

——《末论·拔哥颂》

2. 尾首韵。民谚用上这种形式，顺口易记。

丕不瓜清明，铿不瓜谷雨。（壮话音）

（种芋不要过了清明时节，种姜不要过了谷雨时节。）

——《节令歌》

3. 尾二韵。

今馁列隆崖，今赖列隆帽。（壮话音）

（吃少忘了穿鞋；吃多忘了拿帽。）

——民谚

4. 尾三韵。

跌只论今涯，又不卡今扣。（壮话音）

（它只须吃草，又不找饭吃。）

5. 珠联。

侬织朋花隆多塔，塔哥倒麻当英雄。（壮话音）

（妹织朵花留下来，盼哥当上英雄归。）

　　　　　　　　　　　　　——《采茶·盼哥当上英雄归》

6. 嵌字混用。

敬怀就煤扣，修漏就煤艾。（壮话音）。

（养牛才有谷，酿酒才有糟）

　　　　　　　　　　　　　　　　　　——《牛》

此外，起源和流行于靖德一带的南路壮剧唱词中，更是采用了民歌的灵活押韵，也有类似数来宝的押韵法：

呀呵嗨：心毒，银魂纳波甫；可欧，今扣张煤偷。

（呵，心狠毒，日夜骂丈夫；可恶，吃饭把筷藏。）

　　　　　　　　　　　　　　——壮剧《牛郎织女》

生活，是诗歌的源泉；民歌，常常是诗歌的先导。历史上和当代有成就的诗人，都是从民歌中吸取营养。

漫说"柜台语言"

前不久，田阳县女教师到粮所买米，见别人穿鞋进来买米，也随了进去。粮所副所长用壮话呵斥，女教师因听不懂壮话而冤遭副所长拳脚，受伤住院20天。

粮所副所长工作方法简单，行为粗暴，必为国法所绳。当他用本地话教训别人的时候，便"想当然"地认为他眼前的人都是本地的，因而，谁要是听不懂，当然地被认为是"装聋作哑"，要严以惩处。这样，外地人岂不冤哉！

由语言问题而产生不应产生的误会，在多民族的地区是不乏其例的。常常见到一些站柜台的服务员，讲白话的就认为顾客都是讲白话的，讲壮话的就认为顾客都是讲壮话的。有的同志出差到自己的家乡，同去的还有外地人，这些同志为了表示亲热，用家乡话与本地服务员对话，服务员则误认为同去的都是老乡，见人家讲普通话，就不高兴或不理睬，甚至有的服务员无端猜测顾客是"装洋相"，闹出许多不该有的误会。

诚然，在日常生活中，我们也遇到个别人，外出参军或工作两三年，回来就装着不懂讲家乡话，在父母亲面前充"洋人"；这种人固然是令人讨厌，但这些人在别的场合，比如在商店买东西，不讲家乡话，服务员就不应该用本地话加以嘲弄，而应按服务道德规范去做。

在大力促进社会主义精神文明建设的今天，强调柜台语言是很有必要的。我想，除了讲究礼貌语言、微笑服务之外，大力推广普通话，也应该是柜台语言的内容。

戏说广东话

广东话又叫粤语，或者叫白话，属于广州方言。在我们多民族的国度里，说广东话的人甚众。广东话覆盖广东、广西、香港、澳门和一些东南沿海地区，在全球，有华人的地方就有广东话。广东话流行在经济发达的东南沿海地区，这是广东人祖祖辈辈艰苦创业、自强不息的结果，是广东人的荣耀，也是说广东话的人引以为豪的地方。有一次，在北京长大的表姐和我一起去天津玩，临行前表姐一再叮咛，千万要说广东话。我问为什么，她说这样办事就会顺利些，人们一见到讲广东话的人就会肃然起敬，也格外客气。为此，每到劝业场购物，表姐总是操着又青又涩的广东话，真是叫人啼笑皆非。

广西有三分之一以上的人说广东话，我是广西壮族人，主语是壮语，也会广东话，去了几次广东，发现广西人说广东话和广东人说的广东话有点不同——"多谢""谢谢"，广东人说"不该"。"不该"这个词，在汉话里是不应该的意思，而在广东话里，全然不是这个意思。"不该"是广东人用得最多的礼貌谦辞，除了表示谢意，还有"拜托""劳驾""借光""打搅"等多种含义。公交车提醒你购票时，有人请你给让路，或者求你帮忙或给个方便时，都先说声"不该"。像"不要""禁止"这样强制性的词语，在广东话里说成委婉的"不好"令人易于接受，比如在公共场所里经常听到这样的宣传"我们要争做文明市民，不好乱丢垃圾，不好随地吐痰"。

256

"巴咗"在广东是"了不起""有本事""得意"的意思，广西人也有讲粤语的，而"巴咗"在广西却演化成"啰唆""多事""碍手碍脚"的意思。"发烂渣"在广东是"生气""发火"的意思，在广西是指"生烂疮"。

广东人上市场买菜叫"买送"。"买送"包含买蔬菜和肉类，广西人统称"买菜"，广东人说"买菜"，光指蔬菜。一点点、轻微、有点等的程度表达，广东人惯称"少少"。广东人叫上班为"返工"，叫上学为"返学"，叫复习功课为"揾书"，叫找工作为"揾饭食"。广东的"闹"是骂，广东的"喊"是哭，广东的"惊"是害怕，"俾心机"是加油，"收声"是闭嘴，"边度"是哪里，"点改"是为什么，"示蛋"是凑合、随和、将就的意思，等等。

世界各国的华人里，说广东话的华人较多，广东话的影响力也较大，有的甚至演化为共同语，甚至淘汰传统称谓。年纪大一些的人都知道，"老公""老婆"这个称谓，经过了多少时期的演变，到现在，占有统治地位。以前被认为是土俗的，只有先生、太太、夫人，才是文雅的、高尚的。其实，"老公""老婆"才是最甜蜜的称呼，充满了亲切感、自豪感和信任感。

随着社会经济的高速发展，语言交流的重要性越来越突出，学广东话的人越来越多，这是市场经济发展的规律。广东话比较难学，无规律可循，只有打交道多了，交流多了，时间久了就能自然学会，叫作入乡随俗嘛。

壮族"今娄当今甲"习俗

在靖西、那坡一带的壮乡，人们经常听到一句壮话："今娄当今甲"，意思是"把酒当茶喝"。是不是听错了，平时只听说"以茶代酒"，怎么冒出个"以酒代茶"来呢，酒这个东西是能随便喝的吗？壮族同胞真的这么能喝吗？

其实，"今娄当今甲"作为一个地方习俗是客观存在的。在边境壮族地区，它是壮家人迎接贵客时常用的一种礼仪。他们认为，以茶待客似乎情太薄，必须得"情不够，酒来凑"。但是，这种酒，又必须是能当茶喝的酒，是农家自己酿造的低度土酒。这种酒，是一种原汁原味的低度米酒，有点浑浊，呈淡淡的乳白色，是古诗里的"农家酒浊浑不知"的那种"土茅台"，喝了通脉、活血、暖身、解渴，既不上头又不容易醉。一杯酒下肚，人际间的陌生、拘束感一扫而光，人人一见如故。

有一年，中央民族歌舞团团长蒋大为率团到边防慰问。慰问团所到之处，无不受到"今娄当今甲"的盛情接待。一次晚餐上，一个壮族姑娘要求与蒋大为"斗酒"，蒋大为欣然接受了挑战，但地方行政长官提前约法三章：斗酒要以不影响当晚的慰问演出为前提。蒋大为笑着说："没事，我越喝酒歌唱得越好。"于是，各人三大碗下肚，不分输赢。当晚蒋大为登台演唱，效果果然特佳。壮族姑娘对蒋大为说："没想到你有这么大的酒量。"蒋大为答道："我也是少数民族呀！"

　　随着各地旅游业的崛起和繁荣，各地的民风民俗成了旅游的亮点。笔者认为，靖西、那坡一带的"今娄当今甲"的待客习俗，应该作为当地旅游的品牌。试想若贵宾们每到一个景点，不是杯清茶，而是以酒代茶，加强感情，配之以富有当地民族风情的歌舞，能不让人流连忘返吗？

靖西壮话的汉借和外借现象

靖西壮话的汉借和外借现象，古已有之。当地年轻的文化人从老太婆和老太公的口里，常常听到"背时""阴功""现世现宝""忤逆""孤陋寡闻""溜投浪荡""家私""奸宄""可恶""讲古""赖"之类的汉借词。这些汉借词，大部分保留汉话中的原意，有些在壮话中已经转意，如"奸宄"，汉话中指坏人，靖西壮话却成了"吝啬"解；"孤陋寡闻"在壮话却指无礼、莽撞；"忤逆"汉话指不顺从，壮话却成了"娇纵"；"赖"汉、壮都有"劣等"之意，但壮话还多了"厉害"一层意思。此外，还有一种发音相同、意思相反的词也许只是有趣的巧合，不属汉借之列，例如汉语的"哭"，在壮话的对应同音单词中却是"笑"的意思。

外借现象不只是借国内其他方言，还有借外国的。如"绿"、序词"三、四、六、七、八、九、十""轮阵"（啰唆）等与粤方言有关；"欧采"（出界——体育术语）、"波"（球）、"脑"（不）、"代"（死亡）等与英语有关；命令式"快捷！"词尾与俄语命令式词尾"me"相同；而"爸爸""妈妈"这些词，世界各国通用，可以说是世界共同语的先声。

随着历史的发展、科学的进步、新事物的不断出现，壮话的汉借现象越来越频繁。不少壮话只有基本词（标着重点符号的词），余下全是汉话，如"买苹果""看电影"等，原来壮族地区没有的，就借外来汉话了，顶多在名词前面多加类的壮话名词作帽子，如"买果苹果""买袜尼龙袜"等。

人们只要留心一下，汉借和外借现象，或者说是语文同化现象，不只是表现在发音上，还表现在语法上、构词上。如靖西壮话的倒装习惯"河边—边河""我妈—妈我""白纸—纸白"等与兄弟少数民族和外国语相似。在构词上，汉语的"ABAC"式如"恶声恶气"（恶得很），在壮话中比比皆是："弯（甜）赖弯代"（甜得很），"培了培摸"（一次又一次）；"AABB"式"来来回回"和"彼彼倒倒"相近，"匆匆忙忙"和"急急紧紧"相近。

与其他壮族地区相比，靖西壮话的汉借和外借现象更为普通，说明历史上该地区接受外来影响最快，外来文化或者说是人类迁徙活动对该地区的开明、发达以及经济文化的发展产生了巨大的影响。

壮话在世界语言大家庭中

　　语言，是区分民族的主要依据之一。在民族众多的世界大家庭里，语言种类细目繁多，它也像一个大家庭一样，有宗有支。语言学把世界语言分为七大语系，而我国的民族语言就拥有其中的五大语系：汉藏语系、阿尔泰语系、澳亚语系、马来—玻利尼亚语系和印欧语系。壮族的壮语属于汉藏语系的下属、壮侗语族中的壮傣语支。

　　壮语主要分布在广西，其次分布在云南的文山、广东的连山和贵州的一些地方。从认亲戚的角度讲，云南的傣语、贵州的布依语，还有老挝语、越南的一些地方语等，都是壮语的兄弟。这几个民族或地方的人，可以不用翻译，能听懂日常生活会话。例如，从一到十的数数"能，双、散，虽……"没有多大的差别。还有如下"曼、版"（村庄）、"纳、那"（田）、"辈侬"（兄弟）、"好"（尼）、"莫"（牛）、"堵"（门）等许多基本词汇相同。云南的"西双版纳"是"十二块田的村庄"的译音，意思是相通的。除此以外，世界上还有没有别的地方使用壮语或有壮语的亲戚存在呢？这个问题，值得考究。1958年，我国开始制定壮文方案的时候，请来了一位苏联语言学家。据说那位专家所精通的前苏联某少数民族语言，其发音和语法特征很像壮语。此外，广西靖西的学生在学习俄语中发现，俄语的命令式句式的语音和本地壮语相同。比如，"快点"这个命令句式，俄语发音是"彼什列于决"，壮语的发音是"快于决"。同样是在学外语过程中，靖西的学生还发现，对"不"的否定表示，英语和壮语都叫"脑"。如果再进一步探讨，也许会有更有趣的发现。

孟姜女庙前对联异释

到过秦皇岛山海关的人都知道，那里有个名胜古迹叫孟姜女庙，庙前有一副奇怪的对联：

海水朝朝朝朝朝朝朝落

浮云长长长长长长长消

这副对联引起了古往今来的游人的各种猜测，有人贬斥它是汉字游戏，而对它的深刻寓意则众论纷纭，异释种种。不管有多少种解释，断句方法则是基本相同的，即：

海水朝，朝朝朝，朝朝朝落；浮云长，长长长，长长长消。

第一种解释认为，上联里的第三、六、八字当为动词"潮"，下联的三、六、八字当为动词"涨"，即：

海水潮，朝朝潮，朝潮朝落，

浮云涨，长长涨，长涨长消。

这种解释是不能成立的，因为"朝"与"潮涨"是两个不同的概念，没有必然的联系。第二种解释认为，这副对联是故意隐喻的，以多余的字掩愚者耳目，其实可缩写为：海水朝落浮云长消。

写对联者用此来嘲弄自秦至宋的一切封建统治有如"海水"和"浮云"，倾刻败落，瞬时烟消。持此论者并以庙内文天祥的一副对联作依据，文天祥的对联说：

秦皇安在哉？万里长城筑怨。

姜女未亡也，千秋片石铭贞。

　　意即上述怪联盖因见了文天祥之联后而触发。硬要往上述怪联涂上政治色彩，这未免又有些牵强附会。笔者认为，孟姜女庙前的怪联，纯属即景。触景生情，挥笔而就，这是古今诗客骚士的共性。而作怪联者，还巧妙地运用一字多音和一字多义，使对联生巧成趣。在古代，"朝"与"早"通义、"长"与"常"通义，因而，从即景的角度，该怪联可理解为：

　　海水朝，早早朝，早朝早落

　　浮云长，常常长，常长常消

　　这是对南临渤海的孟姜女庙，海水滚滚涌来，时涌时落，云雾腾腾升起时绕时散动人景色的精彩描绘。这里，对联里的三、六、八字，就是能使山水画中的静景动起来的动词了。

　　笔者这种解释，也许是一厢情愿的臆测，究其真谛，则有待专家学者们的深析了。

后　记

　　人老了，总爱朝花夕拾，翻阅人生，就算是整理日记，老有所为，找个精神寄托。人老了还要经常动动脑运运笔，打打字，活动活动手指，益脑益智益健康，防止老年痴呆症。于是，我想出书。有人说，出书是赔本的事，但我想花钱买健康。我把我的想法告诉了我的恩师、香港著名诗人王一桃，得到了王老师的热情鼓励和支持。我开始回忆岁月，找寻岁月，整理岁月。终于找到了一段虽然短，却永远难忘的记忆，那就是我的一年半的军垦生活回忆。那是一场浩浩荡荡的知识青年到农村去、到部队农场去进行劳动锻炼和自我教育青年运动，是一场和当年的"五四"运动同样有着深远历史意义的青年运动，为红色基因和强国梦的传承奠定了良好的基础。今年，我记下了那段难忘的军垦生活，把它和其他岁月的生活回忆集合成集，留给历史和自己的时间隧道，写着写着，突然觉得自己年轻了许多。我的大学班主任林士良教授总是关心我的进步，鼓励我勤写作，多出作品。后来他被调到广西师范学院当院长，每次到百色出差总是约我到宾馆叙旧，他平时赏识我的作文，上写作课时，拿我的作文当范文念，推动我走上了勤奋笔耕之路。我感谢林教授在百忙中为我这本书作序。另一位热情鼓励我写书的是读大学时的范文选读课老师王一桃，我们最爱他的课，他讲的范文选读声情并茂，津津有味。我们更爱阅读他的诗歌和散文，他优美的诗歌和散文就是最好的教材。后来，王老师移居香港，是香港文艺家协会会长和世界华文文学家协会会长。1997年香港回归，王老师欣喜若狂，庆祝大会上高声朗诵他的赞美诗。在我的集子要出版之际，王老师欣然为我题贺诗，实在令人受宠若惊。广东省著名作家曾平标在这本书结集出版的过程中，给了我很大支持和鼓励，对书的布局谋篇，目录顺序，给予具体指导，提出很好的修改意见，还对标题和文字进行润色，大大提升了书的质量，特在此一并感谢。

凌平湖于珠海

2018年6月